Research in Classics No.10

古典学研究

刘小枫◇主编

——

第十辑

古典自然法再思考

Rethinking Classical Natural Law

贺方婴◇执行主编

华东师范大学出版社·上海

主办单位：中国社会科学院外国文学研究所

主编：刘小枫
执行主编：贺方婴

编辑委员会（以姓氏笔画为序）
王焕生　甘　阳　刘　锋　刘小枫　李永平　吴　飞
谷　裕　林志猛　贺方婴　梁　展　彭　磊

目　录

（编辑助理：张培均、潘林）

Contents

再论古典自然法

程志敏

（海南大学社科中心）

摘　要： 自然法理论在古希腊诞生之初本身就是"问题"，即"自然天道"与"人为"之间的冲突，背后体现着贵族制和民主制的张力。在古典语境中，自然法从属于神法和永恒法。但随着理性地位的上升以及自然观念的狭隘和僵化，自然法与神法和永恒法相分离，人的理性和意志成了自然法的新基础。而古典自然法的基础是具有神性和目的论色彩的宇宙论，因而有着明确的伦理诉求。古典自然法与现代自然法理论的重大分野在于各自的理性观，古典自然法也重视理性的存在论和认识论意义，但并不把理性视为终极原因，因为理性固然重要，却有自身不可克服的局限性，既可为善，亦能作伥。德性和幸福才是自然法的终极目标，而现代自然法则仅仅重视形式，由此丧失实质性的内涵，"法"变成"权利"，"自然"变成"世界"和"资源"，最终导致自然法的消亡，现代世界不可避免地陷入怀疑主义、历史主义和虚无主义。因此，重新审视古典自然法，具有重要的时代意义。

关键词： 自然法　神法　理性　宇宙论　目的论

西方思想史上的"自然法"几经浮沉，在最近半个世纪出现了令人眼花缭乱的复兴景象，重新让西方政治、法律乃至哲学界焕发生机，好像带领西方人走出了绝对主义理论崩溃后的相对主义和虚无主义阴霾。无论怎么说，这似乎都是值得庆贺的事情，毕竟，当代丰富的自然法学说是以两次世界大战千千万万人的生命为代价换来的反思（据说每次大规模的惨烈战争都会引发自然法的繁荣和更新),①也是人们日渐厌恶怀疑主义和实证主义的产物,更是各种理论聒噪和话语通胀之下痛定思痛的结晶。

不过,我们进入"今天的观念市场"(today's market-place of ideas)②之前,得汲取过去的教训,对任何潮流性的思想运动都要特别小心。实际上,越来越多的学者已经认识到,17 世纪以来作为现代政法基础的"古典自然法"本质上与"古典"毫无关系(如果有什么关系,也不过是针锋相对或南辕北辙),甚至连其中还有没有"自然法"都大为可疑,"自然法"很可能名存实亡了。至于现代自然法的理论基础,即自然状态学说和社会契约论,也逐渐受到致命的批判。

但这些主要以亚里士多德和阿奎那为理论先驱的"新托马斯主义"的"新自然法"学说在弥合道德与法律、理性与信仰、程序正义与实质正义等方面,究竟是纠正和扭转了近代自然法所开创的现代性路向,还是在没有找到真正原因的情况下反倒推进了自己所批判的理论,都需要花大力气专门分析。本文的目的仅仅是为"古典自然法"正名,从而为全面而深刻的反思提供一个可能的参照。当然,我们所说的"古典"更多的是"品质"概念,而不仅仅是时间划分标准。③ 大体说来,我们把阿奎那以前的思想称为"古典",但同时我们也清楚,这两千年所谓的"古典"中亦不乏头脑相当现代(甚至太现代)的人。④ 单纯的年代划分并不合适,只能让

---

① 罗门,《自然法的观念史和哲学》,姚中秋译,上海:上海三联书店,2007,页 96。

② R. P. George. *Natural Law Theory*: *Contemporary Essays*. Oxford: Clarendon Press, 1994, p. v.

③ 仅仅从时间顺序来划分思想史,而忽视了品质和本质,这是人文主义者的发明,与其说能够帮助我们理解过去,不如说是一种阻碍。参奥克利,《自然法、自然法则、自然权利——观念史中的连续与中断》,王涛译,北京:商务印书馆,2015,页 18、88。

④ 古希腊的智术师在这一方面与现代启蒙知识分子高度相似,参罗门,《自然法的观念史和哲学》,页 9—11、16—17、115。周作人亦曰:"翻二千年前芦叶卷子所书,反觉得比现今从上海滩的排字房里拿出来的东西还要'摩登'"(周作人,《希腊拟曲译序》,见《周作人文类编·希腊之余光》,钟叔河编,长沙:湖南文艺出版社,1998,页 201)。怀疑论者卡尔尼亚德斯(Carneades,约公元前215—公元前 125 年)也是极端的实证主义者,与现代观念异曲同工。安提丰被后人视为法国大革命时期那些高扬自然法的人最早的先驱,而在古代,自然法理论也是多种多样,相互之间依然存在着后世所谓的"古今之争"。

徒有其名的"自然法"深深地遮蔽和久久地延宕着我们特别需要思考的那些对人类社会生死攸关的根本问题。

一　作为问题的自然法

与近现代作为具有不言自明合理性的自然法观念不同,古典自然法一开始就表现出内在的冲突和斗争,在经历了相当漫长的融合过程后才勉强以"自然法"之名行世。换言之,对现代人来说,自然法是宇宙或理性固有的规律,是判断是非善恶的客观标准,是现成的"高级法"(higher law);但对古人来说,"自然法"这个说法本身就是一个问题,因为它背后隐藏着"理性与启示"、"神圣与世俗"、"神义与人义"、"祖统与主统"(用中国传统经学的话来说就是"法先王还是法后王")、"革命与守成"、"民主与僭政"、"必然与自由"、"意志与规范"等等人类思想中根本问题的悖论性选择。

太初有道,道既是自然法,但又远不止于此。在"有道"之初,天道统摄一切,其他所有规范都集中在这个最伟大的名称之下,并未独立出来自成一体。在西方,通常被认作法律女神的忒弥斯(Themis),其内涵远非任何一个学科所能涵盖,因为它本是"天地大法"。忒弥斯乃是一个原初的存在,比神明更古老,同时还是一切存在物(包括神明)都必须遵从的根本法则,[①]这种法则因而是永恒法、神法、自然法和人法的集合体。其中任何一种都不能代表themis,在这种情形下,没有必要单独谈论(哪怕是神法),因为任何一种观点都显得狭窄局促。

在初民的有限意识中,超越性的 themis 逐渐划归神明统管,因而变成了"神法"。既然宇宙万物都由超级存在者按照天地大法管理着,人的理性和意志毫无用武之地(还由不得人异想天开),因而由人的理性所推导的"自然法"亦不见踪影。但理性的突破乃是不可逆的趋势,"自然"的发现以及随之而来的宗教式微

---

① 梅因仅仅把 themis 理解为一种"判例"和"习惯",似乎太过狭窄(《古代法》,沈景一译,北京:商务印书馆,1959,页 2—4);另参拙著《古典法律论》,上海:华东师范大学出版社,2013,第四章。

也就不可避免要演绎成思想的内在冲突。"法"（无论是 themis 还是更加世俗化的 thesmos 或 nomos）以神明为主体和主权者，构成了一个完整的生活世界，这时遭到"自然"的侵蚀，于是，"法还是自然？"就成了一个问题。

　　老派人士支持"法"，反对"自然"——实际上这也是宗教时代的普遍现象：凡是在"律法"与"（自然）理性"出现冲突的地方，人们总会站在"法"这一边，或者说，"法"对"自然"总是具有绝对的优势。后来，柏拉图在解决 physis[自然]—nomos[法]之争的过程中，也是重新把 nomos 的地位放在 physis 之上，从而扭转时代精神误入歧途（尽管最终并没有什么效果）。① 这一派人士代表着保守的立场，他们的观念集中体现在品达那句古老的箴言中（残篇169），"礼法乃万物之王"（nomos ho panton basileus，另参希罗多德《原史》3.38 和柏拉图《高尔吉亚》484b 以及《法义》690b—c），而这种观念实际上来自更远古的信仰："法"乃是宙斯赐给人间以维护正义的法宝（《劳作与时令》行 275 以下）。

　　但到了古希腊启蒙运动时期，"法"这位"王者"（basileus）被贬低成了"僭主"或"暴君"（tyrannos）："法"对万物的管控和滋养变成了对万物本性的虐待！柏拉图笔下的智术师希琵阿斯如是颠倒了品达的命题："礼法是[支配]世人的僭主，它强制许多针对自然的东西。"② 也就是说，"法"以其至高无上的地位，对自然或本性"施暴"（para ten physin biazetai）。于是，新派知识人（时人称为"智者"）站在"自然"的角度强烈反对成法和祖法，在他们（如智术师安提丰）看来，"法"只是人们偶然的"意见"（因为 nomos 与表示"认为"的动词 nomizo 同根），仅仅具有相对性，而"自然"才是必然的"真理"，具有绝对性，因而"自然"与"法"南辕北辙，甚至针锋相对，不可能合并成为后世所谓的"自然法"。在现实生活中，"法"因人因地因时而异，往往多变不一，甚至自相矛盾，难以成为美好生活不变的基础。相反，"自然"却普

① 另参欧里庇得斯，《酒神伴侣》，行 884—896（以及 E. R. Dodds 对此处的评注）；柏拉图，《法义》卷十，尤其 890d。
② 柏拉图，《普罗塔戈拉》337d，见《柏拉图四书》，刘小枫译，北京：生活·读书·新知三联书店，2015，页 106。

遍有效,不易变动,在作为生活的指导法则方面,当然优于习惯或祖传的"法律"。

为什么"自然—法"会成为一个内在冲突的问题?或者说,为什么"自然"与"法"在某个特定历史时期会相互冲突?"自然"与"法"在成为问题之前相互处于什么样的关系中?

起初,一切都在"法"(不管是 themis 还是 nomos)的羽翼之下,宇宙中的一切"自然本性"都从属于"法",这时,"自然"与"法"是一种包容关系,当然不存在冲突。就算后来"自然"(physis)的内涵不断扩大,但 physis 仍然在目的论和神圣性上与 nomos 保持着高度一致,①甚至在社会机能或群体功能上保持着原始的统一,否则后世的"自然法"也就根本无从谈起了。② 但随着理性的崛起,作为"法"基础的宗教信仰开始遭到人们的攻击,这时出现的"自然—法"冲突实际上首先表现为理性与信仰或宗教与哲学的根本冲突,在形式上呈现为对传统的维护与反叛。革命派以事物的本性为武器,反对陈腐的传统教条,甚至反对一切"规矩"(nomos 即代表着规范)的禁锢。

所以,"自然"与"法律"之间争夺话语权或思想制高点,背后是新知旧学在根本问题上的冲突,而更多地表现为"阶级斗争"!新兴的权贵为了夺取意识形态控制权,以"自然法"为阵地,祭出"自由平等"、"社会契约"和"个人意志"等武器,努力冲破旧制度的束缚,成就一番革命的伟业——这样的好戏在近代一再上演。看起来是"自然"与"法"的理论较量,实际上却是"民主制"对"寡头制"和"贵族制"的反抗。③ 据说,nomos 与 physis 之争,背后不过是各自党派的利益,但这场争斗的最终结果却是"法律失去了神圣性,失去了正义的中立性;法律成了权力的掩饰,遵守法律也不再是遵循

---

① 参朗格,《希腊思想中的法律与自然》,见《剑桥古希腊法律指南》,邹丽等译,上海:华东师范大学出版社,2017,页 477、485。

② 康福德,《从宗教到哲学:西方思想起源研究》,曾琼、王涛译,上海:上海三联书店,2014,页 77。

③ Michel Nancy. "Three Versions of the Nomos-Physis Antithesis: Protagoras, Antiphon, Socrates". In A. L. Pierris (ed.). *Φύσις and Νόμος: Power, Justice and the Agonistical Ideal of Life in High Classicism*. Patras: Institute for Philosophical Research, 2007, p. 382.

正义"。① 自然法成了政治斗争的武器,或传统观念的"炸药桶",所以,我们不必再把安提戈涅和苏格拉底之死(仅仅)归结于"法"(nomos)本身的含混性,②更不能简单诉诸同样充满了歧义的"自然"(physis)——据说,"自然"一词在古代至少有66种用法。③

与作为问题的古典自然法在形式上稍有相似之处的地方在于,最近的自然法研究本身就是一个"问题",只不过它们所涉及的"问题"本质上完全不同。虽然"新自然法"学派试图以古老的nomos(实则以古典自然法)来对抗法律实证主义,以便让我们在一个堕落的时代(absinkende Zeit),"能保护我们对时下世界问题的认识不受法律实证主义的干扰",④也不受怀疑主义的侵蚀,免遭无神论以及由此而来的伦理相对主义的毒害,最终试图在深度弥漫着的虚无主义洪流中逃脱灭顶之灾。但以现代物理学为基础的自然观本质上是一种机械论的宇宙论,不要说"自然法"在其间毫无容身之处,就连现代人勉强用来作为"自然法"基础的"自然"本身在存在论上都还是一个悬而未决的问题(更不用说"神明"的存在了)。即便现代人还愿意在"自然科学"(或科学经验主义)和"实定法"的意义上使用"自然法"概念,但它"其实并不是自然法的理念本身"。⑤ 如此一来,无论学术界怎样拼命复兴自然法,最终是否能够解决他们所要解决的问题,那都是很成问题的——这才是目前的自然法研究最根本的问题。

二 神法、永恒法与自然法

严格说来,"自然法"从一开始就已经不再是"天地大法"

---

① 吉尔伯特·罗梅耶-德尔贝,《论智者》,李成季译,高宣扬校,北京:人民出版社,2013,页94。

② E. M. Harris. *Democracy and the Rule of Law in Classical Athens*. Cambridge University Press, 2006, pp. 57, 80.

③ 参奥克利,《自然法、自然法则、自然权利》,页19。

④ 施米特,《大地的法》,刘毅、张陈果译,上海:上海人民出版社,2017,页35。另参 R. P. George. *In Defense of Natural Law*. Oxford University Press, 1999, pp. 17ff. 。

⑤ 罗门,《自然法的观念史和哲学》,页98。

(themis)意义上的"法",自身早已蕴含了走向反面的因素,因而当今繁荣无比的自然法理论最终演变成"自然法"的自我解构,其实在"自然"与"法"这一对凿枘不入的概念生拉活扯拼凑成"自然法"之时早就注定了。"自然法"的诞生不是表明那些"非自然法"(如永恒法和神法)有什么不可克服的问题,仿佛需要从理性中演化出一种新的法律予以解决,而是说明"自然法"从一开始就是有着先天不足的革命种子。从神法的角度来说,自然法根本就不成立。而从自然法的角度来看,神法等高级法太过粗疏,容易让世间一切陷入宿命论:一切都是神明的安排,人的自由意志还有何意义? 如果一切早已注定,谁还会努力祛恶扬善?

　　所谓"自然-法",就是不必有某种外力的安排,事物本性或"自然"(nature)具有内在规律,万物会按照某种客观的强大趋势而自行发展,否则,违背事物本性就会破坏自身的同一性,至少也会给自己的"生长"带来巨大的损失——在古希腊语中,physis(自然)本意就是(自行)"生长"。"在亚里士多德的物理学中,自然意指实体、本质、物性和实质,它们与行为、活动、运动、生长和发展具有原则的联系。自然是一种存在方式,它不立即占有实现的状态,而是通过生成慢慢达到它。"①实际上这不仅是亚里士多德《物理学》(192b)和《形而上学》(1014b)的看法,而且是整个古典自然法的共同认识。

　　因此,"自然法"的诞生直接冲着"神法"而来,即便不是为了取消后者,至少也要在法律帝国中占有一席之地。但与后世彻底背离宗教神学语境的自然法理论不同,古典自然法虽然对抗着神法、永恒法、不成文法和万民法,却与它们仍然保持着极为亲密的关系,从而也让自己显得有本有根。古典自然法与现代自然法最大的区别可能就在于此,这也决定了其各自不同的命运。②

　　高古的哲人们大多不喜欢谈论 physis 与 nomos 之争,"晦涩哲

---

① 西蒙,《自然法传统——一位哲学家的反思》,杨天江译,北京:商务印书馆,2016,页84。

② 关于中世纪和现代自然法理论各自的优劣,参 N. Bobbio. *Thomas Hobbes and the Natural Law Tradition*. Trans. D. Gobetti. The University of Chicago Press, 1993, pp. 150—154。

人"赫拉克利特是个例外,据说正是这位保守的贵族首次让"自然
法"作为一种自然而不变的法则登上思想史的舞台。他的如下名
言(残篇114)成为了古典自然法定位的基础:

> 若以理智言之,必须坚守那些对所有人都共同的东西,就
> 好比城邦坚守法律,而且坚守得更加坚定:因为所有的人类法
> 律都由那一个神圣的法律所哺育——因为神法就像自己所愿
> 意的那样强大,满足一切都还绰绰有余。

这个说法就是"道"(logos),就是"智慧"。后世学者对此解
释道:

> 人的法律是被神圣的、普遍的法律所哺育;它们符合逻各
> 斯,宇宙的形式要素。"哺育"主要——但不完全——是隐喻
> 的;人的法律和逻各斯之间的关联是间接的,尽管不是没有物
> 质基础,因为好的法律是具有火的灵魂的智慧的人的产物。①

逻各斯是永恒的,那么,由之生发或哺育的自然法也就是永恒
的。尽管人世间的法律千奇百怪,但它们共同的基础就是自然法,
因为它归根结底乃是"神法"或"逻各斯"的产物——人间的种种
法律都不过是实现这一神法的努力而已。反过来说,"自然法"乃
是"神法"的具体体现(embodiment),离开神法,自然法则根本就
无从谈起,其合法性和目的性则更不知所谓。② 我们一般只习惯
于谈论某一行动或某一法案的"合法性",但谁又来保证这种合法
性的合法性? 比如说,趋利避害之所以合理合法,就在于它符合自
然法,但这种自然法本身就是最终的根基了吗? 进言之,趋利避害
本身就是无条件的了吗? 自我保存就像现代人所理解的那样至高
无上吗? 在现代社会,由于超越性宗教信仰的缺失,自然法自然就
成了最终的依据,但在古代思想中,作为伦理道德基础的自然法本

---

① 基尔克、拉文、斯科菲尔德,《前苏格拉底哲学家》,聂敏里译,上海:华东
师范大学出版社,2014,页316。
② 罗门,《自然法的观念史和哲学》,前揭,页6。

身还需要更稳靠的基础作为支撑,尽管古典自然法与作为其基础的神法或永恒法在古人那里往往没有实质性差异。

当人们把安提戈涅视为"自然法的女英雄"[1]时,就已经表明古人并没有严格区分自然法与神法,因为安提戈涅诉诸的对象乃是"不成文法",而不是"自然法"。[2] 安提戈涅说:"天神制定的永恒不变的不成文律条(ἄγραπτα κἀσφαλῆ θεῶν νόμιμα),它的存在不限于今日和昨日,而是永久的,也没有人知道它是什么时候出现的。"[3]这位"不成文法的女英雄"实际上是"神法"的守护者。即便智术师(如希琵阿斯)也承认不成文法乃是永恒的,不可变动的,来自一个比人类法令更高的源泉。后来西塞罗也明确地说,真正的法律不是成文的,而是"天生的"(non scripta sed nata lex)。[4]这种不成文的"天法"(nata lex)在字形上与自然法(lex naturalis)接近,本身就是神法和永恒法。

古典自然法最经典的表述出自西塞罗笔下,他说:

> 真正的法律乃是正确的理性,与自然相吻合,适用于所有的人,稳定,恒常,以命令的方式召唤履行义务,以禁止的方式阻止犯罪行为,但它不会徒然地对好人行命令和禁止,以命令和禁止感召坏人。……对于所有的民族,所有的时代,它是唯一的法律,永恒的,不变的法律。而且也只有一个对所有的人

---

[1] 马里旦,《自然法:理论与实践的反思》,鞠成伟译,北京:中国法制出版社,2009,页16。

[2] 但有学者却把安提戈涅诉诸的不成文法说成是"我们今天将其称为自然法权"(le droit naturel),见吉尔伯特·罗梅耶-德尔贝,《论智者》,前揭,页97。

[3] 索福克勒斯,《安提戈涅》454—457,见《罗念生全集》,上海:上海人民出版社,2007,第2卷,页307—308。在荷马史诗《奥德赛》中,伊塔卡(Ithaca)在奥德修斯出征的20年中都没有政治集会也没有法律规范,却依然能够维持基本的共同体生活,靠的就是"神法"和"自然法"。另参《罗马书》2:14:外邦人没有成文法,却也能够按照自然法来生活。但这种未成文的神圣法律被黑格尔解释成"自我意识"了(《精神现象学》,先刚译,北京:人民出版社,2013,页264)。

[4] Cicero. *Pro Milone*. 10;另参罗门,《自然法的观念史和哲学》,前揭,页20,注释10。

是共同的、如同教师和统帅的神,它是这一种法律的创造者、裁断者、立法者,谁不服从它,谁就是自我逃避,蔑视人的本性,从而将会受到严厉的惩罚。①

这段话充分表达了古人对自然法、永恒法和神法关系的判断:自然法本身就是永恒法,甚至也是万民法(ius gentium),它本身来自神法,因为神法归根结底乃是"法律中的法律"(legum leges)。②

古典思想的集大成者托马斯·阿奎那进一步表达了古典自然法思想的这一重要观念,他把自然法归在了永恒法之下,后来的学者们由此就接受了这样的定论:永恒法乃是自然法的基础。阿奎那如是说:

> 万事万物都以某种方式分有永恒法,永恒法铭刻在它们身上,从而派生出指向恰当行为和目的的各种倾向。……因此,理性造物有一种对永恒理性的分有,借此它们拥有了一种指向恰当行为和目的的自然倾向。这种理性造物对永恒法的分有就称之为自然法。③

阿奎那接下来明确地宣布:"天主智慧的理型是永恒法,因此,所有法都来自永恒法。"④古人无法设想离开了神法和永恒法的自然法。

但这个基本原则却在格劳秀斯那里遭到了毁灭性的破坏。格劳秀斯虽然仍然很传统地认为上帝是自然法的最高渊源,但他那句"即便没有上帝,或者人间事物与神明毫无关系,自然法仍然有效力"⑤打开了潘多拉的魔瓶,最终导致了古典自然法彻底丧失了

---

① 西塞罗,《论共和国》3.33,王焕生译,上海:上海人民出版社,2006,页251。

② 西塞罗,《论法律》2.18,王焕生译,上海:上海人民出版社,2006,页107。

③ 阿奎那,《神学大全》I—II q.91 a.2,见阿奎那,《论法律》,杨天江译,北京:商务印书馆,2016,页17。

④ 阿奎那,《神学大全》I—II q.93 a.3,见阿奎那,《论法律》,前揭,页45。

⑤ Hugo Grotius. *The Rights of War and Peace*. Ed. R. Tuck. Indianapolis: Liberty Fund, Inc., 2005, Book iii, p.1748.

活力,变成实用主义、理性主义、个人主义的现代自然法。据说,格劳秀斯这种说法滥觞于苏亚雷斯的《论法律与作为立法者的上帝》(*Tractatus de Legibus ac Deo Legislatore*)。苏亚雷斯虽然承认上帝乃是自然法的动力因(efficient cause)和导师,但他认为由此不能推导出上帝就是立法者这一结论。也就是说,自然法并不来自上帝,而且到了后来,苏亚雷斯干脆就把自然法视作“真正的神法”(true divine law)。①

神法、永恒法最终与自然法相分离,自然法的基础不再是神明或上帝的意志和命令,而变成人性中最值得凡人骄傲的“理性”,人也因此升格成为“有朽的上帝”。这个过程的起点便在于亚里士多德,他笔下作为“不动的推动者”的神其实与世界的联系并不紧密,而更多是一种自我同一性而已(《形而上学》1075a),更进一步说,哲人的神不是动力因甚至也不认识世界,“亚里士多德并未预设神圣意志对世界的作用,也没有预设神祇在世界进程中的任何创造性活动或介入”。②

即便后来者还会把上帝视作自然法的制作者,但这时的上帝更多地类似于古希腊戏剧中的“机械降神”(deus ex machina),不过是一种人为的设计,已完全不具有神圣性了,毕竟,“上帝就是自然法的创制者的证明就需要借助于天赋理性”,③自然法的神圣性(如果还有一点残存的话)需要自然理性来证明,显然,自然理性已经取代了上帝,或者说成为了新的上帝。就算后人还承认自

---

① F. Suarez. *Selections from Three Works*. Oxford: Clarendon Press, 1944, pp. 198, 190, 189, 182。霍布斯表面上承认神法和上帝在法律系统中的崇高地位,见霍布斯,《自然法要义》,张书友译,北京:中国法制出版社,2010,页103、205。在其他地方,霍布斯又说法律虽出乎自然,却不因自然而称为法,而是因自然之权威即全能的神(页100)。他还说,“上帝约束全人类的法律便是自然法”,见霍布斯,《利维坦》2.31,黎思复等译,北京:商务印书馆,1985,页276。但上帝最多只是看上去像自然法的最后渊源,或者说,现代人只是装模作样地把自然法视作上帝的赐予,另参霍布斯,《论公民》,应星、冯克利译,贵阳:贵州人民出版社,2003,页42以下。
② 西蒙,《自然法传统》,前揭,页66以及页242注释13。
③ 普芬道夫,《人和公民的自然法义务》,鞠成伟译,北京:商务印书馆,2009,页62。

然法是神法的一部分,但含义已经大不相同,二者隐然并立,其差异仅在于"自然之光"和"启示之音"而已,①无非是近现代"理性人"在宗教高压下玩弄的"双重真理论"的把戏。总之,现代"自然法得到独立的处理,即人们不再在神学语境或实定法语境中处理自然法"。② 我们在后面还会讨论到,康德以理性"绝对命令"代替永恒法,彻底让自然法与永恒法相分离。

三 古典自然法的宇宙论基础

在信奉超越性存在的古人看来,神法和永恒法与人的意志和喜好无关,反倒是人世间一切行为的基础,因而神法和永恒法的这种独立性、外在性和神圣性,使得人们很容易把它们与自然法混为一谈,毕竟,自然法也是外在于人类习俗和愿望之外的根本法则,同样因为远远优于人法而显得接近神法和永恒法。把自然法当做不成文法和神法,这种做法甚至在洛克那里都还有痕迹。③ 那么,既然自然法一般而言是作为神法的颠覆者而出现的,它们之间在古典世界中却为何联系如此紧密呢? 这就牵涉到古人对"自然"、"宇宙"、"天道"和"神明"关系的理解,质言之,那是因为古典自然法直接建立在古典宇宙论基础上。

古代的"自然"或"宇宙"本身就具有人格特征,有喜怒哀乐,有意志和目的,尤其重要的是,自然或宇宙乃神明所安排或创造,因而还具有神性。④ 这样一来,自然法与神法就在"宇宙论"这一相

---

① 洛克,《人类理解论》,关文运译,北京:商务印书馆,1959 年,上册,页 329。

② 施特劳斯,《论自然法》,见《柏拉图式政治哲学研究》,张缨等译,北京:华夏出版社,2012,页 191。

③ 洛克,《政府论》(下篇)2. 136,叶启芳、瞿菊农译,北京:商务印书馆,1982,页 84。另参巴克勒,《自然法与财产权理论:从格劳秀斯到休谟》,周清林译,北京:法律出版社,2014,页 117。

④ 自然具有目的,而非偶然的和自发的,见亚里士多德,《物理学》198b34—199a2。中国古代思想在这方面拥有丰富的资源,比如,董仲舒曰:"天亦有喜怒之气,哀乐之心,与人相副。以类合一,天人一也。"(《春秋繁露·阴阳义第四十九》,见苏舆,《春秋繁露义证》,北京:中华书局,1992,页 341)

同的基础上相通了。从最早的表述,即上引赫拉克利特的话来说:

> 赫拉克利特的神法本身就是一种自然的法则,这种自然法则本身体现在宇宙规律和宇宙相关性中,体现在太阳昼夜自转、季节变换和生死轮回中。他的神法似乎也是与人法相区别的自然法,这种自然法拥有一种普遍的、权威的和客观的范围,而市民法充其量只能尝试着去靠近它。①

与神法接近的自然法主要体现在宇宙的"生生之谓易"中。在赫拉克利特那里,自然法则存在于宇宙规律中,甚至就是宇宙法则本身——他说的是"宇宙正义",而不是说"宇宙法",就正如"自然法"这一概念并没有以整体而规范的形式出现在古希腊黄金时代,因为他们更看重的是"正义",而不是"法律"(尽管 dike 这个词也有司法上的意义),古希腊人说"自然正义"或"自然正当"或"天然就是正确者",对应后世所谓"自然法"。②

在古人看来,包含日月星辰在内的"宇"以及年岁季节的"宙"本身就足以说明神明的存在(《法义》885e—886a),神明掌控着"自然"周而复始的变化(《法义》715e—716a),而天地万物和谐共生的根本法则应该成为人类效法的目标,至少要让人在"自然法"中变得虔敬和善良③——柏拉图正是在"神法"的语境中寻求宇宙

---

① A. A. Long. "Law and Nature in Greek Thought". In M. Gagarin and D. Cohen (eds.). *The Cambridge Companion to Ancient Greek Law.* Cambridge University Press, 2005, p. 418。中文见朗格,《希腊思想中的法律与自然》,见加加林等编,《剑桥古希腊法律指南》,邹丽等译,上海:华东师范大学出版社,2017,页 481。据原文有较大改动。

② 见《王制》501b,《法义》889d—890d,《蒂迈欧》83e4—5;修昔底德,《战争志》5. 105。在亚里士多德那里,"自然的公正"(to dikaion physikon)对每个人均有效,因为它来自宇宙或自然,而"法律的公正"(to dikaion nomikon)更多的是人为的,当然远不如"自然公正"更加可靠(亚里士多德,《尼各马可伦理学》1134b—1135a,廖申白译,北京:商务印书馆,2003,页 149—150)。

③ 参柏拉图,《厄庇诺米斯》990a;西塞罗,《论法律》2. 16,《论共和国》1. 26、6. 20—29,《论神性》2. 16。

论的支持。与希伯来的创世"神"不同,古希腊的神明只负责"安排"宇宙秩序,"神"(theos)在古希腊语中就来自"安排"(tithe-mi)。万物原先无序,是神明出手"安排得井然有序"(die-kosm-ēsen),使之形成一个整体,也就是我们的宇宙(kosmos),从而把神圣性、自然性、目的性和道德性赋予了整个世界(《蒂迈欧》69c)。在古希腊语中,"宇宙"和"秩序"是同一个词,它既是"自然",也是人世效仿的"法",宇宙中自然就有"自然法"。

西塞罗说得更直白:"永生的天神把灵魂输入人的肉体,是为了让人能料理这块大地,并要人们凝神体察上天的秩序(caelesti-um ordinem),在生活中恒常模仿。"①"恒常"即"永恒",也是自然法的本质之一。天体运行、四季更替,既是"自然"的法,也是人世应该模仿的法(《论法律》1.61 和 2.16)。因而"服从上天秩序(caelesti descriptioni)、神的智慧和全能的神"(《论法律》1.23),就是服从自然法和神法,自然法的基础即在于"上天的秩序"。中国亦有类似的观念:

> 然则奚以为治法而可? 故曰:莫若法天。天之行广而无私,其施厚而不德,其明久而不衰,故圣王法之。既以天为法,动作有为,必度于天。天之所欲则为之,天所不欲则止。(《墨子·法仪第四》)

老子亦曰"道法自然"(《道德经》25 章),因为"天乃道,道乃久"(16 章),故而后人有"法天立道"之说(董仲舒《天人三策》)。

宇宙论之为古典自然法的基础,这在古代不成问题,但现代人却容易因"宇宙论"过气老旧和"不科学"甚至"迷信"而反对古典自然法,最终让(古典)自然法变得不再可能。或者反过来说,现

---

① 西塞罗,《论老年》21.77,见王焕生译,《西塞罗文集(政治学卷)》,北京:中央编译出版社,2010,页 275。同样,在柏拉图那里,kosmos 一词也用得不多,指"宇宙"的时候就更少了,他喜欢用"天"(ouranos)来代指"宇宙"(《厄庇诺米斯》977b)。耶格尔注意到,柏拉图也许是第一个用 kosmos 来代指"美善"(goodness)的,见 W. Jaeger. *Paideia*: *The Ideals of Greek Culture*. Trans. G. Highet. Oxford: Basil Blackwell, 1947, vol. 2, p. 146。比如在柏拉图笔下,"节制"就是一种 kosmos[秩序],见《王制》430e6。

代人由于抛弃了神学目的论的宇宙论,放弃了整体论的思维模式,从而让自然法走向灭亡。在这种情况下,我们必须仔细审查"古典宇宙论"的积极意义及其可能的界限(兹事体大,须另文单论)。

的确,从现在的眼光来看,古典自然法与一种过时的(antiquated)古典宇宙论联系在一起,而现代科学所取得的巨大成功似乎已经充分证明古典宇宙论完全靠不住(untrue)。但情况真是如此吗? 施特劳斯反驳道:无论现代自然科学多么成功,它丝毫无法影响我们对何为人身上的人性(what is human in man)的理解。而且现代自然科学不再以"整全"的方式来看待宇宙和人性,从而使得"人作为人完全不可理解"。整全是神秘的,人对整全的开放因而就包含着对宇宙论的探索。① 古典宇宙论乃是一种有机的整体观,而现代宇宙论则是一种机械技术的产物。在古人看来,"天、地、神和人通过集体、友爱、有序、节制和正义合成整体"(《高尔吉亚》508a)——这比海德格尔后期费尽心力提出的"四元说"(das Geviert)早了两千多年! 从"整体"这个角度来说,宇宙论比本体论高明得多,但普通哲学史却错误地认为,从宇宙论到本体论再到认识论和语言论乃是一种历史的"进步"!

如果没有整全的宇宙论,人、神、宇宙各自为政,互不牵涉,一切都变成了"原子式"的"自然元素",生命的意义便被埋没在"科学"中了。古典宇宙论比现代宇宙论更高明的地方就在于前者还保留着对人性的关怀:

> 当笛卡尔的宇宙取代了亚里士多德的宇宙,当一个由自然构成的宇宙被一个巨大的东西——广延(它的组成部分及其安排和重组使得自身能够得到数学方式的完美处理)所取代时,我们就必须应付这样的一幅世界图景,其中目的论因素就像颜色和味道的因素之于几何学一样毫无关联。②

---

① 施特劳斯,《什么是政治哲学》,李世祥等译,北京:华夏出版社,2014,页29。
② 西蒙,《自然法传统》,页91。

笛卡尔以降的这种机械论的宇宙观在柏拉图时代就已屡见不鲜（《法义》889b—c），"不言而喻，在一个彻底机械论的宇宙中不可能存在自然法这样的东西"。① 于是，施特劳斯如是反问道："宇宙论究竟错在何处？ 人依据对人之为人显见之物力图找到他的方位（bearing）究竟错在何处？"②古典哲学中对天道的沉思不是单纯为了寻求知识而从事价值中立的客观研究，而是"将我们导向正确行为的根据"。③ 古典思想的根本教导即"认识你自己"，它的核心就是寻找自己在宇宙中的位置——这是古典宇宙论及其生发出来的自然法理论最重要的教导之一。

物理学（当然也包含天文学、宇宙学以及其他"自然学"）在古代有着明确的伦理诉求，

> 理论物理学所规定的涉及因果链的教义，必定被沉思、被吸收，因而把对象变为道德意识的产物，由此，哲学家方能把自己领会为整全之一部分。所以，与生命体验相关的物理学（physique vécue），这是一种对自然意愿的顺应态度。④

古人对宇宙和世界有着绝对的信任，而对象化之后世界和宇宙则成为人类宰制和利用的"资源"，丝毫谈不上信任与亲近，由此而产生对立冲突乃至相互伤害甚或终将同归于尽，则完全是应有的结果。最终，"对自然的轻视到康德和黑格尔那里达到顶峰，

---

① 西蒙，《自然法传统》，页93。摩莱里的《自然法典》主张自然目的论（黄建华、姜亚洲译，北京：商务印书馆，1982，页21以下），实则是一种"机械论的自然观"（页24），因而他对西塞罗的引用从根本上说乃是一种误解。施特劳斯批判现代机械论的宇宙观，维护亚里士多德的"目的论宇宙观"，另参《自然权利与历史》，彭刚译，北京：生活·读书·新知三联书店，2003，页8。

② 施特劳斯，《犹太哲人与启蒙》，张缨等译，北京：华夏出版社，2010，页334。

③ 施特劳斯，《犹太哲人与启蒙》，前揭，页338。

④ 阿多，《古代哲学研究》，赵灿译，上海：华东师范大学出版社，2016，页203。另参 G. R. Carone. *Plato's Cosmology and its Ethical Dimensions*. Cambridge University Press, 2005, passim。

在他们那里,自然彻底丧失了作为伦理和政治标准的来源的资格"。① 原因就在于后世的哲学把"宇宙中无限创意的乐章"转化成"一连串意外所驱使的无限磨石所发出的单调噪音"。② 古典宇宙论由此沉沦,随之消失的便是自然的美妙乐章,其中就包含着自然法。

四 理性的不同内涵

虽然"自然法"乃神明恩赐,而一旦"自然之法"得以存在,似乎就本然如此,显得"自然而然",但"自然法"本身却并不是自明的。因此,要认识"自然法",就需要人的理性的介入。即便如乌尔比安(Ulpian)所谓自然法乃是自然教给所有动物的东西(natura omnia animalia docuit),③但无疑只有人类能够体会甚至参与到宇宙法则中去,因为在所有动物中,唯人类有理性。在理性与自然法的这种紧密关联中,很容易让人产生误解,以为只有理性才能认识的自然法其实不过是理性的产物!——现代自然法观念恰恰就犯了这样严重的错误。④ 而且,即便理性与自然法很难相互分离,但理性的含义及其限度在古今却有着天壤之别。

理性并非终极因

古人认为有理性的比没有理性的更高贵,而神明乃是所有存

---

① 伯恩斯,《亚里士多德与现代人论自由与平等》,见刘小枫编《城邦与自然》,柯常咏等译,北京:华夏出版社,2010,页205。

② 贝勒尔,《德国浪漫主义文学理论》,李棠佳、穆雷译,南京:南京大学出版社,2017,页60。

③ *Digest*,1.1.3,另参查士丁尼,《法学总论——法学阶梯》,张企泰译,北京:商务印书馆,1989,页6。

④ 庞德对罗马法中的自然法的理解,即"自然法是一种思辨性的律令体,……源出于理性而且是用哲学方式加以建构。创造性地运用这一理想,标示出了古典罗马法时期的特征"(《法理学》,邓正来译,北京:中国政法大学出版社,2004,第一卷,页36),就非常"现代",因为庞德在这里所说的自然法其实是现代自然法。

在物中最高贵的,当然拥有绝对的理性。人的目标就是以理性或理智为手段,想方设法去"似神",即走向或接近神性,尽可能达到完美,这就是"自然法"(《蒂迈欧》90c6—d7)。西塞罗这样描述道:

> 凡被自然赋予理性者,自然赋予他们的必定是正确的理性,因此也便赋予了他们法律,因为法律是允行禁止的正确理性。如果自然赋予人们法律,那也便赋予人们法。因为自然赋予所有的人理性,因此也便赋予所有的人法。(《论法律》1.33)

所以,"自然理性"(naturalis ratio)不仅制定法律,①它本身就是"神界和人间的法律"(lex divina et humana)。②

在古典自然法理论中,"法律乃是植根于自然的最高理性,……当这种理性确立于人的心智(mente)并得到充分体现,便是法律"(《论法律》1.18),而德性才是理性的完成和最高的自然(《论法律》1.25,56)。这里的"理性"不是某个人的理性,甚至不是"人"的理性,而是一种"普遍"的理性,自然法更多的是"神"的理性之产物。现代自然法理论却依赖于个人主义的理性主义,结果让抽象的"人性"而非神性成为自然法的基础——格劳秀斯就明确地说:"人性乃是自然法之母。"③这是一个巨大的分水岭,"从此以后,不再是上帝的本质,而是人的自然,从本质上和抽象地观察的人的自然,被视为自然法之源头"。④ 结果,自然法的基

---

① 盖尤斯,《法学阶梯》1.1,黄风译作"自然原因",北京:中国政法大学出版社,1996,页2。

② 西塞罗,《论义务》3.23;另参西塞罗,《论占卜》1.90、130,2.37。另参柏拉图,《米诺斯》316b5,《泰阿泰德》172b,177d;亚里士多德,《修辞术》1375a31—b5。

③ Hugo Grotius. *The Rights of War and Peace*, p.1749。另参庞德,《法理学》,第一卷,页48。在菲尼斯看来,亚里士多德(《形而上学》1070a12 和1015a14—15)和阿奎那已经把自然法建立在人性之上了,见 John Finnis. *Natural Law and Natural Rights.* Oxford University Press, 2011, p.103。

④ 罗门,《自然法的观念史和哲学》,前揭,页88。

础变成了想象中的自然状态,但是阿奎那早就告诫过:"仅仅依据自然本性所具有的原则也是不充分的。"①

理性固然具有神圣性,却并非至高无上;理性归根结底只是一种手段,目的在于走向德性;理性有着巨大的能力,能够认识自然法,但其能力终归有限。也就是说,虽然古典自然法理论承认法律来自"正确的理性",但理性并非"终极因",它最终来自神明。如果没有神明,宇宙中就没有什么是比人更了不起的存在物——但这无疑是"最高的狂傲"(summae adrogantiae),甚至是"疯狂的自以为是"(sane adrogantis)。原因就在于"如果没有上帝"(si dei non sint)这个本来不成立的假设在格劳秀斯那里却成了可靠的逻辑前提(non esse Deum)!

阿奎那明确表示:

> 人的理性自身不是事物的尺度。但是通过自然铭刻在人的理性之上的原则却是所有与人的行为有关的事物的一般规则和标准,对于这种行为,自然理性是它的规则和标准,虽然它不是来自自然的事物的标准。②

所以,古典自然法诉诸理性,却远远不是(现代)理性主义,因为:

> 其中还欠缺近代理性主义那种自高自大的精神。它并未主张人是自足的,并未主张人本来就完美,它并未坚持诸般抽象"权利",并未视个体为一切法律与一切准则之终极根源而坚持其自主性。③

在古人看来,伟大的理性本身还需要其他证据来补充甚至证实,理性毕竟不是终极的,因而古典自然法"没有一丁点在17、18世纪流行的理性主义自然法中所表现出来的放肆的踪影"。④ 古

---

① 阿奎那,《神学大全》I—II q. 91 a. 4,见阿奎那,《论法律》,前揭,页23。
② 阿奎那,《神学大全》I—II q. 91 a. 3,见阿奎那,《论法律》,前揭,页20。
③ 登特列夫,《自然法》,李日章等译,新星出版社,2008,页50—51。
④ 罗门,《自然法的观念史和哲学》,前揭,页49。

典自然法与现代自然法的差别在于,前者认为自然法不是理性的产物,而后者由于消灭了"自然神论",就只能把自然法的根基落在理性之上,认为自然法就是思辨理性自我推导和演绎的结果(《纯粹理性批判》Axx,Bxiii,B780)!

理性的有限性

世间任何有限的存在物都具有悖论式的两可性,有利有弊。神赐的理性诚然锋利(西塞罗《论至善》5.57),如果用错了,反受其害,毕竟,哪一件坏事不是"美好理性"(bona ratio)的杰作呢(《论神性》3.71)!所以,在古人看来,"理性"固然伟大,因此更需小心对待,"越伟大越神圣的东西,越需要小心:理性如果能够得到很好的运用(adhibita),就能发现最好的东西,如果置之不理,则会陷入到无穷的错误之中"(西塞罗《图斯库卢姆论辩录》4.58)。西塞罗在其他地方彻底反思了理性的有限性:

> 我们从神明那里拥有了理性,就算我们真拥有,但那究竟是好的理性还是不好的理性却取决于我们自己。神明赐人类以理性,那本身不是什么仁慈之举,因为神明倘要伤害人类,还有什么能够比得上把这样一种理性能力赐给人类更好的呢?而如果理性不是屈服于不义、不节制和懦弱,那么,这些恶又从何而来呢?(《论神性》3.71)

世间的恶也是理性的"杰作",因此,理性不是万能的,更不是至善的,归根结底,理性不是"上帝"。实际上,苏格拉底早就对当时轰轰烈烈的"理性主义"浪潮表达了自己尖锐的批判:他原来服膺阿那克萨戈拉的"理性"(nous)说,但后来发现,这种以理智来组织(diakosmōn)和安排(kosmein)包括宇宙(kosmos)在内的一切的说法,不仅在理论上无法成立,而且是亵渎神灵的狂妄之思,所以苏格拉底才另辟蹊径,开始了著名的"第二次起航"(《斐多》97c—99d)。而近代学者也认识到了理性容易让人误入歧途:"在这种情况下,看到这种理性变成恶毒言行的最危险的工具之一,这又有什么奇怪呢?理性的步入歧途正是由此开始的。"①

理性通常被比拟为太阳,能够让我们更好地看清万物,但我们却不能盯着太阳看,否则会毁了眼睛(《斐多》99d5—7)。太阳(理性)能够滋养万物,但太阳多了也会烧坏家园——现代思想家中因过分迷信理性从而坏了眼睛者不在少数,因过分放大理性的光芒而导致现代思想整体性的"危机",也是无法挽回的事实。其中的原因就在于:

> 理性主义不再认为自然法是创世智慧的产物,而是将其视为理性自身的展示。因而就将自然法转换成了绝对而普遍的正义法典。自然法就像几何定理和数据那样,铭刻在自然之中,由理性进行诠释。②

苏亚雷斯、格劳秀斯、笛卡尔、普芬道夫赋予理性以无穷的能力,让客观的 ordo rerum[万物秩序]成为多余,因而以此为基础的自然法也变得多余。在他们那里,人的理性至高无上,凡夫俗子也在"我思"之中直接担保了自我及其相关的一切的存在。人因为具有理性而成为天使,因而现代理性认识论本质上乃是"天使认识论"(angelic epistemology)。人的理性成为真理的标准,人们也开始沉醉于毫无节制的体系建构。③ 但这种人义论的"天使主义"必定堕落,理性也无法支撑人类的道德,最终接手的是经济地位。现代人(比如菲尼斯)在抛弃"形而上学"之后,试图发展出一种"没有自然的自然法学说"。于是,自然主义、个人主义、激进主义、理性主义的自然法最终成为现代思想的奠基者和掘墓人。

理性和自然法的形式与实质

在古典思想中,理性不仅是一种外在的认识能力,同时还有着具体的内涵。自然法是正确的理性,而理性的"正确"体现在引导人们走向德性,因而,德性就是理性的内涵,也是古典自然法的主

---

① 摩莱里,《自然法典》,前揭,页30。
② 马里旦,《自然法》,前揭,页74—75。
③ 罗门,《自然法的观念史和哲学》,前揭,页80—81。

要目标(《名哲言行录》7.94)。自然法由此被称为"生活的导师",就因为它本身就是"生活的法则和规矩"(leges vivendi et disciplinam,《论法律》1.57;vivendi doctrina,1.58)。施特劳斯总结说:

> 自然法将人导引向他的完善——一种理性的和社会性的动物的完善。自然法是"生活的指南和责任的导师"(西塞罗《论诸神的本性》1.40),它是理性对人类生活的命令。由此,为其自身的缘故而值得选择的有德性的生活,开始被理解为遵从自然法——遵从这样一种法,有德性的生活逐渐被理解为顺服的生活。反过来说,自然法的内容就是德性的全部。①

古典自然法重视理性,最终却是以德性和幸福为目标,以维护和保障人类的利益(《论义务》3.31)。这样的内容如果还不够"实质"的话,古典理性观及其牵连的自然法还规定了具体的内容:首先是礼敬神明,其次是保卫国家,再次是孝顺父母,最后是对兄弟朋友忠诚友爱。如果没有自然法,

> 哪里还可能存在慷慨、爱国、虔敬和为他人服务或感激他人?所有这一切的产生都是由于我们按本性乐于敬爱他人,而这正是法的基础。不仅恭敬他人,而且对神的礼敬和虔诚也都可能遭到废弃。(西塞罗《论法律》1.43)

这里所说的敬、诚、忠、孝悌、仁爱就是古典自然法或古典理性的固有内涵。

但随着现代人不断"神化"理性,最终在康德—黑格尔那里达到了顶峰,一切都可以由理性演化出来。这时:

> 人的理性现在成为知识秩序的至上建筑师;它成为万物的尺度。自然法的客观基础,ordo rerum[万物的秩序]和永恒

---

① 施特劳斯,《论自然法》,见《柏拉图式政治哲学研究》,前揭,页187—188。

法消失不见了。所谓的自然法,不过就是从绝对命令、从实践
理性的调整性理念中推导出来的一系列结论而已。①

所谓"人为自然立法",其真正的含义便是:人的理性乃是自
然法的源泉。自然法主要在于维护自由意志,而自然法的"绝对
命令"或"定言命令"也变成一种空洞的形式:"要这样行动,就好
像你的行为的准则应当通过你的意志成为普遍的自然法则似
的。"②这个"普遍的自然法"(allgemeinen Naturgesetze)所颁布的
绝对命令看上去与"己所不欲,勿施于人"(《论语·卫灵公》)相
似,但儒家在这个形式原则之外明确地规定了行为举止必须服从
的内容,而康德的理性绝对命令实际上并没有任何实质性的教导。
　　费希特也有与康德"绝对命令"相似的说法:

　　　一切法权判断的基本原则是:每个人都要依据关于其他
　人的自由的概念,限制自己的自由,限制自己的自由行动的范
　围(使其他人作为完全自由的人也能同时存在)。③

但在"自由"这个广阔的海洋中挣扎了几百年差一点被它淹死
的人们越来越清楚地意识到,"自由"虽为现代自然法的基础,实则
毫无实质内容可言。自由平等、自然状态、意志、绝对权利,凡此种
种,如果不加仔细分辨,可能都是让人误入歧途的海市蜃楼美景。
　　现代自然法以科学的"自然法"或"自然法则"④为榜样和基
础,但不幸的是,"自然科学的'自然法'仅有计算的功能,而没有

---

① 罗门,《自然法的观念史和哲学》,前揭,页 80—81。
② 康德,《道德形而上学的奠基》,李秋零译,见《康德著作全集》(第 4 卷),
　北京:中国人民大学出版社,2013,页 429。
③ 费希特,《自然法权基础》,谢地坤、程志民译,北京:商务印书馆,2004,页
　116—117。
④ 自然法研究大家基尔克明确指出:导致中世纪自然法观念解体的,就是
　"自然法则"(the Law of Nature),见 Otto Friedrich von Gierke. *Natural Law
　and the Theory of Society*. Trans. Ernest Barker, Cambridge University Press,
　1934, p. 35。洛克完全是在"自然法"(natural law)的意义上直接使用
　Law of Nature,见《自然法则》,徐健译,上海:华东师范大学出版社,2014。

实质性内容"。① 科学化的自然法就如同哲学上的实证主义一样,对"起源"和"根基"之类的核心问题毫无兴趣,从而变得"无家"和"无根"。普芬道夫(以及霍布斯)与西塞罗都把自然法理解为"正确理性"的产物,但西塞罗给正确理性之为"正确"规定了具体的内容(见《论义务》),而普芬道夫只是苍白地谈论这"正确理性"。② 同样,在康德那里,"非人格的、形式化的、绝对的命令取代了永恒法。因此,自然法作为 lex naturalis 的一部分,不再与永恒法有联系,缘由就是,它不再被理解为 lex naturalis 的一部分、理性的道德律的一部分。而且,直接地、必然地纳入法律概念的,不是可强制性,而是外在的物理性力量"。③ 康德的理性形式主义论辩不允许他发展出一种实质价值的学说——舍勒专门写了一本大部头著作来批判康德的纯形式主义。④ 就这样,自然法不再具有实体性内容,因而最终导致了自我的消亡。

五 结 语

世间万物莫不有则,这个"则"既是"规律"或"法则",又是事

① 施米特,《大地的法》,前揭,页39。

② 巴克勒,《自然法与财产权理论》,第 131 页。霍布斯也说自然法(Law of nature)就是正确的理性的命令(dictate of right reason),见《论公民》,前揭,页 11、36 等。

③ 罗门,《自然法的观念史和哲学》,前揭,页 92—93。

④ 舍勒,《伦理学中的形式主义与质料的价值伦理学》"第二版前言",倪梁康译,北京:商务印书馆,2011 年,前揭,页 8—9、113 等。舍勒对康德还说过这样恶毒的评价:康德的伦理学不是对了一半,也不是错了,而是"魔鬼之言"(《舍勒选集》,刘小枫编,前揭,页 715)。最根本的原因可能在于,康德实际上受到了格劳秀斯、普芬道夫和托马修斯(Thomasius)等人的直接影响。但最要命的是,普芬道夫和康德都丝毫不懂得古典自然法:"普芬道夫几乎不十分熟悉任何一位希腊或经院哲学家,那位在近代思想之如此众多广泛领域构成了分水岭的康德,只是从一本非常不完善的哲学史书中了解到亚里士多德和圣托马斯,这难道不是致命的吗?"(罗门,《自然法的观念史和哲学》,页 85)这的确是一个"极端致命的事实"。关于莱布尼茨对普芬道夫的批判,另参巴克勒,《自然法与财产权理论》,前揭,页 55;罗门,《自然法的观念史和哲学》,前揭,页 88。

物本身的"性"或"自然",属于其存在论意义上的"本体"。因而,nomos 与 physis 本来就是每一件事物内在的两种根本属性,人的理性或许最先发现"法则",终归也会逐渐明白其"自然"。当然,"法"和"自然"的含义远远不是"则"可以概论,其广泛而多层次的丰富内涵导致两者所结合成的"自然法"也就必然具有复杂多变的内涵。

"自然"的发现是一个很难评价其是非功过的思想史事件,因为它是理性的必然结果,而这个结果又给理性带来了"反噬"的恶果。人的理性一旦觉醒,就会摆脱外在的超越性羁绊,对"世界"、"法则"都会走向自然性的理解。正如施特劳斯所说,"自然之发现就等于是对人类的某种可能性的确定,至少按照此种可能性的自我解释,它乃是超历史、超社会、超道德和超宗教的"。① 如果按照"自然"的方式来看待世界,就需要理性来判定什么才是"自然"。"自然"(physis)最早出现在《奥德赛》中,懂得 physis 的奥德修斯不仅能够避免被女巫变成猪猡,还能因此在不具有神的身位的前提下享有神的知识,②这就是"自然的发现"给人类带来的自信和狂喜,如果缺乏必要的界限意识,那么,这种了不起的发现就会成为人类自身的负担。

在古风时期,physis 与 nomos 并不构成冲突,因为"physis 是一种神性的中介和神性的智慧,虽然这种神性与传统的被赋予人性的众神不同"。③ 最初的 nomos 与 physis 甚至没有分裂,遑论对立。但最终,法(nomos)与法律(thesmos,Gesetz)相混淆(即,被功能化为法律科学),后来甚至逐渐等于公民投票同意的由少数人制定的一些规章制度(psephismata,即法规)、章程、规章、行政命令和临时措施,而后面这些虽然具有强制性,却并不具有足够的合法性(更不用说神圣性)的人为规制,其本质不过是"众意"(Volksbeschlüße)。在仍然崇奉神明和智慧者(sophos,即圣贤)的古典时代,公民的"普遍同意"没有任何意义。从神法走向自然

---

① 施特劳斯,《自然权利与历史》,前揭,页90。
② 伯纳德特,《弓与琴》,程志敏译,北京:华夏出版社,2016,页128—129。
③ 朗格,《希腊思想中的法律与自然》,见《剑桥古希腊法律指南》,前揭,页477。

法,这似乎是一个必然的过程,在古希腊时期就已经变得十分
显著:

> 探究开端、探究太初事物,现在变成对宇宙进行哲学分析
> 或科学分析;传统意义上的神法是一套发端于一个位格上帝
> 的法典,如今其地位为一种自然秩序所取代,这种秩序甚至可
> 以像后来那样称之为一种自然法——或至少用一个更宽泛的
> 术语,即一种自然道德。因此,真正而严格意义上的神法,对
> 于新的哲学来说只是起点,只是具有绝对本质性的起点,而在
> 进程中这种神法则遭到摒弃。如果说希腊哲学接受神法,那
> 也仅仅是政治上接受,即出于教育大多数人的意图,而非视其
> 为独立存在之事物。①

后世的神法成为一种理论保证或思想摆设,大概也是必然的
趋势。

但即便如此,古典自然法理论也自认来源于神法,并以整全性
的宇宙论作为自己的理论根基。普鲁塔克指出:

> 在古人那里,无论是希腊人还是野蛮人,自然学(physio-
> logia)都是一种被包裹在神话之中的关于自然的讲述,或者是
> 一种往往被谜和神秘含义所掩盖的、与奥秘有关的神学。②

不管是自然法还是自然权利,在古代都诉诸目的论的宇宙论:

> 古典形式的自然权利论是与一种目的论的宇宙观联系在
> 一起的。一切自然的存在物都有其自然目的,都有其自然的
> 命运,这就决定了什么样的运作方式对于它们是适宜的。就
> 人而论,要以理性来分辨这些运作方式,理性会判定,最终按

---

① 施特劳斯,《进步还是回归?》,见《古典政治理性主义的重生》,郭振华等
译,北京:华夏出版社,2011,页330。
② 转引自阿多,《伊西斯的面纱:自然的观念史随笔》,张卜天译,上海:华东
师范大学出版社,2015,页46。

照人的自然目的,什么东西本然地(by nature)就是对的。①

即便在基督教统治世界的时代,人们也把自然法等同于上帝对亚当颁布的神法,也就是"人类普遍而原始之法",因为自然法归根结底乃是"上帝的天命"。②

上帝的天命中,就包括"正确的理性"。换言之,神明在赐予"法"的同时,还赐予理性来认识这种法,因为由神法、永恒法、不成文法孕育而成的自然法归根结底乃是"正确理性"的产物。但也仅限于此,理性不是"法"或"物"的最高原因,理性虽然可以上天入海,堪与星辰比高,引导我们在宇宙中自由地翱翔,但也有其自身的局限。理性只是一种论证能力,如果缺乏正确的观念,理性也毫无用处。而如果理性以虚妄和错误的原则为出发点,那么,理性没有能力清除其中发生的困难,而且愈往下追求,理性愈使人陷于迷惑与混乱。理性这种能力并没有给我们制定任何实际的法律,而自然法所依赖的所谓"正确的理性"本身也并不能成就任何事情。③

与仰赖理性同时又深知理性之危害的古典自然法不同,现代自然法"砍掉自然神论的头颅"(海涅语)之后,只能退而求其次把自然法乃至整个精神世界的一切都完全交付给理性——杀死上帝也许恰恰就是为了让人类的理性能够取而代之。理性对古代"迷信"的克服最终又让自己变成了新的迷信:理性启蒙对宗教迷信的革命最终成为一种新的"为避免迷信而产生的迷信"(superstition in avoiding superstition)。④殊不知,"有些人为了逃避迷信(deisidaimonian),又掉进了粗鄙而顽劣的无神论之中,最终越过了位于中间地带的虔信(eusebeian)"。⑤ 随着近代实验科学的不断成

---

① 施特劳斯,《自然权利与历史》,前揭,页 8。
② 登特列夫,《自然法》,前揭,页 37。
③ 洛克,《人类理解论》,关文运译,北京:商务印书馆,1959 年,下册,前揭,页 681—682;另参巴克勒,《自然法与财产权理论》,前揭,页 131。
④ 培根,《培根随笔集》,曹明伦译,北京:人民文学出版社,2006,页 54。
⑤ 普鲁塔克,《伦语》171f,见《道德论丛》,席代岳译,长春:吉林出版集团,2015,卷一,页 375(Leob 本,卷二,第 494 页)。我们既不能为迷信所吞噬,也不能跌进无神论的深渊(《道德论丛》,卷二,页 871)。

功,人类思想愈发走向机械论、技术论和自然论,施特劳斯这样描述现代理性主义:

> 启蒙运动的意图是通过否定(或限制)超自然以复原自然,但结果却发现了一个新的"自然"基础,这个基础完全缺乏自然性,反倒像是"超自然"之残余。①

现代自然法正是以这种毫无自然性的自然为基础,难免招致自然法本身的崩溃:

> 在理性主义时代,不管是出于保守的目的还是出于革命的目的,法学家和哲学家都滥用了自然法概念。他们对自然法作出了过分简化和武断的处理,以至于在今天一旦使用这一概念,就很难不招致某些人的猜忌和怀疑。②

自然法在现代社会中的繁荣实则是对自然法概念的"滥用",自然法成了一种假说,再也不是一种指导行动的理论,而更多的是思辨信仰的一个信条!③

所以,尽管我们无论把赫拉克利特还是柏拉图抑或亚里士多德视为"自然法之父",但古典自然法理论家从来不把任何人(哪怕是圣哲)的理性当作最终的根源。施特劳斯素来以"柏拉图式政治哲学"的崇拜者自居,但他从来没有把柏拉图思想当作最高理论,他说:"通过准确的来源分析,将这种学说稳妥地追溯到柏拉图哲学是不够的,相反,必须转而把握这种学说源出于柏拉图哲学的可能性。"接下来施特劳斯明确地阐述了这个"更高视角",即"只可能源出于神圣",因为"神法的观念,就是追寻到的最高视角"。而柏拉图哲学最多只是在没有启示的情况下对启示的靠近,他试图用哲学的方式来理解启示或神法:"在这种没有启示引导的对启示的接近中,我们经验到了对启示信仰的无信仰的、哲学

---

① 施特劳斯,《哲学与律法》,黄瑞成译,北京:华夏出版社,2012,页7注释。
② 马里旦,《自然法:理论与实践的反思》,前揭,页48。
③ 梅因,《古代法》,前揭,页49。

奠基之开端。"①柏拉图只是为中世纪思想家奠定了基础。理性、柏拉图、启蒙等等，对于自然法来说，都远远不到位。

虽然在西塞罗那里已经出现了神法与自然法的分离，但二者并未渐行渐远。到了近代，霍布斯强调 ius 和 lex 的分别（《利维坦》1.14），就让自然权利与自然法分道扬镳，而自然法无非是自然权利的理论保障，甚至在实质性的自然法理论式微之后，表面上人们还在大谈特谈自然法，实际上谈论的已经是自然权利了。自然法走向自然权利，ius naturale［自然权利］取代 lex naturalis［自然法］，人义论取得了最终的胜利。美国和法国大革命之后，人们干脆撕掉了自然法这块遮羞布，直接诉诸自然权利。其中，自我保全的权利变成自然法无条件和绝对的基础②——思想品质堕落如斯！正如帕斯卡尔所说，"毫无疑问自然法是有的，然而这种美好的理智一腐化，就腐化了一切"。③

理智腐化的结果或表现，就是（1）"法"变成"权利"，（2）"自然"变成"世界"和"资源"，（3）一旦理性自然法受到全面质疑，整个思想世界就会陷入新的怀疑主义、历史主义和虚无主义之中，又需要"新的新自然法"之崛起来补救。

在众多权利中，理性发现自己最大的或者神圣的权利，就在于不再匍匐膜拜"宇宙"，而是站起身来"统治自然"！培根兴高采烈地宣布："我们只管让人类恢复那种由神所遗赠、为其所固有的对于自然的权利，并赋以一种权力；至于如何运用，自有健全的理性和真正的宗教来加以管理。"④培根所说的重点在于，统治自然乃是神明赋予我们的神圣权利，最终这种权利变成了可以随意宰制自然的权力。他所说的"真正的宗教"，其实指的是以理性哲学为主体的新的"公民宗教"。同样，笛卡尔也把理性抬高到无以复加的地步，其目的在于"因势利导，充分利用这些力量，成为支配自然界的主人翁"。⑤ 康德更是沉着冷静而又残酷地"拷问自然"和

---

① 施特劳斯，《哲学与律法》，前揭，页 57。
② 施特劳斯，《自然权利与历史》，前揭，页 185。具体见霍布斯，《论公民》，前揭，页 8、15。
③ 帕斯卡尔，《思想录》294 节，何兆武译，北京：商务印书馆，1985，页 138。
④ 培根，《新工具》，许宝骙译，北京：商务印书馆，1984，页 104。
⑤ 笛卡尔，《谈谈方法》，王太庆译，北京：商务印书馆，2000，页 49。

"逼迫自然",最后"为自然立法",甚至说这种权利乃是神圣不可侵犯的(《纯粹理性批判》B780)。曾经作为人类生养和教化之母的"自然",现在变成了随意攫取和蹂躏的对象——人类的这种自以为是已经给自己带来了不可逆转的伤害。

看起来,自然法本身就处在"永恒的循环"或转型中,正如罗门所说,"不管什么时候,只要人的心灵厌倦了对于单纯事实不满意的追寻,而在此转向形而上学这'诸学科之女王',自然法就总是返回到法学中"。① 但我们对此远没有他那样乐观,因为自然法在历史上的多次"复兴"并不是尼采意义上的"永恒轮回"(ewige Wiederkehr),而是施米特意义上的"每况愈下"(absinkende)。现代自然法的复兴如果没有充分意识到其自身的问题,或许终归是一场自我解构的游戏。

而这场游戏连带着现时代的相对主义、犬儒主义、历史主义、怀疑主义和虚无主义,一起奏响了人类精神的丧钟。在这种情况下,重新审视古典自然法观念,未必就能够解决多大的问题,但至少可以暂时打破"永恒轮回"的魔咒,让自然法真正回到宇宙论意义的"自然"之上来,如此,治疗、救赎或另辟蹊径才得以可能。

---

① 罗门,《自然法的观念史和哲学》,前揭,页28—29。他这本书的德文原版就叫 Die ewige Wiederkehr des Naturrechts(Leipzig: Verlag Jakob Hegner, 1936),直译应为"自然法的永恒轮回"。

古希腊罗马思想中的自然法则

亚当斯(J. M. Adams) 撰

杨 立 译

　　理性和理性的观念并非如雕像般全然耸立在一个石基之上,完全隔绝历史的力量影响到自己。哲学史和其余部分的历史有一种存在上的关联。它本身即是历史的一部分,从它身上可以看到不同宗教、文化和政治立场的影响。有赖于这一点,要正确追述自然法观念的历史,不能仅仅把曾经提出过的各种观念罗列一遍。这些观念必须放到它们从中产生并且要为之充当评判的规范标准的偶然历史情形中来考察。具体来讲,这意味着审视古希腊罗马这一时期自然法学说的历史,我们必须注意到它和这一时期法律实际指向的主要目的之间的关系。此外也必须同时看到历史的几个主要阶段特有的文化与政治境遇变迁,也就是说,看到希腊城邦的兴亡,马其顿帝国的扩张,罗马城及其帝国历史上各个不同的阶段。

　　举任何一个特定例子来说,"自然法"这一术语的意义通常可以非常方便地通过界定它的对立面得出,也就是说关注它和哪些东西相对立,例如,后面将会探讨希腊思想中 physis[自然]和 nomos[习俗]间的对立;或者关注哪些和这一概念对立的东西决定了我们使用这一概念的方式,例如,我们关注希腊生活方式和思想中的希腊人与野蛮人、自由人与奴隶之间的对立。

　　在希腊人那里,自然法学说发展的主线最初依托的是早期对神圣世界秩序的宗教构想。如布克哈特所断言:

　　　希腊人意识到在他们各自生活方式的背后有一个神话或

神圣的并且让他们感到亲近的起源。①

和现代人不同,希腊人并不按演化的观念来理解"自然"。诚如有人曾说的那样,对他们来说,自然的苹果并非可供人工培育的野生苹果,而毋宁说是仙女赫斯珀里得斯(Hesperides)的金苹果。

> 所谓"自然的"对象,是指以最完整的方式体现了某一事物观念的对象,它是完美的。因此,自然法就是那种使法的观念得以完美体现的法,一种自然法下的统治就是指用来统治其臣民的法,是那种完美地体现了法的观念的法。②

在希腊人最初的世界构想看来,神法以及神罚高于这个族群现有的各种法律和制度。这种看法,自然而然会支撑起一种习俗性的、广泛流行的理解,即认为遵循族群的风俗(mores)乃是一种宗教义务。事实上,这些风俗,包括比它们更高的神罚,同时也(通过亲缘关系)给予族群内某些阶层特权地位。"神圣的"风俗偏向自己本民族和某个特定阶层这一点绝非希腊人独有,但的确一直被希腊人保持着,甚至在最精致的希腊思想中也不例外。③

这些风俗在希腊人那里包含一系列的实践活动,诸如起誓、敬重古代遗址、对弱者和无助者的热情款待与慷慨大方、对受托付财产的忠实看护、尊重求助者和漂泊者的权利以及对亡者的妥善安葬。据说,宙斯会用雷击惩罚发假誓的行为,并为那些含冤的求助者和漂泊者复仇。其他诸神也分派有各自施展审判的领域。实际上,分配或划分界限的观念是希腊人的一个核心观念,被称为 Moira 或"命运"。

---

① Burckhardt, *Griechische Kulturgeschichte*. Leipzig, 1929,卷一,页35;转引自 J. P. Mayer,*Political Thought: The European Tradition*. New York, 1939, p. 9。

② Pound, *Introduction to the Philosophy of Law*, New Haven, 1992, p. 32.

③ 最近对希腊人和蛮族二分法的一个探讨,见 Moses Hadas,《从希腊罗马世界的民族主义到世界主义》("From Nationalism to Cosmopolitanism in the Greco-Roman World"),见 *Journal of the History of Ideas*, IV (1943),页 105—111。哈达斯教授忽视了一个事实,即希腊民族和蛮族间的这种对比要到一个相对晚的时期才开始为人们所熟悉(希罗多德,《原史》1.4)。

佩涅罗珀告诉奥德修斯:"不死的神明给有死的凡人为每件事都安排了命运。"(《奥德赛》,19.591—597)处于神监管下的"不成文法",以及荷马史诗为希腊人塑造的道德品格(ethos),其样式与十诫在希伯来人心中塑造的类似。① 不成文法曾作为早期诗人——先知——哲人那些说法的一个没有明说出来的大前提,和一些令人敬畏的观念紧密联系在一起,诸如:宙斯(Zeus)和命运(Moira),忒弥斯(Themis)和羞耻(Aidos),祸害女神(Ate)和品行堕落(Atesthalie),肆心(Hybris)和复仇女神(Nemesis),自然(Physis)和习俗(Nomos)。

希腊的哲人以这些关于世界神圣秩序的神话观念为起点,把目光转向事物的第一原则,他们始终保留着某种神话心性,并且不论他们如何设想第一原则,都将第一原则和外部自然世界、社会组织原则以及理性辩证法原则联系在一起。从不成文法开始,到法统治下的宇宙(law-ordered cosmos),再到索福克勒斯的天道(laws of heaven)和柏拉图的永恒理念,从中可以看出希腊道德意识在理性庇护下的形态,耶格尔(Werner Jaeger)指出:

> 我们应该这样来理解希腊哲学的成长:它的成长就是宇宙原初(包含在神话中)的宗教观念逐渐理性化的过程……,如果比作一个巨大的圆从圆周线开始被一个个同心圆逐渐占据直到圆心。那么正是理性思考侵入了宇宙这个巨大的圆,并且向深处不断扩张,最后在柏拉图和苏格拉底那里接触到圆心,即人的灵魂。此后再度离开圆心朝相反方向运动直到古代哲学的终结。②

接下来的讨论会跟随这一从圆周到圆心然后再从圆心到圆周的运动轨迹,因为它关系到自然法学说的发展。这是古代异教道德意识从黎明到正午的历史。

---

① 关于"不成文法"的各种不同意义及其相关内容的一个更详尽的探讨,以及一个关于成文法和不成文法之争的探讨,参见 Hirzel: AΓPAΦOΣ NOMOΣ(《不成文法》)1903,页31—69。希策尔表明了不成文法学说如何同时满足保守和进步的目标。

② W. Jaeger. *Paideia:The Ideals of Greek Culture*, Trans. Gilbert Highet, Oxford University Press, 1945, vol. 1, 150.

现在,我们要转过来看理性要素开始侵入希腊道德意识的那一过程,也就是希腊人的法律观念走向内在化的过程——这个过程在 physis 与 nomos 之争中画上句号。[①] 我们已经指出,这个过程与在形而上学、伦理学以及更狭隘的政治领域出现过的情形一样,必然会不断面临"一"与"多"的问题。

在早期哲学思辨萌芽后,世界开始被视为一个受统一原则支配的宇宙。不过,人们究竟是先通过观察自然得出统一原则,再把它运用到人类关系上,还是把观察到的人类生活规律套在自然上,这一点很难断言。不管怎样,早期希腊哲人得出的关于世界的结论,既适用于非人类领域也适用于人类领域,他们认为两者同属一个神法下的宇宙。在这类讨论中,physis 指一个统一的宇宙原则,但同时也涉及到道德和法律观念,如正义、法律、赏罚报应与和谐。

以阿那克西曼德、赫拉克利特和毕达哥拉斯为例,他们按照神的秩序与正义来阐释世界和人。[②] 阿那克西曼德描绘了人类世界和物质世界之间的相似性。物理元素与城邦的公民一样,"接受正义的审判并为彼此间的不义而接受惩罚和补偿"。[③] 神罚在自

---

① 对这些术语意义的探讨,参见 Greene,前揭,下同([译者按]原文如此,没有交代具体的文献);关于整个主题的参考书目,同上,附录 8 和 31。Physis 从一开始的"一个事物的具体特质"变成"一切事物的根源","事物永恒固有的质的构造","事物的本来面目","产生","生成","生长的过程"。有时这一术语在伦理上是中性的,有时则被解释成宇宙的一个统一的自然和道德力量。Nomos 在最初用来体现禽兽和人的区别,之后则指"祖传的风俗习惯",再后来指"法律"和"习俗"。这里需要注意的是希腊人"一直把风俗习惯和订立的法条结合起来,而我们现在则把两者截然区别开"(Pound,前揭,页 25)。

② 引述和提到这一段文字的章节,参见 Arthur Fairbanks 所著选集《希腊最初的哲人》(*The First Philosopher of Greece*,London,1898),页 9、37、47、137 以下。

③ Jaeger(前揭,卷一,页 159)断言,这里提到的正义就是希腊城邦的法律,阿那克西曼德的"dike[正义]观念是按宇宙生活的形象来设想城邦生活的第一步"。这一解释中,阿那克西曼德促进 physis 的道德化发展,而在此前它一直被视为中性的东西。另一方面,我们应该提一下梭伦,法治的第一人,用风吹散云这种自然化比拟来表达"道德的法律如自然法一样肯定无疑"(Greene,前揭,页 225)。Kelsen(前揭)表明,报应赏罚的观念在希腊思想中有广泛影响,一直延续到柏拉图。

然界施展报应的同时也在人类社会施展报应。通常（但并不妥帖）被喻为流变哲人的赫拉克利特认为："一切人法都需接受神法的哺育，神法的力量即它的意志，它足够涵盖世间万物并高于一切。"这里的神法就是他所讲的逻各斯，在他口中也被称为命运。这是宇宙和社会两者间的根本对应结构与和谐关系。毕达哥拉斯派则提出数论，用几何比例与和谐来说明"宇宙"和正义的特质（从而为贵族制的、柏拉图式的正义定义和城邦定义奠定基础）。①

因此，希腊的"自然"哲学从一开始就带有对社会的影响。这不单是由于神话土壤和心性，也不单是对我们提到过的"未成文法"的关切，还有"自然"哲人对政治表现出的积极兴趣。就这点而言，也许不妨把他们比作希伯来先知。

公元前5世纪爆发的种种事件为哲学应用于政治提供了充分机会，让这种对政治的热衷达到高峰。而公元前5世纪的剧变，也使得"一"与"多"的问题以迫切而紧要的形式表现出来。靠奴隶买卖的增长、新的市场生产体制和新货币经济崛起的城市中产阶层开始瓦解旧的贵族制社会。尽管彼此间的冲突在所难免，旧的社会最终还是土崩瓦解，冲突带来的后果，是这一时代对physis所作的种种探讨和自然法学说中明确或隐暗的前提，成为建立城邦的依据。同样，此前数个世纪的殖民活动和随之而来更广泛的旅途往来，加上这个世纪中叶雅典帝国的扩张，使新旧社会间的冲突和思想上的发酵愈演愈烈。由于和习俗（nomoi）差别迥异的陌生社会相接触，人们意识到没有哪一种法律本质上永恒不变。公元前5世纪中叶，人们开始陷入一种狂热，认为可以靠制定法律来解决所有问题。②

---

① A. D. Winspear 在他对希腊哲学发展的马克思主义解释中[《柏拉图思想的创世纪》(*The Genesis of Plato's Thought*, London, 1940)]，把阿那克西曼德和赫拉克利特描述成"一种进步的、充满动力的"社会哲学的拥护者；由于毕达哥拉斯主义者诉诸一种神权君主制的神罚，同时由于"他们拒绝算术上的平等而倾心几何的或和谐的比例，来寻求正义的意义和本性的线索"，他认为这些人扮演的是一种"保守的"角色。

② Rosco Pound 关于希腊法律的历史发展的摘要（前揭，页21—22）使人们很容易理解这一处境："在最初阶段，王凭借神启来裁定具体目标。在第二阶段，用习俗的方式来裁定成为寡头制的传统。之后，民 （转下页注）

　　不仅如此,到了世纪下半叶(伯罗奔半岛战争的年代),众多小的城邦国家不得不迫于意外的压力而改变原有的法律和制度。此时人们看到的法律总是在不断改变,诸如此类的改变不由得让人们产生疑惑:各种不同的地区风俗和不断变来变去的立法是否真的体现了万物神圣而永恒的秩序。一些人会问:难道法律和风俗真的不是人为的,因此绝非人工和任意武断的产物? 如果它们只是出自人为,又何以要求人们怀着虔诚的义务去遵循它们? 而其他仍然对 physis 这个最高统一原则抱有兴趣的人,同样会疑惑:现实的法律和风俗,在它们的多样性之内或在它们的多样性之上,是否还有一种更高的法律? 简而言之,一场思想上的革命开始席卷各个城邦。当民众领袖(demagogues)凭借"劝服"手段铤而走险改变法律时,统治集团再也无法像从前那样诉诸神圣权威。

　　而另一方面,想要通过诉诸虔敬和古老智慧的手段来让人驯服的特权阶层,也开始受到统治集团的对手们的猛烈批判。修昔底德谴责伴随这场革命出现的思想和道德上的混乱,按他的解释,滋生这场混乱的部分原因是"人们给言辞强赋新意,改变了它们的本来意思"(3.82)。但是,出现在这里的问题是严峻的,绝不仅仅是一种文字游戏而已。如果说哲学不同于"一种未经审视的生活"(一种在苏格拉底看来不值得过的生活),那我们就不能回避这些问题。而既然无法回避,我们就只能冒着风险去澄清"朦胧的解答",我们越是像梅瑞狄斯(George Meredith)说的"满心疑团,只想求得明白"和新的保证,就越应该如此。

　　智术师的功劳在于他们用最极端的方式提出了这个问题:"到底有没有在任何地方任何时候都能被认可的东西?"为了应对这一问题,他们采用现成的逻辑套路和早已为人们所熟知的术语。

(接上页注)众要求参与裁决的公布,促成法律的颁布机制。起初法律的颁布只是一种宣布。但从公布现有的习俗到公布更改过的现有习俗,只有轻松的一步之遥,因此再到用立法通过有意识和公开的更改以及故意所为的新法则,也同样容易。公元前 5 世纪和 4 世纪的雅典法律是一种靠立法维系的法典传统,其运行透过民众大会的司法机制从而被个人主义化⋯⋯ nomos 这个词,兼有习俗、颁布法和一般意义上法律的意义,反映出形式上的不确定性和应用上的缺乏一致性,这是原始法律的特点,同时这种困惑背后的真实性,也引发了更多思考。"

此前数十年和数个世纪的自然哲人把万物的永恒质料和万物显露出的样子区别开。① 与这种区别类似，此时人们以不同的方式把相应于自然被认可的事物和为法律与习惯所接受的事物对立起来，把 physis 和 nomos 对立起来。② 两者间最尖锐的对立说明："相应于自然的崇高事物不同于相应于法律的那些崇高事物。"（柏拉图《法义》889d）

> 在这里，个人开始反抗社会群体的恣意专横，如果这种反抗无法最终实现一个囊括一切的社会甚至 physis 本身，它就不可能发现最高的律令和绝对的法律。（Greene，前揭，页226）

柏拉图所述的那种看法，其中最具颠覆性的意涵时常被认为体现了智术师的典型学说。但是，智术师的学说并不统一。对自然和习俗两者各自的意义，他们彼此的见解各不相同。他们的共同点基于他们共同的兴趣，即教育的目的和教育的技艺；作为教育专家，他们更关心人的自然而非物性思辨。智术师基本上把 physis 完全从宇宙转向人的自然。希腊的道德意识犹如变小的同心圆，再一次靠近圆心，靠近人的精神和灵魂以及法律的内在化转变。

不过，我们对自然法学说的研究不能仅仅满足于关注智术师们的看法。除智术师之外的其他人，他们无疑同样热衷于道德意识和正义本质的问题。为便于考察他们的态度，我们不妨按自然与法律的关系问题将这一时代的主要看法分为四类：（一）法律和习俗足以作为生活的准则，自然实际上无关紧要；（二）自然是首

---

① 比较 John Burnet，《希腊伦理学中的法律与自然》（"Law and Nature in Greek Ethics"），见 *Essays and Adresses*（London，1930）；Ernst Barker，《希腊政治理论：柏拉图及其先辈》（*Greek Political Theory：Plato and His Predecessors*，2ed，London，1925）。

② 从自然思辨到伦理思辨的转向，可以参见阿那克萨哥拉的弟子、苏格拉底的老师阿尔凯劳斯的《自然学》（*physiology*），此人"据说曾在伦理观念上使用自然和法律的对照，宣称正义和不道德不存在于自然中，而只存在于习俗中"（Greene，前揭，页222）。

要的道德规范,作为行动的律令要高于法律,并优于法律;(三)自然是一个取代了所有法律和习俗的非道德规范,善就是强大,除此之外什么也不是;(四)自然和习俗没有区别,也不可能有任何区别。

　　智术师普罗塔戈拉,身为传授政治德性(arete)技艺的老师,以习俗捍卫者的面目登场,最后据说成了道德相对主义的创始人。按格林(Greene)的说法,他"并不反对 physis",但却认为自然无关紧要,就这一点来说他其实把 physis 等同于人天生具有的生长发育的潜能。他认为自然状态下的人没有能力实现和平和秩序;政治国家是神的命令,它和习俗一样,人们想要维持安宁和正义就必须服从它(柏拉图《普罗塔戈拉》324 以下)。教育的重要意义、人早年受到的训练和习传政治制度的力量使他印象深刻;此外,身为一名贵族子弟的老师,他相信遵守现状和城邦法律就是正义。①不过,他同样相信人是万物的尺度,也就是说,知识对知道者(knower)来讲是相对的;这一点导致他坚信善的相对性。其结果是,尽管他力图成为现行秩序的捍卫者,却无法提供一个原则来衡量是否有一种习俗(nomoi)比其他所有的都要优越。

　　另一些智术师与普罗塔戈拉的看法不同,而是通过诉诸自然来对抗法律和习俗,这一点带来的后果是根本性的(如果不是破坏性的话)。然而,和普罗塔戈拉一样,他们在人的自然中发现了 physis。我们从这种含混不清的看法中很难找到和自然法有关的内容,不过,似乎可以找到其中一个最重要的具体要素,那就是平等主义。② 在柏拉图的《普罗塔戈拉》(337)中,道德家希庇阿斯(我们对此人知之甚少)曾说:

---

① 《扬布里柯匿名篇》(*Anonymus Iamblichi*)的作者持类似立场:由于人必然生活在一起,使法律和正义凌驾在人们之上。Nomos 和正义保护人们免于僭政。这里的表述来自品达,但用的是不同形式,品达曾写道:"Nomos 是一切的王。"这句话在以后的时代遭到人们的任意曲解。

② Winspear(前揭,页 84—111)提出证据表明,从荷马到柏拉图的发展主线中,平等最初被解释为经济上的平等,之后是政治上的,最后贵族制的"智慧"和"节制"取而代之。比较修昔底得提到的两个针锋相对的口号,"多数人的政制上的平等"和"一个贵族制的智慧"(3.82)。

　　你们这些在座的男子们呵,我认为,你们就像是老乡、亲戚、胞民,凭的是天性,而非法,根据天性相像的与相像的彼此亲近,可法律哩,既然法律是人们的王,就要强迫许多人违反自己的天性。

　　于是,也许是第一个世界公民和平等派的希庇阿斯从他对自然的诉求中推导出一个结论:只有全人类的法才是有效的法。[①]在他看来,当时的"民主平等太过局限,因为那只是一国之内拥有同等待遇和出身相近的自由公民间的平等。而他要让全人类实现平等,成为一个家庭"。[②] 智术师安提丰在他的残篇《论真理》和《论协调》中告诫人们,拒绝服从习俗会导致无政府主义,但他仍旧把 physis 作为正义的基础。他谈到:"无论从哪方面看,我们彼此的自然都是一样的,希腊人和野蛮人是一样的。"我们所有人都用口鼻呼吸就是证明。[③] 智术师阿尔西达马斯的观点与此类似,他痛斥违背自然教导的奴隶制时说:"神赋予每个人自由,自然没有让任何人成为奴隶。"(亚里士多德《修辞学》1373b18)

　　卡利克勒斯(一个杜撰或乔装的人物)至少在拥护自然对抗

---

① 　如果色诺芬的记叙真实可靠,那么希庇阿斯在这一点上和苏格拉底看法一致,即认为在每个国家中都有某种不成文法以同一种方式为人们所认识,这些法律不可能是人制定的,而一定来自神(《回忆苏格拉底》第四卷,第四章)。但这一章没有提到 physis。关于自然法理论,需要注意"不成文法"概念一直扮演着一个角色,不论它就是索福克勒斯和伯利克里诵传的那种"不成文法",或是苏格拉底在这里支持的那种不成文法,抑或是亚里士多德主义的"可以看作被普遍承认的不成文原则"(留待下文讨论)。

② 　Jaeger,前揭,卷一,页 324。

③ 　比较希波克拉底,《论空气、水和环境》(On Airs, Waters, Places),在其中他提出,仅仅是地理和气候条件的差异导致了人类彼此的差异。差不多同时,修昔底德似乎得出结论,认为造成人与人不同的原因在于是否拥有理性来控制情感,这一点可以通过教育来实现。C. N. Cochrane 把这一立场视为介于典型的 Herrenvolk[优等民族]自负和智术师的被 physis 认可的平等主义之间的中庸态度(《古代联邦主义》["Federalism in Antiquity"],见 Approches to World Peace, ed. Lyman Bryson et al., New York, 1944,页 45)。

法律和习俗这方面和上面最后提到的这位智术师是一致的。但他在自然名义下宣扬的却是人在自然上的不平等。在他看来,所谓"正义"的实在法不过是弱者为解除强者的自然统治而发明出来的东西,因此违背自然。①

> 在自然支配下,事物本身越坏就越可耻,比如遭受不义;但在习俗支配下,行不义才更可耻,因为遭受不义的不应该是人,而只属于奴隶……正义就是让优等人来统治,并比其他人得到更多,对所有的人和动物、所有的城邦和种族来说都是如此。(柏拉图《高尔吉亚》482—483)

于是"非自然的"实在法不可能用有效的义务约束强者。这里表现的精神,正是在公元前403年雅典战败后那场政变中涌现出的反革命的贵族精神。

相比之下,智术师吕柯弗伦提出的看法在这一点上比较温和。他信奉的功利主义国家契约论可以理解为一种按照启蒙的利己主义原则施行的统治。他似乎还把社会的种种差别仅仅看成名称不同而已;此外,在他看来,自然的平等证明了一切世袭特权都不具有合法性。

智术师和演说家色拉叙马库斯所持的立场则看上去像一种犬儒主义和权力意志的混搭。与卡利克勒斯庸俗的尼采主义不同,他认为现成的秩序是强者力量的直接体现。"所谓正义就是现行政府的利益。"因此"唯一合理的结论应该是:不管在什么地方,正义就是强者的利益"(《王制》338—39)。虽然在描写色拉叙马库斯的那些段落里找不到 physis 这个词,但他的观点实际表达的意思是:凡是存在的就是自然的;法律属于强者并由强者垄断。

在上述所有这些针对传统法律与自然观念的批判和改造面

---

① 比较克里提亚(例如,在《西绪福斯》[*Sisyphus*]中提出)的看法,他认为神是智慧的人发明出来的,为的是让社会生活更安稳,来抵御对恶的秘密想象,而国家的法律同样是智慧的人制定出来的,用来防止公开展现出的恶。

前,已有的信仰和社会形态濒临崩溃的危险。① 诚如我们在前文已经指出的那样,这个世纪政治和社会的剧变加速了这一崩溃过程。但就道德意识的形态而言,这种崩溃表现出的是一种否定因素,智术师在塑造肯定的原则方面没有取得太多进展。我们已经看到,智术师手中用来替代习俗的"自然法则"是一个不保险的替代物。正如巴克(Ernst Barker)所讲:"它一直都只是一种否定(a negative),否认自己作为习俗存在:它反复无常,甚至和肯定(a positive)全然不合,它有时可以用来纵容主人道德,有时则在相反意义上用来谴责奴隶制。"②柏拉图充分驳斥了那些在理智和道德上对这些问题充耳不闻的智术师。另一方面,柏拉图拒绝承认这一事实,即智术师在某些时候反对恶劣的"习俗性"剥削、专断和不义。此外还需要注意,智术师凭借他们对理性辩证法这一工具的强烈喜好,为分析和社会批判的新模式开辟了道路。因此,经由智术师之手,理性越来越深入到道德意识,深入到和"一"与"多"问题的纠葛中。因果律(law of causality)从作为规范的法律(law as norm)这一观念中分离出来。

对这一问题的探讨,在苏格拉底那里上升到一个更准确和更高的道德正直层面。苏格拉底设法通过归纳推理和"普遍定义"法来把握一种高于实在法并且比"意见"更为可靠的正义法则。我们之前提到色诺芬笔下的苏格拉底如何定义不成文法,即:它们"同时存在于各处,而且关怀一切"。而柏拉图笔下的苏格拉底稍有不同,在《苏格拉底的申辩》(29d)中,苏格拉底这样说:

如果你们就是在我说的这些条件下放我,我要告诉你们:

---

① William Seagle,《对法律的追求》(*The Quest of Law*, New York, 1941, 页200)提到伯罗奔半岛战争后的晚期智术师时代:"智术师学说被用于诉讼实践这一猜测,是因为他们从事这样的工作,即向那些不得不在民众宣誓法庭申辩的人传授技艺。由于雅典的司法体制并不鼓励援引判例,因此人们往往诉诸自然的法则"——我们还应加上一句,他们诉诸自然法则要么让事情变得更好,要么变得更坏。其结果的确往往是事情变得更坏,因为案件经常是根据一个专为当前案子定出的特别规则来裁定的。

② Ernst Barker,前揭,页75。这一章中还可见对智术师攻击宗教以及攻击作为习俗产物的家庭的记录。

"雅典的人们,我向你们致敬,爱你们,但我更要听神的话,而
不是你们的。"①

不过苏格拉底相信,服从有缺陷的法律并承受不义的遭遇,要
比拒绝服从它从而削弱人们对法律的敬畏之情更为可取(《克力
同》50a)。尽管苏格拉底有意和自然思辨(physical speculations)
保持距离,因为那只能产生一大堆无用的意见。但是他用过 phys-
is 这个词,并把 physis 和人与动物的自然天赋、事物的自然本质以
及神意联系在一起。例如他这样回应卡利克勒斯:"行不义之事
比遭受不义更为可耻,正义就是平等,决定这些的不单是习俗,还
有自然。"(《高尔吉亚》484) 因此,苏格拉底一方面拒绝那种对
"自然"的非道德观点,同时也拒绝把 physis 和 nomos 完全对立起
来。"甚至在苏格拉底看来,真正善的东西是事物现实的自然所
固有的,所以即便是 nomos,最好的 nomos 也一定以 physis 为基础,
智术师搞出的两者对立问题,会在'自然法则'中得到解决。"②
我们都熟悉苏格拉底处理"一"与"多"问题的方式,其最具特
点的就是以如下几点作为前提:一,善与正义的可知性;二,人们可
以凭借理性论辩摆脱琢磨不定的乏味冲动和处境,得到善的知识;
三,善的知识将透过德性展现出来;四,善应该以实践和目的来界
定;五,世界处在神意之下。最终,苏格拉底式的理性显得超出哲
学和城邦之外,是一种神授予的洞察力,可以用来发现万物在神意
指导下走向的目的。对人和宇宙,他基本上报以乐观的态度,让我
们再次引述布克哈特的话,苏格拉底"意识到了"他的洞察力具有
"那一神话或神圣的起源",尽管这一神话隐含的观念正在被理
性化。
且不谈《苏格拉底的申辩》和《克力同》,这一点在《游叙弗
伦》那里就可以看得很清楚。我们同样可以透过苏格拉底频繁提

---

① 认为上天的不成文法比制定出的法律更可取,索福克勒斯表达过一个类
似的观点。"是神在天上的奥林波斯订出的,天神正是因它们才得以伟
大,得以永恒。"(《俄狄浦斯王》行 863—871,《安提戈涅》行 446—460)埃
斯库罗斯同样依托一种信仰,认为世界存在一个固定而正义的神圣秩序。
② Greene,前揭,页 275。

到他的精灵（daimonion）这一事实清楚看到这一点，也就是说对他而言，服从实在法、不行不义之事的宗教义务和通过辩证法获得德性知识的义务，与一种虔诚献身公共福祉的彻底的伦理生活联系在一起。他为这种虔诚付出了最高的牺牲，自信体现了善的人绝不会遭遇任何邪恶之事。在苏格拉底那里，只有当 ethos［品格］和 nomos 与 logos 同样重要时，physis 才能被认识到。我们可以在 nomos 中发现 physis，也可以在超越 nomos 之外的地方发现 physis，但发现它的人必须是那个认识到自己并关心自己灵魂的人。"不断实现着城邦共同体意义的一个活生生的典范，是辩证法与解惑的基础。"①

柏拉图这位希腊天才以其非凡的抽象才能和出类拔萃的语言驾驭能力呈现了理性如何面对"一"与"多"问题。与那些盲目鼓吹"多"的人——那些声称"自然中并不存在任何正义原则"（《法义》，889d）的智术师——相反，他提出一套客观的观念论哲学，能够在表面上保持多元性的同时为正义提供一种自然法基础。他以苏格拉底对真实与善的可知性的肯定为出发点，发展出自己的分有说（doctrine of participation）和分离说（doctrine of separation）。②根据前一学说，存在和思想是对永恒理念王国的分有；根据后者（一种受俄耳甫斯传统影响的、肃剧性的学说），灵魂注定要从理念王国分离、"下降"并与尘土结合，在命运与劳作中经受净化。这一俄耳甫斯式的学说与理念的回忆说联系在一起。

善作为至高而永恒的理念，同时也是一种存在论和价值的原则，一种个人生活的准则以及国家的"目的"。在一个 telos［终极目的］的概念里可以找到生命的终极意义，那就是成为像神一样的存在；而这个 telos 又和世界的"灵魂"和人的"灵魂"联系在一起。柏拉图在人以及宇宙灵魂的理性和目的性中为 physis 的运动和秩序找到了解释；无论如何，灵魂是由努斯（《斐莱布》30b）或神匠（《蒂迈欧》34c）创造的。

通过国家各个部分的和谐关系实现的善就是柏拉图所说的

---

① Julius Stenzel，《古代形而上学》（*Metaphysik des Altertum*，Berlin，1931），页100；转引自 Mayer，前揭，页19。

② 对柏拉图法律哲学的一个简要概括，参见 Kessler，前揭，页35—39。

"正义"。由于思想是一种从存在(Being)领域分有出来的形式，人们可以通过理性论辩的手段寻求完美国家的正义法律。但柏拉图所说的法律并非那种可以用普通人未经训练的理性发现(或者说"回忆")的法律。就算我们相信每个人都可以从事哲学，大多数人也必须通过认同智慧者(the wise)的教诲来接受这种法律。只有以人类自然的永恒真相为基础建立的国家，才是合乎自然的国家。只有当所有人都按照自己的禀赋为共同体贡献力量时，善和正义才能为人所知并实现。每个人在自然上都不平等，因此如果一个共同体要实现人人平等，那么在这个共同体中就不会有正义。一件事受到被统治者的赞同的确并不代表它就是正义的；"治愈的谎言"和审查是政府的正当手段。个别的人可能同意也可能反对。除了智慧的统治者外，每个人都应该放弃自己内心的判断。否则，贪欲就会取代理性的统治。正如实现灵魂和谐的唯一途径是让灵魂的各种能力按照等级差序来统治灵魂，所以国家的和谐也必须是一种等级差序结构。因此，能够实现 physis 的是国家各部分的有机和谐(一个大写灵魂的有机和谐)。① 所以，正义一方面是个人德性，另一方面也是社会德性。

柏拉图在《王制》中认为，与法治的冷漠无情相比，哲人王展现出的随机应变的智慧更为可取。法律只有在次好的国家中才处于权威的顶端，只有当它合乎自然时才是正义的。② 在《法义》(718—724)中，他打算让立法者在受过训练的哲学思维与法治之间构筑起一道桥梁，并认为立法者应当为每部法律附加一篇序言来阐明建立在哪些原则之上。他还明确肯定，一个名副其实的立法者，应当捍卫法律自身和合乎自然的(或者与自然同样真实的)技艺的要求，因为它们是理性合理论证的产物。

柏拉图凭借辩证法离开那个"多"的、生成(becoming)的世

---

① 这一和谐论无疑受到了毕达哥拉斯派比例学说的影响。按照这一学说，"法律应该遵循自然，如果它依照自然法的形象来制定，那就是遵循自然的，而自然法的形象就是按每个人的品德来分配他应得的东西"(E. Burle，《古希腊自然法概念发展史论》[*Essai historique sur le dévelopement de la notion de droit natural dans l'antiquité grecque*]，Trevoux，1908，页86)。

② 在《治邦者》(271—272)的神话中，次好国家是从黄金时代的自然国家那里堕落的产物。然而，我们不能认为柏拉图会支持高贵野蛮人的理论。

界,来到"一"和永恒理念的存在(Being)世界,此后又再次回到"多"的世界,并且在到达圆心点之后(设想那里就是人类灵魂,它分有永恒理念),如耶格尔准确描述的那样,朝相反的方向走去。世界、社会及人类灵魂的本质结构在一条存在之链中以这样的方式彼此联系着,这条存在之链导向它另一端的永恒理念世界。

在《法义》的柏拉图式理想国家中,一切事物都井然有序。衡量一个国家伟大与否,要看它的权威能达到多大的范围,以及是否有能力平息一切反抗、一切不同意见以及家庭和个人想要独立的念头。因此,到后来,柏拉图的法律观念变成对压迫和对"精神"权力压倒世俗权力的认可。① 这一点让柏拉图没有理由质疑奴隶制是否正义;同时除了每个人在国家中所起的作用外,也没有对个人表现出任何更深一步的关切。柏拉图关注的是如何提供一道律令,让等级社会中的社会义务付诸履行,而不是保护个人的权利。柏拉图和亚里士多德政治哲学的一大特点,是不关心现代人所讲的"个人自由"以及"私权利"。② 这种漠视也同样体现在古希腊"庙堂"与国家的二维结构(co-ordination)中。

亚里士多德否认 physis 和 nomos 间的对立,认为这种对立只是一种修辞手法(《辩谬篇》第 12 章)。在他看来,人在自然上(即,在根本上并就他的"目的"而言)是一种政治动物,国家是一种自然的必然性。③ 自然把社会本能植入所有人(《政治学》1253a)。亚里士多德在表面上公开使用的是归纳法,而非像柏拉

---

① 关于柏拉图政治哲学的这一面相,参见 Burle,前揭,页 322—323。

② 为此可以参见耶格尔关于柏拉图和亚里士多德政治哲学依靠在早期城邦贵族制文化上的讨论。"柏拉图在《法义》中建构起……一个基于法律的老式希腊宇宙和一个城邦,在这个城邦里所有涉及城邦的精神活动都是不可改变的……不提到国家的纯粹个人的道德法则对希腊人来说是不可想象的"(前揭,卷一,页 110—111、323)。在这里我们再次看到自然法理论受到历史偶然性的影响。同样可以参见 G. H. Sabine 和 S. B. Smith 的《论共和国》(*On the Commonwealth*,Columbus,1929)页 9—10 及导言。

③ 如耶格尔指出的那样,亚里士多德在这里辨别出人"不同于动物,因为人有生活在国家中的能力:事实上把 humanitas[人之为人]等同于国家"(前揭,页 110)。

图那样在理性上自我反思并在国家法之上设立一个永恒法律的观念。但他区分了特殊的法律和共同的法律。他谈到：

> 特殊的法律是指各个民族为自己制定的法律，又可以分为成文法和不成文法；共同的法律指的是依据自然的法律。存在着所有人都能猜出几分的共同律则，以此可以分为在自然上公正或不公正，即使在毫无共同之处、彼此不相熟悉的那些人之间。例如索福克勒斯肃剧中的安提戈涅所说的显然就是这个意思，她说安葬波吕涅克斯的尸首尽管受到禁止，但却是正义的，因为这正义凭借的是自然：既不是昨天也不是今天，而是永永远远，它万古长存，没人知晓它的由来。①

亚里士多德关于自然法所作的一个更为影响深远的区分可以参见《尼各马可伦理学》（第 5 卷，第 7 章）。在那里，他似乎想要弄清楚法律与法治间的区分，同样，在托名柏拉图的对话《米诺斯》中也可以看到这种区分。他关心的问题是正义本身是什么、什么是合乎自然的正义，以及什么是正义的观念，而没有

---

① 《修辞学》（*Rhetorics*）1373b。希策尔（前揭，页 20 以下）收集的证据表明，亚里士多德在这里的定义反映出对不成文法的意义有一个新的延伸，这一延伸产生于修昔底德时代，伯利克里的葬礼演说（ii, 37）因此体现的是一个早于亚里士多德《修辞学》的权威。按照这个概念的这一延伸应用，不成文法也许可以说不属于某一特定民族，而是普遍地对全人类有效；它命令人们对神圣的准则保持忠诚，这一准则被视为神圣的和处于神特殊庇护下的事物，违反它就算不是必定遭罚，也必然是可耻的。某个特定民族的不成文法与全人类的不成文法之间的这一区分，如希策尔表明的那样一直持续到斐洛。在希策尔讨论的基础上，Rudolf Eucken（《法律和自然》["Law and Nature"]，见 *Encyc. of Religion and Ethics*）得出结论说，那个"在之前等同于传统用法和习俗"的自然法概念现在"在意义上成为一部写在人类心中的法"（为此，应当注意"德谟克里特……认为 aidos[秘密的羞耻心]这一老的希腊观念有其新的重要性，用人们对法律的 aidos——这种情感已被智术师派批评家如安提丰、克里提亚和卡利克勒斯消灭——来代替人们对自己的 aidos 这一绝妙的观念"[耶格尔，前揭，卷一，页 328]）。

理会智术师在自然法与实在法之间所作的对比。他认为"自然的正义"（physikon dikaion）就是"不管它是否得到人们承认，在一切地方都有同样效力"。而"习俗的正义"在一开始并没有规定人们应当怎样做，要由立法者制定并颁布出来以后，才形成规定。

　　尽管亚里士多德表面上没有接受柏拉图的理念论（和早期的神话心性），他的自然正义观念，并不仅仅承认存在着一些可以被普遍接受的道德与法律原则，还表明宇宙中存在一种理性设计，可以通过国家的良好运作而在一定程度上实现。因此，自然正义既是一种内在固有的品质，同时也是一个人间正义朝向的超越性目标（《伦理学》第5卷第7章）。① 另一方面，他并没有肯定说我们在人类社会中找到的自然正义的统治都是固定不变的。"即使对我们来说也有某些东西具有自然的正义；尽管一切都是可变动的。"（同上）法律和政制容易受到历史上突发事件的影响。在某些方面，亚里士多德在这个问题上的确预示了一种现代观念，那就是拒斥"历史主义的"理论和"自然法"理论之间的根本对立。但有一点在他那里似乎是始终如一的，即人类"自然的"不平等。他断然拒绝一切平等主义信条，在他笔下奴隶不过是家庭驯养的动物，一个有生命的工具。并且一些人根据自然天生适合统治，而另一些人则只配接受统治。②

　　亚里士多德的政治理论和柏拉图一样，是一种国家的阶级论。我们还应该注意到，亚里士多德的自然法理论，从未动摇他那种典

---

① 当然，亚里士多德（和柏拉图一样）区分了自然正义的法则和自然必然性的法则。他的自然概念是在其目的论语境中定义的，是对事物固有性质的描述，并且不能脱离事物的完满状态。关于目的论和这一因果律观念之间的联系，Eduard Zeller 说过的话值得我们详细引述："柏拉图和亚里士多德极为强调以自然的进程为对象的那一必然性，尽管我们可以清楚看到，这一必然性从属于自然的目的活动并（作为自然的目的获得实现的一个必要条件）只服从其统治。但他们没有把这一必然性当作自然的'法则'；他们只把行为的规范称为自然法则。"（前揭，页5—6）

② 一个关于亚里士多德自然不平等观的重要性和影响的讨论，参见 A. J. Carlyle，《中世纪政治学说史》（A History of Mediaeval Political Theory, New York, 1903），卷一，页7、12。

型的希腊人对"野蛮人"的优越感。他视希腊人为优等民族(Herr-envolk)并轻蔑地用"自然的奴隶"来称呼蛮族。柏拉图和亚里士多德的政治哲学并没有立刻造成一种理论上或实践上的影响。就这一点来说,只能把他们看成"一个伟大的失败"。在他们身处的时代,"城邦的黄昏"就要来临,这些哲人理解的政治自由即将消失。①

犬儒派继承并发扬了某些来自智术师的观念,以一种激进的方式否认希腊人在自然上比野蛮人优越。与他们的先驱不同,他们攻击城邦的完美理想,并抛弃这种理想。在某种程度上,他们的态度源自旧理想的幻灭和由此带来的绝望。由于他们不仅对城邦漠不关心,而且丝毫不顾财产、地位、性别、家庭、国别以及自由公民和奴隶之间的差别,因此人们称他们是"希腊世界的礼法摒弃者"。一切"非自然的"习俗性区别都不复存在,一切制度都被视为人为搞出来的产物,对他们来说,自然是对"非自然的"差别的否定。只有那些生活在这个世界中并且在道德和理智上自足的智慧者,才真正体现了世界公民形象。第欧根尼宣称自己是宇宙公民,一个彻底个人主义的、完全构筑在虚幻之中的世界的公民。②虽然他们对世界的看法,除了推想中的共产主义和无政府主义之外并不包括任何积极的政治理论和实践活动,却为廊下派的平等观念和世界公民观念铺平了道路。

随着马其顿帝国的崛起和在那之后城邦地位的衰落,一种人类统一(unity of mankind)的世界公民意识开始从根本上弱化或取代旧式的对城邦的忠诚。决定性地催生这一人类统一理想的,也许正是亚历山大大帝的丰功伟绩所引发的世界性转变。③ 从城邦

---

① G. H. Sabine,《政治学说史》(*A History of Political Theory*, New York, 1937),页 123。

② 比较 Cochrane,前揭,页 48—49。

③ 比较 W. W. Tarn,《亚历山大和人类统一理想》("Alexander and the Idea of the Unity of Mankind"),见 *Proc. Brit. Acad.* ,XIX(1933),页 123—167。Tarn 表明哲人是从亚历山大那里获得人类统一理想的,亚历山大明确着手实现一个"心灵的契合"。关于 Tarn 的这一论题,人们会回想起普鲁塔克的表述:"亚历山大通过建立起他的普遍帝国,在政治层面上实现了犬儒派的理想。"亚历山大想要实现"心灵的契合"的所谓愿景,不应让我们对马其顿帝国主义无法满足的贪欲视而不见。

到精神世界共同体这一新志向的转变,标志着自然法学说史上一
道清晰的分界线。我们大可认为,亚历山大幅员辽阔的帝国的确
可以算作一个世界共同体。那些开始着手研究这个被占领的新世
界并把它描绘成一个"天下"(oikoumene)的地理学家也承认这一
点。另外,这一点在后来与希腊化时期的王政观念和共同(或王)
法联系在一起,依照这种法,王被看成活生生的法律,一个法律原
则的人格化形象。我们可以发觉,关于神圣起源的神话观念在这
里以一种仿照古风的方式重新复活,它的复活为"神圣的"救世主
崇拜,为绝对君主制及其军事体制、政治蒙昧主义、残暴和压迫奠
定了道路。

　　早期廊下派在哲学上(如果不是在政治上的话)体现了这种
宇宙公民的新志向,他们以犬儒派对城邦那种漠不关心的态度
(一些人甚至认为所有人都应该像畜群那样生活,无需顾及地位、
家庭、性别、财产和国别的习俗性差别)为出发点,将人类统一的
观念和早期赫拉克利特的 Logos 观念联系在一起,和古典时代的
道德与目的论观念以及犬儒派智者倡导的平等主义联系在一起。
不仅 Logos 和 Pronoia[神意]这两个概念十分关键,physis 和 nomos
也同样如此。到了晚期廊下派,后一组概念被合并成 nomos physi-
kos,其表达的意思大致上和拉丁文的 ius gentium[万民法]一致
(在亚里士多德传统中找不到这种表达用法)。①

　　芝诺在回应那些认为不可能有知识,甚至质疑事物存在的
真实性的怀疑论者时,明确肯定了世界的真实性和可知性:所有
人身上都分有 cosmos[宇宙]的世界灵魂,世界灵魂是一种 log-
os、一种 physis,一种根据万物的目的来塑造万物的法。这种法
存在于事物相互间的理性联系中,存在于逻辑规范的理性系统
中,可以在人的理性和理性本身中找到这种逻辑规范,而理性本
身又是一切服从理性的事物之间的普遍纽带。理性是每个人与
生俱来的东西,我们可以通过一种直觉上的前理解(在后来被称
为"共同信念")发觉它。人拥有理性,因此,据说在人和神、人
和人之间有一种独一无二的联系。而另一方面,动物只有自我

━━━━━━━━━

① 　Sir Frederic Pollock,《法律论文集》(Essays in the Law, London, 1922),页
　　33。

保存的本能,所以它们无法和神、无法和其他同类保持理性上的联系。这样一来,自然法则就成了寄存在人的自然和宇宙的架构之中的一个普遍有效的、具有存在论和规范地位的理性法则。芝诺写道:"普遍的法则,存在于正义的理性中,它播撒宙斯的光辉,它是世界的向导。"理性、自然和神的意思几乎是一样的。它们在古典哲学中的差别被无视掉了,这一点导致的结果是廊下派哲学显露出一种退回到缺乏必要区分和一致性的泛神论的趋向。①

　　过"合乎自然"的生活是每个人必须履行的使命,人们通过履行这一使命可以实现明智的自足和个人幸福。如果说廊下派的泛神论有歧义性并且缺乏一致性,那么他们的道德理想也同样充满矛盾的张力,我们透过那一理想既可以看到出世的冷漠,也可以看到入世的道德热诚。然而和柏拉图不同,对早期廊下派来说,个人的善和智慧并不仰赖国家各部分和谐体现出的集体的善和智慧。凭借自然法则,众人和众神都是一个世界共同体的公民——神传授的教导是人类社会的基础,决定了人类社会的范围。这一法则是正义理性的法则,作为衡量正义与否的标准在任何地方都有效。天底下一切事物,无论统治者或被统治者,都受这一标准检验。尽管大多数人很愚蠢,但在神的下面所有人都是潜在平等的,无论社会地位有怎样的不同都有自己的价值。人和人之间唯一存在的差别是智者和愚人的差别。也就是说,人与人之间的那些平常意义上的习俗性区别并没有太大意义,或干脆根本没有意义。

　　显然,早期廊下派哲学起初更多是一种个人的生活方式,而非

---

①　自然中的因果律和自然法则这一建立在神圣基础上的理性-伦理原则,在廊下派观点导致的那种泛神论中是含混不清的。这种含混不清自阿那克萨哥拉以来在很大程度上是得到避免的。关于这种含混不清以及接下来廊下派学说中的必然论和宿命论成分的一个简明的论述,参见 Zeller,前揭,页 6 以下;关于廊下派术语上的歧义和廊下派论证上的循环性,对此的一个描述可参见 R. D. Hicks,《廊下派和伊壁鸠鲁派》(*Stoic and Epicurean*, New York, 1910),页 82 以下。

　　　透过廊下派思想我们可以发现,以一种典型的阿波罗尼奥斯式的将自然等同于理性,人被限制在理性内,接下来人的自由遭到误解,从而人不再具有更深和更高的生命力。

直接是一种政治哲学,因此没有立刻对政治产生直接的影响。不过,它却向人们传播了这样的信念,即原先我们认为只有在智慧的人身上才有的那种无与伦比的高尚品格,是所有人(包括奴隶在内)都具备的与生俱来的人类品格。克吕西波态度坚决地驳斥亚里士多德,他认为没有人在自然上天生就是奴隶;奴隶应当被看成一个"终身受雇佣的劳动者"。另一方面,人人平等的学说非但没有颠覆现有的制度,后来还通过"各在其位,各司其职"这一信条与罗马贵族原则相适应。而再后来到塞涅卡那里,我们可以看到自然法则的历史可以一直追溯到黄金时代(《致卢基里乌斯书信》90)。

尽管如此,廊下派最核心的自然法观念,包括它强调的人类统一和每个人在神面前都潜在平等,应被视为西方文明至关重要的观念之一。如特洛尔奇(Ernst Troeltsch)所表述的那样,我们在这里发现"从理性的普遍合法性中衍生出的一种道德规范,取代了实在法和道德;个人身上激发出的神圣理性取代了民族和地方利益;人不再区分国家、地区、种族和肤色的观念取代了特殊的政治团体"。① 这些普遍化趋向对罗马的思想、生活方式和法学产生了显著的影响,同时也影响到了罗马人的一系列观念,如教养、世界共同体中的公民责任、自然法赋予的平等、奴隶制以及妇女地位。

虽然在早期廊下派的自然法观念和世界国家观念中政治制度并不是首要关注的对象,但到了中期廊下派的帕奈提乌斯那里,情况发生了转变。卡内阿德斯从怀疑论出发对早期廊下派灵魂学说和自然法学说的攻击,以及帕奈提乌斯本人有机会在罗马的斯基比奥圈子(Scipionic Circle)发挥影响这一点,激励了帕奈提乌斯。在他看来,自然法则是这个世界固有的而非超验的东西。它不再是一个含混不清的、假想的智慧者共同体的纽带;而毋宁说是一个影响着现有国家和法律的理想、一个批判和修正实在法的基础。一个国家如果具有正当性,那就不能仅仅表现出权威,还应表现出正义和正当。

---

① 《廊下派-基督教自然法和现代世俗自然法》("Das stoisch-christliche Naturrecht und die moderne profane Naturrecht"),见 *Gesammelte Schriften*(Tübingen,1925),卷四,页175。

庞德(Dean Pound)说过,希腊人有法律,罗马人也有法律。希腊法律保留着原始法律的特点,其中"没有确定的形式"并且在"应用上缺乏统一性"。而另一方面,罗马法学家开始接触到哲学时,罗马法已经开始从严格法过渡到衡平法。① 因此,"廊下派学说相比之下更适合罗马,而不是最初诞生的本土"。② 罗马人的实践天才让罗马君临天下,在罗马法形成初期,一些法学家吸收了希腊人的思辨天才,从这两种天才的结合中,催生出哲学原则和意大利本土法律以及新裁判法的融合:这种融合成为罗马给西方世界留下的宝贵遗产。我们再次面对的问题仍旧是"一"与"多"的问题,是评判正确理性不断演变的标准如何应用于复杂多变的生活状况的问题。

西塞罗受到帕奈提乌斯的深远影响并在实践经验上远远超过任何早期理论家,他成为廊下派自然法学说首屈一指的传播者,罗马法学家通过他接收这一学说。③ 不过需要注意,也许西塞罗在法学理论上的影响力并没有立刻发挥出来。无论从哪方面看,罗马法要等到两个世纪后才变得成熟。在哈德良时代,尤里安才着手把裁判官难以操作的法令精简成一个类似体系化的东西。这一工作持续到安敦尼皇帝时代才随着衡平原则的出现而受到人们重视,并最终在塞维鲁皇帝治下,才由最后几位伟大的经典法学家即帕皮尼安、乌尔比安和保卢斯完成编纂工作。到这时,廊下派对罗马法的影响才达到顶峰。

假如说苏格拉底和柏拉图的自然法学说以一般性概念和希腊城邦的理想为基础,芝诺的自然法学说以生活在那一个智者和神的世界共同体中的个体为基础,那么西塞罗自然法学说则以一种

---

① Pound,前揭,页26。

② Mommsen,《罗马史》(*History of Rome*),卷四,页201,转引自 C. H. McIlwain,《西方政治学说的发展》(*The Growth of Political Thought in the West*, New York,1932),页106。Mommsen 认为其之所以能够适合罗马,主要原因是"义务决疑论"(its casuistic doctrine of duties)已成为廊下派思想的主要特征。

③ 我们在这里省略了对斐洛自然法学说的讨论,这一学说混合了从他的希伯来传统、亚里士多德和廊下派那里吸收来的观念。Hirzel(前揭,页16—18)提供了对斐洛著作的适当参考。

由希腊人的哲学才能和实践愿望所构成的社会意识为基础,这种实践上的愿望一方面希望在罗马僭政的危机面前捍卫共和宪政,一方面要求抵御格拉古派的改革诉求。① 他从古典希腊思想中汲取早期廊下派缺乏的东西,即献身公共事业的宗教精神。在他看来,没有什么事比人们通过建立一个法律统治下的社会来争取正义更能得到神的垂青、更能带给人幸福。他说过,"我们为正义而生",只有追求正义才能实现生命的意义。西塞罗代表了罗马文明对此的坚定信念,这也许可以说是他为罗马贡献的一笔遗产。

西塞罗把这一信念根植于一种改良的廊下派自然法观念和政治神学当中。所有自然都受到神的支配。人拥有的理性和正义感,使人和神相似,人与人彼此间也因此没有什么不同;他们分享了法的终极原则,而神正是用这些原则来支配宇宙的。这一点决定了人负有神圣使命。理性和正义的命令一方面存在于神意之中,另一方面存在于与生俱来的直觉和自我保存的本能之中。

尽管看上去这种观点在某种程度上会导致功利主义,但西塞罗对功利主义学说、尤其伊壁鸠鲁著作中透露的功利主义学说一向嗤之以鼻。正义和法律的来源是自然而非功利;同样,正确的基础是自然而不是人们的意见(《论法律》2. 14—16)。自然才是正确理性永恒不变的法,无论元老院还是人民都不能免除人对自然的义务。"它毋须借助别人的解释或注释,只需凭借自身,也不会在罗马是一种法在雅典是另一种,或现在是一种法以后是另一种,而是同一个永恒不变的法":它为神所制定,为神所颁布(《论共和国》3. 22)。被文字记录下来的理性并不能成为法律,只有在人们心中确定下来的理性才能成为法律;它将同神的精神一道确定下来(《论法律》1. 5—23,2. 4—7)。

和希腊人与许多自然法哲人一样,西塞罗对自然法所下的定义内容并不清楚。他在很多不同的意义上使用"自然"这个词,并且一般说来自然法的内容不会超出基本的道德准则(《论占卜》

① Sabine 和 Smith 对此的讨论,见前揭,页 32—33,讨论指出,西塞罗和斯基皮奥圈子反对格拉古党人的政策,该政策是"一个明显要改变现有阶级利益的诉求,其目标是通过扩大骑士阶层的影响力和特权来虚弱元老院集团"。

2.22、65 以下,2.53、161)。不过,有一点很清楚,与亚里士多德相反,他跟随廊下派并坚信依照自然所有人都是平等的。"只有理性能让我们高于禽兽并使我们有能力作出推断……当然我们所有人都分享了这一点,此外,尽管每个人所学到的不尽相同,但至少我们都有同样的学习本领。"(《论法律》1.10、28 以下)自然不会带来不平等,不平等是由邪恶和错误带来的。①

不过有一点应该注意,那就是西塞罗学说一般看来具有的那种乐观色彩并不代表他忽视了人性堕落的一面。虽然他说过"我们在自然上趋向爱我们的同胞",并且这种自然趋向"是法的根基"(《论法律》1.15、43),但他也有非常不同的说法:"坏的习俗所带来的腐蚀是如此之大,以至于可以这么说,它熄灭了自然在我们中间点燃的(理性的)火花。"(igniculi extinguantur a natura dati,《论法律》1.12、33;比较《图斯库卢姆论辩录》3.1)在一些人身上没有这样的趋向,他们的所作所为让国家有必要对他们施加管制(《论共和国》1.25,3.1;《论法律》2.1、2;《图斯库卢姆论辩录》1.13、20),这种观点预示了一种后来的基督教学说,即国家是整顿恶人的必要手段。这里表现出的前后不一始终未能得到解决。

西塞罗的平等学说没有让他成为民主的拥趸。恰恰相反,在他那里"永恒而普遍的自然法,被证明仅仅不过是罗马法……"。②这种看法在某种程度上的确是正当的。平等学说并不代表我们没必要按每个人的品德高低划分等级,或者混合政制(君主制的、贵族的和民主的混合制)没有必要存在。社会阶级和奴隶制都被保留下来,尽管我们大可肯定,奴隶会受到"公正的"对待。

接下来,让我们回过头看西塞罗的隐喻,用莎士比亚的话说:"藏匿自然的火花何等艰难!"在西塞罗那里,除开他对人性自然残暴的一面所引发的灾难的描写以及他对保守的罗马传统的拥护不谈,至少可以看到他作出了一些重大而积极的肯定。他谈到,理性的法律需要经过公民大会同意,每个公民都应该通过法律的纽

---

① 关于西塞罗对柏拉图和亚里士多德自然不平等学说的批评,尤其可以参见拉克坦提乌斯,《神义摘要》(*Epitome of the Divine Institutes*,1(lv),5—8)。

② W. A. Dunning,《政治学说史:古代和中世纪》(*A History of Political Thought*,New York,1919),页 135。

带,凭借正确的理性参与公共生活的管理。而且既然法和神相伴而生,人有权优先于国家并独立于国家。国家不是别的,只是一个"法人团体"(《论共和国》1.32)。在这里我们看到的是对一般统治原则的概括,而这些一般统治原则一直和西塞罗的名字联系在一起:"权力来自人民这一点只应通过法律的保证来实行,并且只有在道德的基础上才被视为正当。"①

塞涅卡设想人类存在一个原初的纯真状态,这一点和当前社会盛行的腐败堕落形成鲜明对比。在他看来,在古老的年代世界上本没有国家、私有财产或诸如此类的桎梏,社会目前的政治制度要么是人类堕落带来的结果,要么是为了治疗人类的堕落所采取的不得已手段。塞涅卡把人类当前的堕落拿来和人类原初的纯真状态作对比的这一理论,就其实际影响来看不仅突显了 ius naturale[自然法]和 ius civile[政治法]之间的不同,甚至也突显了 ius naturale[自然法]和 ius gentium[万民法]之间的不同。② 后来的基督教神学效法了这一点,将其吸收到早期中世纪的国家观念、奴隶制观念和私有财产观念中。因此,这一点也预示了晚期基督教对(用特洛尔奇的说法)相对自然法和绝对自然法的区分。

虽然 ius gentium[万民法]在西塞罗著作中首次出现,但西塞罗也表示,在他之前已经有人使用过这一术语。③ 在早期的罗马法学家那里,这个词的意思也许是指一种适用于一切民族的公民的法律,或是一种用来治理诸民族彼此间相互关系的法律。说得更具体一点,它可以被看成一种既适用于 peregrines[外邦人]也适用于罗马公民的商法典。以一种务实的观点来看,它的实质内容是合同法;而从理论上讲,它逐渐被人们理解为"一种普遍的要素,与之形成对比的是每个国家实在法中体现的政治法(ius civile)"。④ 这个术语的早期用法满足了一种实际的而非理论或思辨

---

① Sabine,前揭,页167。

② McIlwain,前揭,页119。

③ W. W. Buckland,《罗马法教程》(*A Textbook of Roman Law*,Cambridge, 1921),页55。

④ 参见 Ernst Barker 为 Gierke 的《自然法和社会理论》(*Natural Law and the Theory of Society*)所撰英译本导言(Cambridge,1934),卷一,页36,可对照盖尤斯下的定义——"任何一个民族为自己制定的法律都是(转下页注)

的需要,那就是不仅要让人们共同接受的法律所赋予的权利对外国人有效,同时也要让外邦人承担其赋予的义务。无视外邦人的权利和义务会在根本上动摇贸易往来的基础。"制度上对这一点提供的措施之一,就是缔约合同。"①

人们在历经一段时间之后逐渐把万民法视为一种所有法律都应当遵照的榜样(或者说,将其一般原则视为一种规范)。之所以会有这样的转变,是由于影响越来越大的世界主义思想和罗马扩张带来的实际需要、由于对其他(从不列颠到中东的)gentes[种族]的法律越来越丰富的认识和廊下派哲学的影响。罗马人用 dikaion[正确或正义]在拉丁文中的对应词表示法律。释法家们(jurisconsults)所说的 ius[法]即西塞罗说的 lex[法律]。这里的歧义源自哲学。万民法这一理论上的概念慢慢和自然法的哲学概念融合在一起。两者的融合一直没有被普遍接受,也并不牢固。其后果是,万民法有时指罗马法庭承认的合同法,有时指所有已知法律体系的共同制度,有时还指一种廊下派平等原则和衡平原则传播的一般法律理想。所以,万民法有时和政治法意思相近,有时实际上又和自然法差不多是同一个意思。也许正是由于其歧义性,自然法则的哲学概念才得以混入罗马人对实在法的解释中。我们可以从如下事实中看出哲学传统带来的影响,"总的来说,万民法的思辨形式似乎指一切自由人共同的准则",而自然法这一术语则用来表示"那些适用于全人类"的准则。②

(接上页注)自己特有的法,即政治法(ius civile),也就是国家特殊的法(ius proprium civitatis)。而自然理性为所有人制定的法律,也能被所有民族认识到,即万民法(ius gentium)",也就是所有民族共用的法。因此罗马人民一方面使用自己的法律,一方面使用所有人共同的法律(《盖尤斯法学阶梯》1.1)。

① H. F. Jolowicz,《罗马法研究历史导论》(*Historical Introduction to the Study of Roman Law*, Cambridge, 1939),页 100。缔约合同是一种口头上的合同,"由合约双方同时以一问一答的形式完成"(《布莱克法律词典》[*Black's Law Dictionary*], St. Paul, Minn, 1933)。

② J. W. Jones,《法律理论历史导论》(*Historical Introduction to the Theory of Law*, Oxford, 1940),页 103。关于这一问题的章句汇编集,可参见 M. Voigt,《自然法研究,公正与善和罗马万民法》(*Die Lehrevom jus naturale, aequum et bonum und jus gentium der Römer*, Leipzig, 1856),卷一及其他。

　　还有另一点可以证明 ius gentium［万民法］观念曾引起的发酵,我们可以从万民法观念对不断演变的衡平观念产生的影响中观察到这一点。正如梅因爵士(Sir Henry Maine)指出的那样,衡平是"旧万民法和自然法则之间的确切的接触点"。① 当法学家们"希望具体应用自然法时,他们将其同 aequitas［衡平］观念或者一种 lex boni et aequi［善而公正的法律］结合起来,并将其明确为一些一般原则,诸如要求在未立遗嘱的情况下依法按血缘关系继承,要求必须忠实履行协议,禁止通过不义的手段发财致富,强调动机而非说辞"。②

　　然而,正如在此之前和之后罗马法学家都是以各种不同的方式使用自然法一词的——有时指一种实在法应当遵循的理想,有时指一切法的基础因而不能被排除在国家法之外。③ 它从来没有被看成一个建立在未经检验的原则之上的、纯粹思辨的概念。人们给出的自然法定义多半情况下和西塞罗的差不多,即自然法构成现存法律的基础,并且只能通过现存的法律来寻求。因此,自然法的作用是补救性的(remedial),而非引导人们革命或回到无政府状态。也就是说,自然法的目标是让社会现状成功得到维持。

　　我们还应该谈一谈这一自然法理论对奴隶制的意义。总的来说,罗马的法学家认为奴隶制违反自然法。不过这种制度是古代文明的基础,涉及到一种可以在海外和国内带来丰厚利润的贸易活动。的确,罗马发动的战争在很大程度上是为了收集奴隶而进行的远征(韦伯指出,奴隶供应的枯竭是导致罗马帝国走向衰亡的原因之一)。④ 因此,哲人和律师面临的麻烦至多只是一种思想上的矛盾,也就是说一方面他们要诉诸自然法,另一方面他们又必

---

① 《古代法》(*Ancient Law*,London,1891),页58。
② Jones,前揭,页103。
③ 关于罗马法学家所用术语的各种细微差别的讨论,可参见 James Bryce,《历史和法哲学研究》(*Studies in History and Jurisprudence*,Oxford,1901),卷二,页586以下。
④ 《社会史与经济史论文集》(*Gesammelte Aufsätze zur Sozial- und Wirtschafts- geschichte*,Tübingen,1924),页303以下;转引自 Mayer,前揭,页72。

须忠于实在法和习俗。①

在后来对自然法的讨论中,乌尔比安对自然法作出一个重要区分,为尤士丁尼《法学总论》的编纂者所采纳(1.1.3)。按照这一区分,自然法则适用于一切生灵。② 这一定义后来成为中世纪区分各种自然法的基础,即自然法(ius naturale)有三类:一切动物都要服从的共同法则或本能(这一观念容易让人回想起西塞罗曾经把自我保存的本能包含在自然法之中)、作为全人类共同法则的万民法(ius gentium),以及作为各个共同体特殊法律的政治法(ius civile)。需要注意,上述自然法定义从来没有成为任何一种融贯一致的学说的基础。波洛克爵士(Sir Frederick Pollock)指出,这一定义之所以受到人们不恰当的过分关注,是由于其处于《法学总论》的开篇,并且这一定义还与廊下派的自然法则观念相反。

但是,早在中世纪早期爆发的围绕这些区别的争辩以前,古代自然法学说早已明确了自身的主要方向,并以此进入西方法律思想中影响人们长达一千年之久。梅因爵士在评价这一影响时说:

> 我找不出任何理由,为什么罗马法律会优于印度法律,假使不是"自然法"的理论给了它一种与众不同的优秀典型。在这个稀有的事例中,这个由于其他原因而注定对人类发生巨大影响的社会,把单纯和匀称作为其心目中一个理想的和绝对的完美法律的特证。③

然而,就自然法学说在罗马法学中扮演的角色而言,梅因爵士

---

① 在尤士丁尼的《法学总论》(Institutes)里,奴隶制被定义为一种万民法下的制度,奴隶制和自然相背并由战争导致。我们应当记住产权奴隶制和奴隶贸易在美国及美国"良心"中扮演的角色。并非只有希腊人和罗马人在这点上矛盾。

② "所以我们得到的是,"习惯把自然法说成一根橡皮筋的 Pareto 评论道,"蚯蚓、跳蚤、虱子、苍蝇的自然法,现在恐怕还要加上纤毛虫。"(《心灵与社会》[The Mind and Society],trans. Arthur Livingston,New York,1935,卷一,页 245;转引自 Seagle,前揭,页 201)

③ 《古代法》,前揭,页 78。

对其特点的描述并不能掩盖一个事实,这一事实已经通过我们对希腊罗马思想中自然法学说的不同阐释和实践运用的粗略概括得到呈现。在我们考察过的这段历史中,这个概念犹如"斗争"概念(Kampfbegriff)一样被人们一再反复使用。只要我们看一下人们怎样使用它,就可以清楚:例如在毕达哥拉斯派那里该词与 physis 认可的神权君主制连用,又如(保守的抑或"进步"的)智术师的用法,而在柏拉图和亚里士多德那里则与静态的具有阶级意识的观点连用,还有在西塞罗那里的用法——至少就西塞罗的法哲学受到斯基皮奥圈子抵制格拉古改革的愿望刺激这方面而言,又如在西塞罗和塞涅卡之后发展起来的、为统治阶级利益以及奴隶制"自然的"不义提供正当性的相对自然法学说之类的用法。

尽管波洛克爵士断言,现代自然法学说"自始至终都是理性主义和进步的",我们仍然有充分的理由质疑,这一学说在我们所考察的这个时代是否更多的是把政府(用法律)控制人们的特殊权力加以"理性化"并让人们"各安其位,各司其职",而不是在一个阶级森严的社会中教给人们有关权利的知识。从毕达哥拉斯到尤士丁尼,这一理念要实现的主要目的是"和谐地维持社会现状"。至于具有进步意义或革命意义的解释,要等到另一个新时代才逐渐流行起来。而这之间的转变,只有等到流行的有关法律功能的观念脱离早期生活和思想方式以后才能实现。当然,这一转变的发生在某种程度上也是由于社会的新兴组成部分在事实上争取到了自己的一席之地(应该补充的是,一旦争取到之后,他们就会反过来让自然法重新趋于"保守"——理性的狡计就是如此强大)。

这些思考促使人们怀疑,古典自然法学说中提出的自然概念,是否恰当而充分地体现了生活的客观状况或所有人都应当遵循的善的生活的普遍标准。这的确让很多人对理性能否界定出一个能被普遍公认有效或接受的正义标准产生疑惑。暂且不论(由基督教神学家提出的)关于法的伦理是否需要和一种爱的伦理联系在一起这种极端问题——这一点留待本刊后续的研究讨论——我们必须注意到,即使在廊下派的一般意义上,理性和自然也不像很多异教理论家习惯上认为的那样理性和神圣,那样永恒不变和终极无上(那样全知全能)。在理性和自然的其他意义上,我们同样可以观察到这一点。① 神、宇宙和人都不是理性主义所能应对的问题。赫拉克利特说过,"自然喜欢隐匿自己"。那种认为自然法(或自然法学说)永恒不变的学说无疑不能得到接受。上升到永恒事物并非"兼顾'一'与'多'"问题的方式。

此外,假如"自然"是固定不变的并且所有人都可以靠理性发现其规范准则,那么不免让人感到费解的是,为什么人们对自然法思考了近乎两千年之久才发现现代私权利和公民自由概念。② 或者说,为什么人类要等到犹太-基督教先知和革命理性主义(遑论新崛起的资产阶级力量)发挥影响之后,才开始用自然法学说尽可能改造现存的(宗教的或世俗的)圣礼义务,而自然法学说在以前是尽可能保护这些义务的。异教(和基督教中世纪)的静态观念演变成一种对现有的、相对的善的认可,这一趋向让后来的理论家质疑此类观念是否充分。尽管自然法观念事实上常常用来批判自利主义,但他们仍坚信为了让人们能发现这一观念及其应用带来的意识形态污点,让人们可以对这一观念提出批评,让人超越自身的自由能够得到保证,需要一个高于"自然"的原则。

另一些批评家——尤其受到改革宗神学(Reformation theology)影响(包括受到改革宗神学在反伯拉纠主义的意义上提出的自然、人和神的观念影响)的人——会对古典思想涉及自然和理性这条主线的乐观预设产生疑问,会指出异教思想不仅对理性过分自信,还忽视了意志。③ 另外还有一些批评家,在他们的理解中,古代(或现代)自然法学说中的政治"正义"和"平等"是一种用来掩饰经济不公正的典型的资产阶级和意识形态手法,是对社会立法的阻碍。以这样的方式和其他方式针对自然的本性以及针对自然法的"自然性"(naturalness)提出的问题,会越来越激进。

我们所做的全部探索,萦绕着一个最终的问题:是否真的能从

---

① 对这些问题的讨论,参见笔者《对人性的态度变迁》(*The Changing Reputation of Human Nature*,Chicago,1943),尤其参见页 19—48。

② 可比较 Seagle,前揭,页 210。

③ M. B. Foster 的《柏拉图和黑格尔的政治哲学》(*The Political Philosophies of Plato and Hegel*,Oxford,1935,页 131 以下),以充分的说服力探讨了"希腊伦理学何以未能产生意志这一概念"。

自然中衍生出伦理法则,能从"实然"中衍生出"应然",如果可以的话,又是在何种意义上可以？我们对古希腊罗马思想中的自然法观念的用法以及误用所做的研究表明,如果要从自然中衍生出伦理法则,那么为了认识到自然和理性的歧义性并克服这一点,我们必须意识到某些超出自然和理性的东西,某些尽管存在于我们的尘世家园,但的确超出其上的东西。这些东西必然与一个终极事物相关,尽管这个终极事物是成问题的。自然点燃的火花很难被发觉,也很难被隐藏,因为,正如莎士比亚说的,"他们的雄心可以冲破王宫的屋顶"。

西塞罗论自然法和理性的限度

于　璐

（南京邮电大学马克思主义学院）

摘　要：西塞罗在《论共和国》中记述道："真正的法乃是与自然相一致的正确理性。"如果把自然当作立法标准，"真正的法"便具有普适和恒常的特点。据此，西塞罗的思想立场通常被归结为廊下派。但事实上，西塞罗对廊下派自然法思想的利用有出于维护政治现实的考量，他甚至激烈驳斥过廊下派的这种目的论神学。严格来讲，西塞罗继承了柏拉图的自然正当理论，认为自然正当不能被肢解应用到现实政治中。因为，自然正当严格的正义要求无法适用于公民社会。但又与柏拉图不同，西塞罗思想的独特之处在于：他首次从法学维度深入阐述了自然正当的特征。通过建立自然法的观念，西塞罗意图使罗马的法律思想真正转变为一门科学，将对真理原则的理解和对现实共同体的关注结合起来。

关键词：西塞罗　自然法　自然正当　理性　正义

　　在西塞罗最重要的政治学著作《论共和国》中，有一段关于法的著名定义："真正的法乃是与自然相一致的正确理性。"这个定义为各类法学教材、专著和论文所引用，同时也被视为廊下派（旧译为斯多亚学派或斯多葛学派）自然法思想的代表性观点。按照这个定义，"真正的法"具有普适和恒常的特点，并非只适用于某一时期或者某个特殊的政体，而是普遍的世界秩序。因为，如果把自然①当作立法标准，法律便具有超历史、超社会、超道德和超宗

---

① 　在古希腊罗马哲学中，"自然"具有两个最重要的含义：首先，自然作为某一事物或某类事物的本质特性；其次，"自然"作为"首要事物"（first things）。对"自然"的详细解释可参施特劳斯，《自然权利与 （转下页注）

教的意义,所有人最终都可以通过"正确的理性"达成共识。违反自然的法律都不能当作法律,即使具有法律的名义。

"真正的法"源于自然,所以也被称为"自然法"。然而,《论共和国》是一部对话体作品,"真正的法"的定义又恰好出现在西塞罗笔下的对话人物之口,我们不禁会问,这个定义能代表他本人的观点吗? 西塞罗果真认为法律具有普适性? 要回答这些问题,我们需要深入研究《论共和国》的内在理路,通过其中特有的结构和布局来揭示。西塞罗曾宣称,对话体作品可以"隐藏自己的观点,把其他人带离谬误,并在每一场辩论中寻求最逼近真相的答案"。①对话体作品适于使作者介绍和检审各种立场的相对优缺点,同时又能显示作者本人的思想。面对《论共和国》,我们也应当从对话体的角度看待其中相互冲突的观点。

一　什么是"真正的法"

《论共和国》采用对话体写成,创作时间为公元前 54 年到 51 年之间。参加这次对话的共有 9 人,都是当时活跃于罗马政坛的政治家或者新人,正在讨论如何构建最好政体的问题。"真正的法"的定义就出自当时罗马著名的律师兼法学家莱利乌斯(Laelius)之口:

> 真正的法乃是与自然相一致的正确理性;它普遍适用、稳定、恒常;它以命令的方式召唤责任,并以禁令的方式阻止违法行为。它的命令和禁令对好人而言从来不会失效,但是,它无法通过这些命令和禁令感召坏人。企图改变这种法律就是

（接上页注）历史》,彭刚译,北京:生活·读书·新知三联书店,2003,页 84,英文版参 Leo Strauss, *Natural Law and History*, Chicago: The University of Chicago Press, 1953, p. 83;另参施特劳斯,《西塞罗的政治哲学》,于璐译,上海:华东师范大学出版社,2018,页 236—275,英文版参 Leo Strauss, *Leo Strauss's Course: Cicero*, 1959, https://leostrausscenter.uchicago.edu/courses, 2014, pp. 168—194。

① Cicero, *Tusculan disputations II & V*, ed. and trans. A. E. Douglas, Oxford: Aris & Phillips, 1990, p. 85.

犯罪,不允许有废除其任何一方面的图谋,休想整个废除它。无论是从元老院或者从人民出发,我们都无法摆脱它赋予的各项义务,我们也无需寻找除我们自身以外的说明者和阐释者来解释它。罗马和雅典不会拥有不同的法律,或者,现在和将来也不会拥有不同的法律,而是只有一部对于所有民族和所有时代都永恒不变的有效法律,而且,在所有我们这些人之上,也只有一个主人,一个统治者,那就是神,因为他是这种法的制定者、颁布者和执行官。①

莱利乌斯所讲的"真正的法"不同于通俗意义上的法的定义——即人所制定的各项成文法规,用来处理具体事务(如市民法[ius civile]、宗教法和地方性法规)。这种法之所以被称为"普遍的法"(universi iuris),是因为它不限于任何一个具体的国家或者民族,成文法(lex scripta)则不然。②这样一来,法不以人们的意见为基础,而以自然为基础。

莱利乌斯放下对通俗意义上的实定法的关注,转而探究正义的根源。正义问题是整部《论共和国》关注的核心,而正义的根源需要在法中寻找。按照莱利乌斯的定义,最高的法在人类立法者出现之前就存在,它永恒不变,而且始终存在,不受任何人法的影响。所有人都共同享有这种最高的法,并通过善意和友好的自然情感联系在一起。然而,正义不能只被定义为守法,因为现实中的法律也有可能存在不义。法律以公共意见的方式呈现自己,但是没有理由认为,一切法律都值得服从,因为只有导向共同的善的法才有资格被称为法。

那么问题在于,哪种法律才是正义的法律?无论如何,共同体

① 西塞罗,《论共和国》,王焕生译,上海:人民出版社,2006,页251(《论共和国》校勘本参:M. Tulli Ciceronis, *De Re Publica*, *De Legibus*, *Cato Maior De Senectute*, *Laelius De Amicitia*, ed. J. G. F. Powell, New York: Oxford University Press, 2006)。中译文据原文有改动,不再另注。

② 西塞罗,《论法律》,王焕生译,上海:人民出版社,2005,页31、33(《论法律》校勘本参:M. Tulli Ciceronis, *De Re Publica*, *De Legibus*, *Cato Maior De Senectute*, *Laelius De Amicitia*, ed. J. G. F. Powell, New York: Oxford University Press, 2006)。

需要一个所有法律都必须服从的权威来源,这种来源比其他任何来源都更高而且更正义,以至于所有公民都可以依靠它。共同体中的所有部门都共同遵守一部既是最高也是最正义的法。很快,我们发现了更多问题:这个关于自然法的定义是否适用于政治?因为,人们对正义的理解完全有可能随着国家和时代的不同而发生变化,所以,关于正义的知识不可能是系统化的知识。同样的法律适用于某个国家,但在另一些国家却可能遭到废止。

莱利乌斯对法的定义来源于廊下派的自然法学说。据此,西塞罗的思想立场通常被归为廊下派。①在廊下派那里,自然法是一种永恒不变的法,等同于最高的神或者他的理性。自然法通过形塑恒在的质料,等同于遍布整个世界并由此支配世界的有序原则。在这样的运用中,自然法将人导向他的完善——一种理性的社会动物的完善。因而,只有遵从自然法的生活才是最好的生活方式。廊下派的自然法学说具有独断论的特征,按照这种观念,一切事物都可归于必然。②廊下派的自然法观是一种基于神圣天意说和人

---

① 尼科哥斯基指出,学者们只注意到西塞罗作为廊下派代言人的形象,却忽视了他的学园派立场。对西塞罗思想立场的详细分析可参:尼科哥斯基,《西塞罗的悖论和义利观》,吴明波译,收于刘小枫、陈少明编,《西塞罗的苏格拉底》,北京:华夏出版社,2011,页 86—106(英文版参:Walter Nicgorski, "Cicero's Paradoxes and his Idea of Utility", *Political Theory*, vol. 12, no. 4 [1984], pp. 557—578)。对西塞罗学园怀疑派立场的详细讨论,参 Woldemar Gorler, "Silencing the Troublemaker: *De Legibus* I. 39 and the Continuity of Cicero's Skepticism", in *Cicero the Philosopher: Twelve Papars*, ed. J. G. F. Powell, New York: Oxford University Press, 1999, pp. 85—113;另参梁中和编校,《怀疑的理性——西塞罗与学园柏拉图主义》,魏奕昕译,上海:华东师范大学出版社,2017。

② 参西塞罗,《论神性》,石敏敏译,北京:商务印书馆,2016,页85(《论神性》校勘本参:M. Tulli Ciceronis, *De Natura Deorum*, ed. Post O. Plasberg, Berlin: Walter de Gruyter, 2014)。对廊下派而言,广义的"自然"等同于整个世界,这个世界或者是一种完美的理性存在物,或者是神;狭义的"自然"仅指地球上的存在物,如植物、动物、人类等。廊下派对"自然"概念的分析可参:Hans Von Arnim, *Stoicorum Veterum Fragmenta*, vol. 2, Munich: K. G. Saur Verlag, 2004, p. 328;对廊下派学说的详细研究可参:Edward Vernon Arnold, *Roman Stoicism*, Abingdon, UK and New York, USA: Routledge, 2014。

类中心说的目的论。事实上,西塞罗在他的另一部著作《论神性》中,明确批判了这种目的论神学。同样,在《论至善和至恶》卷四中,他也驳斥了廊下派的伦理学原理,并且颇为严厉。①尤其值得注意的是,本文开篇所引用的法的定义并非出自该篇对话的主要发言人斯基皮奥(Scipio)——通常认为,斯基皮奥在《论共和国》中代表西塞罗本人的观点——而是由莱利乌斯来呈现。莱利乌斯和斯基皮奥的观点并不完全一致。因此,我们有必要考虑这样一种可能:莱利乌斯的发言并不代表西塞罗本人的立场。

在《论共和国》中,菲卢斯(Philus)用代表学园怀疑派的立场反驳了莱利乌斯。进一步分析菲卢斯的观点有助于我们深入理解莱利乌斯对法的定义。菲卢斯的主要论点是:我们处处都能看到正义的多样性或者正义是什么的观点。那么,如果存在这样一种正义,它依据自然而存在,由于所有人都拥有相同的自然,对所有人而言,正义就应该相同,所以,你应该不会看到正义有如此丰富的多样性。换言之,自然法不可能存在,因为,它在不同时代和不同社会中会有不同的表现。

菲卢斯的辩论分为五个阶段。首先,他宣称正义是"一种政治性而非自然性的东西",因为如果它是自然性的,就像冷和热、甜和苦一样,正义与不义应该处处都一样。第二,人们风俗的易变性掩盖了一个更根本的事实:所有国家和城邦都为他们自己的利益考虑,而当他们这么做的时候,会被判定为精明而非正义的行为。第三,如果好人和正义的人就是守法,他应当遵守哪一部法律? 既然自然不受变化的支配,为何实际的法律可以被修改或者废止;因此,自然正义或者说自然法并不存在。第四,通常被称为正义的观念只是基于利益,它来源于人的懦弱。第五,人们之所以行善,不是因为善和正义令人快乐,而是因为他们想远离不义所招致的审判和惩罚。②

---

① 西塞罗,《论至善和至恶》,石敏敏译,北京:中国社会科学出版社,2005,页 151—152。《论至善和至恶》校勘本参:M. Tulli Ciceronis, *De Finibus Bonorum et Malorum*, ed. Claudio Moreschini, Munich: K. G. Saur Verlag, 2005。

② 西塞罗,《论共和国》,页 219—249。

要厘清西塞罗笔下莱利乌斯和菲卢斯各自的观点和立场,我们需要先分析莱利乌斯"真正的法"这个定义的确切含义:什么是与自然相一致的"正确理性"?

二 什么是"正确的理性"

西塞罗在他另一部集中体现其自然法思想的作品《论法律》中,亲自作为对话者提出了法的定义:

> 法律乃根植于自然的最高理性,它允许做该做的事情,禁止相反的行为。当这种理性确立于人的心智并得到充分体现,便是法律。①

这个定义和莱利乌斯对法的定义看似很相近。实际上,《论法律》和《论共和国》相互联系,二者构成有机的整体,《论共和国》旨在探讨什么是最好的政体,而《论法律》则讨论适用于这种最好政体的法律。西塞罗对法的定义把法与理性和人性(natura homi-nis)联系在一起,这恰恰构成莱利乌斯对法的定义的基本原则。②从《论法律》中关于法的各种相近概念可以看出——如"普遍的法"(universi iuris)、③"最高的法"(summa lex)④等——这些概念都指向同一部法。这部法被描述为"真正的法"和"最高的法",有别于人所制定的成文法。进而,在正式讨论法的定义之前,西塞罗区分了他的《论法律》和普通律师的目标:

> 在我看来,我们国家曾经有过许多杰出人士,他们通常向人民解释市民法(ius civile),回答有关市民法的问题;虽然他

---

① 西塞罗,《论法律》,页33。中译文据原文有改动,不再另注。

② Timothy W. Caspar, *Recovering the Ancient View of Founding: A Commentary on Cicero's De Legibus*, Lanham, MD: Lexington Books, 2011, pp. 45—47.

③ 西塞罗,《论法律》,页27、31。王焕生先生把 universi iuris 译为"整个的法"。

④ 西塞罗,《论法律》,页35。

们讲述的问题也非常重要,却周旋于细枝末节之中。要知道,有什么比一个国家的法更广泛?同时又有什么比那些接受咨询的人们所尽的责任更琐屑?不过尽管如此,人民也需要这些。我并不是认为那些从事这项工作的人不了解普遍的法(universi iuris),但是他们从事的所谓市民法仅以他们希望的有益于人民为限。①

西塞罗列举了从事法律的各种例证,它们必要但琐碎——如屋檐、屋墙、编纂要式口约规则和法庭审判。换言之,律师处理的具体事务太"琐细"而不能吸引法哲学家的关注。然而,这不是对律师本身的反驳。西塞罗对普通律师的目标的评价表明,他在《论法律》中的论证目标超越了"对人民有用的层面",这种讨论不仅仅是"实践性的";相反,他希望对法的定义应当基于哲学原理。②

哲学被赋予了绝对的优先级。哲学恰恰始于对自然的追问,而在哲学出现之前,法律的权威来源于传统。通过发现"自然",哲学开始探讨事物的本源。进而,哲学通过追溯传统的权威,证明自然本身就是权威。具体到法律的维度,哲学的出现带来了"自然"(physis)和"礼法"(nomos)的区分。③"自然"代表一种永恒的原则,而"礼法"则源于共同体的公共意见。实际上,西塞罗甚至避免使用"自然法"这种表述。在《论法律》卷一现存的文本中,"自然法"(lex naturae)一词并未出现,"自然正义"(ius naturae)也仅仅出现过一次。④显然,对于罗马务实的法律精神而言,"自然

---

① 西塞罗,《论法律》,页 27—29。
② S. Adam Seagrave, "Cicero, Aquinas, and contemporary issues in natural law theory", *The Review of Metaphysics*, vol. 62, no. 3 (2009), pp.491—523.
③ 参林志猛,《自然与礼法的融合》,刊于《自然辩证法研究》2015 年第 12 期。事实上,在西塞罗之前,智术师们就开始广泛讨论 nomos 和 physis 的对立,参 Martin Ostwald, "*Nomos* and *Physis* in Antiphon's *Peri Aletheias*", in *Language and History in Ancient Greek Culture*, Philadelphia: University of Pennsylvania Press, 2009, pp.158—174。
④ 西塞罗,《论法律》,页 40。此处,王焕生先生把 ius naturae 译为"自然法"。确实,在某些语境下,ius 和 lex 这对同义词可以相互替换,但为了强调西塞罗对 ius 和 lex 的区分,本文把 ius naturae 译为"自然正义"。

法"的概念显得很陌生,加之这种"希腊的舶来品"不受罗马法学理论的欢迎,无论如何,"自然法"这种表述都会引起罗马法律用语的混乱。

哲学的出现使法律在传统之外得到另一个来源:自然。然而,无论就过程还是目标而言,代表公共意见的传统与探究自然都截然不同。探究自然关注的是真理,因此,探究自然的目标是纯粹的智慧。但是,公共意见只关注受大众认可的真理,换言之,公共意见的目标不是纯粹的智慧,而是受认可的智慧。由于纯粹的智慧与受认可的智慧并不总是一致,公共意见与探究自然之间就可能存在冲突。"真正的法"根植于自然,它本身即是最高的理性,①而"有智慧的人"(sapiens)拥有这种理性。所以,实际中各项令行禁止的法律被认为是有智慧的人的理性。②那么,作为规范性法规的自然法受以下事实的影响:有智慧的人代表"自然"或者说"完善的人性"。"有智慧的人"对于理解西塞罗的自然法思想而言至关重要,这也是廊下派哲学中的重要概念。在《论法律》卷一中,西塞罗描绘了一幅"人性的"目的论图景。据此,人的最终目的是德性的完善。③然而,德性被定义为"达到完善,进入最高境界的自然"④——即发展完善的理性(ratio perfecta)。⑤人性凭借自己的力量,通过不断巩固和完善理性而实现最佳状态。但是,这里所说的理性是指有智慧的人的理性。这样一来,正确的理性、人性和有智慧的人之间便形成一个完整的闭环:在有智慧的人身上,"正确的理性"在他实现目的的过程中指导他的具体行为。

有智慧的人具备关于自然标准(naturae norma)的知识。一方

---

① 西塞罗,《论法律》,前揭,页33。
② 同上,页95。
③ 在追求德性完善的过程中,人性有可能不受任何指导而自我发展并最终实现目标,但是,自然的主导力量不断受很多诱惑和刺激的干扰,因此,需要由哲学来提供人性完善所需的知识。
④ 西塞罗,《论法律》,前揭,页41。
⑤ Benedikt Forschner, "Law's Nature: Philosophy as a Legal Argument in Cicero's Writings", in *Cicero's Law: Rethinking Roman Law of the Late Republic*, ed. Paul J. du Plessis, Edinburgh: Edinburgh University Press, 2016, p.67.

面,他的行为会使自然规范具体化;另一方面,他的行为准则即是自然规范本身。①此外,有智慧的人具备完善的理性和分辨善恶的能力。据此,他可以判断其他人是否拥有完善的理性,某项标准的建立是否符合"自然",以及现存的规范和标准是否确实值得被当作正义的法律(leges iura)。从这个意义上讲,有智慧的人不仅是而且必须被当作区分是否遵守自然法的标准。因此,有智慧的人的实定理性就是实定法的来源,这种理性无论何时何地都符合自然规范,并被当作完善的人性具体化的过程。此外,已经确立下来的实定法具有不能灵活应变个体差异的缺陷,那么,克服这个缺陷的重要条件就是接受有智慧的立法者和政治家的统治。因为,只有有智慧的人才能够根据自身"正确的理性"而非实定法作出符合具体情境的判断。

从这个角度出发,抽象的"自然"概念——被当作法和正义的来源——最终获得了它的具体含义。西塞罗用"智慧"意指"自然",那么,有智慧的人便是实定正义的"来源"。智慧于是成为"真正的"法律(leges)和正义(iura),因为,有智慧的主体能够代表完善的人性。人性或者说自然的原则就是有智慧的人的原则,进而,有智慧的人的看法和意志就成为自然的"看法和意志"。有智慧的人把"正确的理性"具体化的正当性是西塞罗颁布实定法的基础。

关键在于,法的两个来源——即传统与智慧(也即自然)——如何发生联系?从《论法律》的论据出发,我们发现,这两种来源结合的方式是:"有智慧的人"作为智慧的代表拥有立法权,他依靠已经建立的传统和风俗补充和完善现存法律。依据自然,有智慧的人作为立法者的权威不会受到任何限制,因为他充分遵从自然法的要求。有智慧的人的理性(即智慧)具有实定性,他的理性对于如何建立"真正"的法律有一种直觉性的设计。在实际运用中,立法者的这种自由与依附于传统的观念存在分歧。《论法律》的理论原则表现得很清楚:有智慧的立法者根据具体情况所建立的规范和标准可能会与传统相对立,那么相对于传统的权威而言,他只具有相对的自由。

西塞罗本人在《论法律》中颁布的法律证明了他如何处理有

---

① 西塞罗,《论法律》,前揭,页59。

智慧的人的立法权与传统习俗之间的关系。在《论法律》卷二第
19 到 22 节和卷三第 6 到 11 节中,西塞罗分别颁布了关于罗马宗
教和官职的法律,这些法律条文与罗马习俗极其吻合,这个事实具
有重要意义:此时充当立法者的西塞罗表明,他的法律观念和罗马
传统中其他有智慧的立法者相一致。也就是说,他颁布自己的法
令,并没有确切注明这些法令的出处,而是依据所有进入他的视野
并被他判定为有智慧的人的法律传统。

　　表面上看起来,西塞罗颁布的法律条文似乎和传统上通行的
罗马法律相差无几。在很大程度上,西塞罗的立法主要依赖罗马
习俗和传统。正如阿提库斯(Atticus)所言,卷二中的宗教法与努
马(Numa)国王和罗马的习俗几乎相同;昆图斯(Quintus)也认为,
卷三中关于官职的法律和罗马现存的法律完全一致。[1]西塞罗继
续解释,他提出的法律即使以前从未在罗马出现过,也必然与罗马
的传统风俗相吻合,这些风俗包含立法的权威性。换言之,罗马传
统风俗已经建立起自身的智慧和标准,几乎没有什么或者说只有
很小一部分需要补充。

　　事实上,在西塞罗颁布的法律条文中,他并未提出与古代罗马
法不同的新法,而是对传统的罗马法律展开推理和研究。因此,学
者们通常把西塞罗颁布的法律称为对罗马传统法律经文的"注
释"(commentary)。这些注释的另一个作用更倾向于说明相关法
律条文的内涵和实践结果,并在需要的时候解释实施过程的细节。
毕竟,祖传习俗已经成为社会结构的基本组成部分,在无关原则的
问题上,有必要尊重现有的习惯和规定以维持社会稳定。[2]

三　自然法和实定法

　　自然法理论常常会遭遇一种质问:自然法究竟如何指导成文

---

[1]　除西塞罗本人以外,《论法律》中的对话还有西塞罗的好友阿提库斯和他
　　的弟弟昆图斯参加。从思想立场来讲,阿提库斯属于伊壁鸠鲁学派,而昆
　　图斯身为积极参与政治生活的人,更加关心政治现实而非理论阐述。
[2]　参施特劳斯,《西塞罗的政治哲学》,前揭,页 177,英文版参:Leo Strauss,
　　Leo Strauss's Course:Cicero,p. 123。

法的制定? 西塞罗的《论法律》被认为是欧洲自然法理论的奠基之作,同样也被置于这种尖锐的拷问下。西塞罗在《论法律》卷二和卷三中颁布的宗教法和官职法即以成文的形式呈现出来,那么,这些成文法与自然法的关系究竟如何? 关于西塞罗对自然法和实定法之间关系的处理,学界目前主要有两种通行的解释:第一,西塞罗跟随柏拉图,把自己颁布的实定法当作对自然法的模仿或者接近;①第二,西塞罗把自己颁布的实定法当作自然法的具体化,他本人作为"有智慧的立法者"所颁布的法律就是自然法本身。②

根据《论法律》现存的内容,西塞罗并未提出一部高于成文法的自然法。通过《论法律》中的谈话,我们发现,自然法无论成文与否都不影响它本身的有效性。在追问法的权威和来源的过程中,西塞罗提出了"真正的法"的原则,并最终把法定义为"正确的理性"。人的理性源于自然,它能够激发正确的行为并阻止相反的行为。根据法的来源,我们可以把"正确的理性"等同于自然法。进而,理性也能够具体化为成文的形式。但是,在已经成文的法律中,只有符合自然的要求才有资格被称为法。

从严格的意义上讲,成文法的来源和原则是自然。所以,按照自然的标准制定的法律,无论成文与否,都是自然法。相反,不符合这个特征者便不能被当作法律,即使它具有法律的名义。换言之,即使人们批准不正义的法律,这种法律也不是"真正的法"——正如即使人们不愿意接受吕库古和梭伦制定的正义法律,也不影响它们本身的合法性。这个规定说明,遵从自然不只是一部法律的特征,更是它的根本属性。

所以在西塞罗看来,"真正的"成文法并不是从高于它本身的自然法那里获得效力,相反,它的效力内在于成文的理性本身。只有把

---

① J. G. F. Powell, "Were Cicero's Laws the Laws of Cicero's Republic", in *Bulletin of the Institute of Classical Studies*, vol. 45, no. S76 (2001), pp. 17—39. 这种解释认为,西塞罗的自然法思想中包含改革的动因,因为与自然法相比,实定法存在各种缺陷,所以需要经过修正以回归"自然"。

② Girardet 认为,西塞罗把自然而非自然法当作他颁布法律的来源,进而,有智慧的人的理性就代表了自然。参 K. M. Girardet, *Die Ordnung der Welt: Ein Beitrag zur philosophischen und politischen Interpretation von Ciceros Schrift De legibus*, Wiesbaden: Franz Steiner Verlag, 1983, pp. 49—75。

西塞罗对自然法和成文法的论述统一起来,我们才能够理解他的自然法思想。另外,从西塞罗对自然法和成文法的关系的解释可知,他并没有采取廊下派的自然法观,因为在廊下派看来,由人制定的成文法多少会区别于自然法。按照廊下派严格意义上的法的概念,成文法不应当被称为法律,而且,真正的法律不可更改并普遍有效,它是制定所有实定法的基础,与自然法相抵触的实定法是无效的。

反观西塞罗对法的定义,包括对"有智慧的人"的解释,我们可以得出结论:在《论法律》中,西塞罗颁布的成文法就是自然法本身——两者彼此关联,毋宁说,理性决定了法的两种不同存在形式。成文法作为成文的理性也是自然法,并非仅仅因为成文的特性而区别于自然法。我们不应当为西塞罗的隐喻性文字所误导。关于法的各种表述——如"普遍的法""最高的法"等——不是用来区分自然法和成文法的,这些关于法的概念均以罗马通行的实定性法律思想为基础。①

我们立刻注意到,西塞罗的自然法可以与公民社会和谐共存,但是,根据由苏格拉底创始、为柏拉图所发展的古典自然正当理论,②严格的正义要求极难与公民相互融合。按照柏拉图的观点,依据自然而建立的政治秩序与实际的政治秩序不同甚至对立。前者实现的条件太过苛刻,以至于极不可能在现实中建立,人们能够合理期待的政治社会要求对完美而精确的自然正当进行一定程度的稀释。西塞罗作为柏拉图忠实的追随者,在理解自然正义与公民社会的关系方面,又为何背离古典自然正当理论?为什么西塞罗的自然法能够与公民社会和谐共存?澄清这个问题是理解本文开篇所述莱利乌斯和菲卢斯正义之辨的关键。

四　自然法与公民社会的融合

回到本文开篇莱利乌斯和菲卢斯的正义之辨:"真正的法"

---

① Jill Harries, "Cicero and the Defining of the *Ius Civile*", in *Cicero and Modern Law*, ed. Richard O. Brooks, Abingdon, UK and New York, USA: Routledge, 2016, p.52.

② 施特劳斯,《自然权利与历史》,前揭,页132—133。

的定义是否适用于政治？通过对"真正的法"定义的分析，有一处区别尤其值得我们注意：在《论共和国》中，莱利乌斯把法定义为"正确的理性"（recta ratio），而在《论法律》中，西塞罗却把法定义为"最高的理性"（ratio summa）。为何西塞罗在《论法律》中给出的定义和莱利乌斯在《论共和国》中给出的定义不同？当然，《论法律》的对话者们对更早创作的《论共和国》的内容非常熟悉。①在讨论最好政体的著作中，理性的修饰词是"正确的"，而在讨论适用于最好政体的法律的著作中，理性的修饰词却变成"最高的"。可以说，西塞罗似乎有意写下两个不同的法的定义，让我们对比其中的异同，并思考法的问题如何与政体的问题相联系。

《论法律》与《论共和国》的场景和内容相比，有一个最明显的区别：在《论共和国》中，几位杰出的罗马政治家旨在探讨什么是最好的政体；而在《论法律》中，几位好友之间（其中西塞罗和昆图斯是兄弟）讨论的是适用于《论共和国》中构建的最好政体的法律。在《论共和国》中，如何为最好的政体立法至多是整部对话的一个分论题，"真正的法"的定义也只出现在对话者们讨论正义问题的间隙，几乎可以被当作一段题外话；然而，立法问题却是整部《论法律》的主题。此外，《论共和国》中的主要发言者斯基皮奥热爱希腊哲学，②强调理论解释的"真理性"；而在《论法律》中，西塞罗更强调以"民众的观念"谈论法律问题。这些差异把我们引向同一个答案，《论共和国》的理论水平比《论法律》高。

首先，"正确的理性"要求严格遵从自然法的指导。在最严格的意义上，法和哲学一样，旨在探究事物的本质规律。正如柏拉图在《米诺斯》中对法的定义："法意图成为对实在（τοῦ ὄντος）的发现。"③换言之，法意图成为终极真理。值得注意，西塞罗多次宣称自己属于学园怀疑派。怀疑论者宣称，人在追求知识的过程中永远不可能达到绝对的确定性，而只能通过考察所有意见的相对优

---

① 参西塞罗，《论法律》，前揭，页29。
② 实际上，斯基皮奥是个柏拉图主义者。
③ 参柏拉图，《米诺斯》，林志猛译疏，北京：华夏出版社2010，页19。

缺点来得到较高的或然率。①然而,尽管在哲学上,学园怀疑派及其主张的最终判断的不确定性能够讲得通,但在政治上,如果这种不确定性按其本身的逻辑发挥至极,很可能存在质疑现存秩序的危险。

法律一旦建立,就会形成一种惯例。西塞罗充分意识到,怀疑论必然会破坏现存政治秩序的稳定性。我们必须对政治共同体的需要有所认识,并顾及每种理论学说的实践结果。因此,在为正义辩护时,莱利乌斯的自然法观念大受赞赏。莱利乌斯信不过哲学,尤其信不过卡涅阿德斯(Carneades)之流创立的那种怀疑论哲学(即菲卢斯代表的怀疑派立场),他关心的事情,也正是要检审这种哲学的各种危险取向。②

然而,莱利乌斯轻而易举地把政治实践和严格的正义要求调和起来,而且在他看来,人人都能充分遵守自然法的律令。尽管莱利乌斯的主张也常常被认为是西塞罗的主张,但是,正如菲卢斯对莱利乌斯的反驳所示,这种自然法观一旦遭遇现实处境,便会暴露很多内在困境。莱利乌斯宣称,违背自然法的惩罚就是遭受"良心的折磨"。遭受"良心的折磨"与外部施加的惩罚方式截然不同,前者只对由于违背自己本性而作出道德反省的人有效。实际上,并非所有人都会真正作出违背自己"良心"的反省。所以,只适用于极少数人的严格意义上的"自然法"无法与公民社会融合。

莱利乌斯对哲学的研究很有限,尽管他接受了廊下派的自然法观,却只是出于政治上有利的考虑,并没有发现这种自然法观由以建立的目的论基础与现实政治之间的张力。这也可以解释,为何在讨论正义如此关键的问题时,"自然法的代言人"并不是一贯

---

① 施特劳斯、克罗波西主编,《政治哲学史》(第三版),李洪润等译,北京:法律出版社,2009,页143。

② 莱利乌斯认为,哲学就是沉思天上的事务从而让人脱离政治责任。实际上,在罗马共和国晚期,伊壁鸠鲁学派和廊下派这两个不关心政治的哲学学派在思想界占据重要地位。西塞罗很重视各个哲学学派之间的争论,因为这是他所处时代的特殊现象。为了反对伊壁鸠鲁学派和廊下派——都或多或少受柏拉图哲学的影响——西塞罗主张重返苏格拉底的哲学思辨形式,关心人事。参潘戈,《苏格拉底的世界主义》,收于刘小枫、陈少明编,《西塞罗的苏格拉底》,北京:华夏出版社,2011,页13。

代表西塞罗本人立场的斯基皮奥(正如柏拉图笔下的苏格拉底),
而是莱利乌斯。莱利乌斯严格的道德主义和菲卢斯对不义的辩护
都很片面。菲卢斯对不义的辩护揭示出,政治上存在正义和利益
互相冲突的困境。

面对菲卢斯对正义的诘难,斯基皮奥的回应比莱利乌斯更贴
近政治现实的处境,因此,他遭遇了追求真理标准和兼顾政治现
实之间的张力。根据《论共和国》对最好政体的讨论,我们发现,
这种政体实现的条件极为苛刻,解决的方式只能是在自然的标准
和现实政治的张力之间寻求妥协。但无论如何,在西塞罗看来,
最好政体的形式必然存在,并且始终是现实不断完善的动力和
标准。

在《论法律》中,自然法的定义得到进一步引申,"正确的理
性"变得更加通俗或者更加民主,不只是极少数人遵循的正确原
则,而是统摄整个共和国的"最高的理性"。①"最高的理性"指导
下的共和国既包括极少数有智慧的人也包括大多数普通人,既然
理性为所有人共有,那么服从自然法的生活就是所有人都能达到
的目标。②但必须指出,自然法一旦与公民社会相融合,就相当于
一个稀释了的版本,必然是低标准的自然法。③低标准的自然法表
现为一种对城邦有用的东西,是一种包裹在政治外表之中的自然
正当。

"最高的理性"指导下的共和国需要一种统摄一切法的权威
来源,这种权威代表所有人的"共识",由有智慧的人根据具体情

---

① 实际上,按照伯纳德特(Benardete)的分析,《论法律》内部也区分了两个
层面的法:第一重论述是从 18 到 35 节,第二重论述是从 36 节至卷一结
尾。第一重论述强调自然法的首要原则:理性与智慧;第二重论述则是对
第一层论述的削弱,使自然法更符合公民社会的要求。参 Seth Benar-
dete, "Cicero's *De Legibus* I: Its Plan and Intention", *The American Journal
of Philology*, vol. 108, no. 2 (1987), p. 303。

② 西塞罗,《论法律》,前揭,页 45。

③ 例如,在《论共和国》卷一中,斯基皮奥这样形容严格意义上的自然法:
"自然法禁止任何财物属于任何不知道如何利用它、使用它的人……"很
明显,如此严格的自然法标准并不适用于公民社会。参西塞罗,《论共和
国》,前揭,页 59。

境建立起来。公民们都依靠共和国中最高的权威,同时,有智慧的人也依靠最高的权威,因为最高的理性也是正确的理性。共和国中的所有部门都共同遵守一部既是最高也符合正义的法。西塞罗力图证明,法有来源于自然的稳固基础。对于一个既包括极少数有智慧的人也包括大多数普通人的共和国而言,西塞罗力图阻止任何使国家的法律偏离自然的趋势。立法者意图达到的任何目标,最终都是为整个国家服务,而非为部分阶层服务。为了达到最高的理性,立法的目标应当始终立足于所有公民都共有的自然。这样一来,西塞罗便使自然法更加符合公民社会的需要。

最终,通过建立自然法的观念,西塞罗意图实现一种最高意义上的政治科学,使罗马的法律思想真正转变为一门科学,将对绝对真理原则的理解和对现实共同体的关注结合起来。西塞罗甚至扩展了罗马法律术语的含义。在罗马共和国晚期通用的法律术语中,lex 通常指由具有立法权的机构或者个人批准的成文法。另一个表示“法”的词 ius 比 lex 的含义更丰富。在很多语境中,ius 和 lex 的含义相同;几乎所有的 lex 都是 ius,但是反之则不成立。① Ius 可以指各种各样的规则,无论是否成文——可指行政官的权力和职责,也可指一个法律系统的方方面面(如法律程序、行政官的决定、法的总称、法理学原理,等等)。此外,ius 还指“正义”:即,法律系统应当具有的公正或道德原则。很明显,ius 不限于成文法的范围。

但是,在《论法律》和《论共和国》卷三莱利乌斯对法的定义中,lex 的含义发生了关键性的扩展,开始具有支配所有理性生物的未成文法的含义。②西塞罗把 ius 和 lex 结合起来使用,③使 lex 的含义扩展到指代非成文法的领域,加深了成文法与正义原则的关系,也进一步证明他的初衷是把罗马人的现实精神和希腊哲学

① James Bernard Murphy, "The Lawyer and the Layman: Two Perspectives on the Rule of Law", *The Review of Politics*, vol. 62, no. 1(2006), pp. 101—131.

② 这种未成文法类似于“正确的理性”或宇宙的神圣统治者的意图。

③ 例如,《论法律》卷一第 35 节中的“leges et iura”和卷一第 56 节中的“civilis iuris et legum”,分别见西塞罗,《论法律》,前揭,页 48、72。

追求永恒真理的精神结合起来。尽管学者们对西塞罗的思想立场争议很大，但很明显，他确实在哲学和政治之间划分了一条严格的界限：在严格的哲学立场上，他置身怀疑派，追求永恒真理；而在现实政治的层面上，他采纳廊下派的自然法观，以便维护共同体的现存秩序。

余论：西塞罗在西方法律思想史上的地位及作用

自然法理论是西方法学史上最有影响的法学理论，深刻影响着西方国家的政治建制。"自然法"问题涉及法律背后的价值基础。探讨法的价值基础，归根结底是有关最好的政制和最好的生活方式的问题，这是西方两大文明传统——由荷马和赫西俄德开启，经苏格拉底、柏拉图和亚里士多德，为西塞罗等人所传承的希腊—罗马文明传统，与以《圣经》为渊源的犹太—基督教传统——一切探究所关注的核心问题。由苏格拉底创始，为柏拉图、亚里士多德和基督教思想家所发展的古典自然正当理论，是主导西方古代和中世纪的主流学说。西塞罗的自然法理论正是对这一传统的继承和发展。

总体而言，历史学派对西塞罗自然法思想的评价是：他的思想仅仅是在一个低水平上继承了希腊哲学。事实上，在古代晚期、中世纪、文艺复兴时期和启蒙时代，西塞罗都受到相当程度的重视，他的作品曾是中世纪标准教育的工具书；在文艺复兴时期，他的作品也是人文教育的核心教材。直到 19 世纪中期，德国学界以蒙森（Theodor Mommsen）和德鲁曼（Wilhelm Drumann）为代表全面批判了西塞罗其人和他的成就，这使西塞罗研究长期处于阴影之中。

尤其，20 世纪最有影响力的哲学家海德格尔是西塞罗最深刻的批判者。海德格尔认为，后亚里士多德传统包括西塞罗都直接或者间接受柏拉图主义的影响，遗忘了"存在"本身和"自然"的思想维度，把"自然"降低为沉思的对象。另外，拉丁语不能精确表达出一些希腊词的关键含义，如逻各斯（logos）、真理（aletheia）、自然（physis），等等。所以，海德格尔认为，罗马人无意间误解了"自然"本身丰富的含义。海德格尔之所以作出这个评价，是因为他误判了柏拉图以来的哲学传统：海德格尔忽略了柏拉图——包括西塞罗在内的柏拉图哲学的继承者们——"显白"与"隐微"的双重写作手法。简而言之,"显白"与"隐微"的写作方式即作者通过精心的谋篇和布局,使读者能够不断根据文本的论辩和发展,反思作品的字面含义背后所隐藏的真实含义。①

如果西塞罗只把自己当作希腊哲学的翻译者,海德格尔对他的指控或许正确,拉丁语确实无法表达出某些希腊词的丰富含义。但是通过对作品的精心安排和构思,西塞罗克服了拉丁语在表达上的局限。他创作了结构复杂的对话和"双重言辞",保留和发扬了希腊哲学对"真理"和"意见"的区分。西塞罗的自然法思想恰恰重新反思了希腊词"自然"(physis)的根本含义。

在没有充分考虑西塞罗使用的修辞手法的情况下,历史学派认为,西塞罗未能区分自然正当和自然法。在希腊哲学中,确实存在自然正当或者自然正义——旨在判定对人而言何者本于自然就是善的。②如果自然正当被置于政治的维度,一方面,鉴于不同政治制度之间存在差异,加之具体情境各有不同,它必须能够作出改变——这是亚里士多德论述的自然正当。另一方面,自然正当不可更改,那么便不能被肢解应用到现实政治中——这是柏拉图笔下的自然正当。但是无论如何,"自然法"在希腊语中似乎是个矛盾的说法,因为法(nomos)是习俗性的,并非自然性的。③在这个意义上,自然正当无法在法学的维度中被提出。

西塞罗法律思想的独特之处恰恰在于,他首次从法学的维度深入阐述了自然正当的特征。所以在这个意义上,西塞罗是西方最早的自然法理论家。无论学者们如何强调柏拉图、亚里士多德在西方自然法传统中的地位,以及西塞罗对他们学说的继承,他们都从未明确提出过自然法学说。西塞罗试图通过建立自然法的观

① 对"显白"与"隐微"双重写作手法的论述可参 Thomas G. West, "Cicero's Teaching on Natural Law", *St. John's Review*, vol. 32, no. 2 (1981), pp. 80—81。

② 施特劳斯,《自然权利与历史》,前揭,页 128。

③ 对古希腊思想中"法律"与"自然"的含义及其关系的研究可参朗格,《希腊思想中的法律与自然》,收于加加林、科恩编,《剑桥古希腊法律指南》,邹丽、叶友珍译,上海:华东师范大学出版社,2017,页 473—495。

念,充实和纠正罗马贤人在面对正义和利益之困境时的抉择。①

近代以降,古典自然正当和自然法的观念开始裂变为个人主体拥有的"自然权利"。②例如,中世纪晚期唯名论强调单个个体的作用;霍布斯把政治社会刻画为人脱离自然状态后通过社会契约而构建的人造物;洛克把自然状态描述为人人在其中拥有"自然法的一切权利和利益的状态";卢梭认为善的生活就是在人道的层次所能达到的限度内最大程度地接近自然,在政治层面上,这种最大程度的接近是按照社会契约的要求,建立一个社会所能达到的最完善的状态,等等。

从自然正当到自然权利的范式突变,是西方政治法律思想史上的重大事件。它关系到人如何理解自身与社会的关系,也影响到人如何看待社会自身的伦理基础。③无论从历史背景还是思想史的内在线索来看,西塞罗都是这一重大事件的参与者。然而截至目前,无论在西方学界还是汉语学界,相比于涉入这一重大思想史事件中的其他思想家——如柏拉图、亚里士多德、托马斯·阿奎那、霍布斯、洛克、卢梭等,研究西塞罗的专著、学术文章和硕博论文数量都非常有限,足见学界对西塞罗研究的忽视。

尽管我们偶尔会听到西塞罗被忽视的抱怨,④但这也不足以概括出我们错过这段思想史进程的遗憾。学者们经常引用休谟在18世纪作出的判断:即使"西塞罗的抽象哲学已经失去了它的声

---

① 西塞罗笔下的"贤人"相当于亚里士多德所讲的有教养的"贤人",含义远比"有智慧的人"宽泛。纠正罗马贤人的义利观是《论义务》的主题。《论义务》是西塞罗所有政治学著作中最通俗的一部。在《论义务》中,西塞罗首次以自己的名义提出"自然法"(lex naturae)这种表述,见西塞罗,《论义务》,前揭,页 268—269。

② 对现代自然法危机的研究可参李猛,《自然社会——自然法与现代道德世界的形成》,北京:生活·读书·新知三联书店,2015,页 291—383。

③ 郑戈,《自然法的古今之变:〈自然社会〉的思想史评析》",载于《社会》2016 年第 6 期。

④ 对西塞罗研究现状的分析可参 Timothy W. Caspar, *Recovering the Ancient View of Founding*: *A Commentary on Cicero's De Legibus*, pp. 2—8;另参 Walter Nicgorski, "Cicero and the Rebirth of Political Philosophy", in *Cicero's Practical Philosophy*, ed. Walter Nicgorski, Notre Dame: University of Notre Dame Press, 2012, pp. 242—244。

誉"不足为奇,但"他激动人心的演说术仍然是我们崇拜的对象"。①时至今日,随着西塞罗研究的不断深入,他作为演说家、修辞学家和拉丁语散文学家的声望,已经远远高于他之为一个政治思想家。在西塞罗本人的结论中,他也许不会允许如此偏离他思想实质的判断出现。

---

① David Hume, "Of the Standard of Taste", in *Four dissertations*: *I. The Natural History of Religion. II. Of the Passions. III. Of Tragedy. IV. Of the Standard of Taste*, London: A. Millar, 1757, p. 231.

朝向圆整

——柏拉图《会饮》中的阿里斯托芬爱欲颂辞绎读

许 越

（中国人民大学文学院）

摘 要： 阿里斯托芬的爱欲颂辞表明，人在本质上是不完整的存在物，爱欲是朝向圆整的热望。认识自身的不完整，是探求整全的基础，这是其与苏格拉底的爱欲讲辞在最深意义上的一致性。但阿里斯托芬将爱欲局限在平行的对属己之物的排除努斯的爱，无法给爱欲觅一条真正的出路，只能诉诸虔敬以求恰好找到并非完全意义上的但合适的另一半。苏格拉底的讲辞很大程度上回应并超逾了阿里斯托芬，其爱欲垂直地指向上方和超越，赋予人和人的爱欲以更高的可能性。

关键词：《会饮》 爱欲 阿里斯托芬

阿里斯托芬（Aristophanes）的爱欲颂辞在《会饮》七篇讲辞里居中间位置，①具有特殊重要性。②他是第一个充满爱欲地称颂爱欲的人，且完成了泡萨尼阿斯（Pausanias）和厄里刻希马库斯（Eryximachus）都未实现的为男童恋辩护的任务，但他又是发言者中唯一未处在男童恋关系中的人。③ 他制作的爱欲神话光彩夺目、

---

① 在柏拉图的其他对话中，他再也没有作为角色出现过。《会饮》是柏拉图对阿里斯托芬和所有诗人的总回答。见施特劳斯，《论柏拉图的〈会饮〉》，伯纳德特编，邱立波译，北京：华夏出版社，2012，页36。

② 以阿里斯托芬为界，六篇关于爱若斯的讲辞可分为两组，前三篇为一组，后三篇为一组。第一组的讲者都是小酒量者，第二组的讲者都是大酒量者；第一组基于爱若斯是最古老的神这一前提，第二组则基于对这个前提的否定；第一组的三个人分别让爱欲屈从自利、道德、技艺，第二组的三个人则完全没有让爱欲屈从任何外在之物。

③ 其余六人"年长爱者—年轻被爱者"的关系如下：泡萨尼阿 （转下页注）

摄人心魄,是苏格拉底的强力竞争者。

一 引入

"那倒是的($xai\ \mu\acute{\eta}\nu$)……"(189c3)①

苏格拉底和阿里斯托芬的讲辞存在特殊联结。从形式上看,苏格拉底的讲辞同样以$xai\ \mu\acute{\eta}\nu$开头(199c3);其他人都采用演说辞的形式,阿里斯托芬和苏格拉底则是讲故事。但在宣明自身不同的技巧方面,与苏格拉底隐带批评的极谦逊宛转的说辞相比(198d—199b),阿里斯托芬的说法(189c4)显得俗套且薄弱,苏格拉底展现自身的戏剧技艺比阿里斯托芬更高明。虽然阿里斯托芬始终未被安排与苏格拉底直接对话,但柏拉图特意提及,苏格拉底说完后,"阿里斯托芬则试图说什么"(212c5),其论点(爱是对属己之物的爱)比阿伽通(Agathon)的论点(爱是对美的爱)更高程度上成为苏格拉底针对的靶子。②

"……厄里刻希马库斯,"阿里斯托芬说,"我的确想要讲得跟你和泡萨尼阿斯有些不同。"(189c3—4)③

阿里斯托芬将厄里刻希马库斯和泡萨尼阿斯并置,说明其论题与二者的共同立场有关,他们都是男童恋的捍卫者。泡萨尼阿斯辩护的起点是对高贵爱欲和低贱爱欲的区分,为此他提出理智、自由和道德德性三项原则。但理智原则不会让男童恋正当化,而

(接上页注)斯—阿伽通;厄里刻希马库斯—斐德若;苏格拉底—阿尔喀比亚德。苏格拉底和阿尔喀比亚德的"爱者—被爱者"关系就阿尔喀比亚德讲辞看已经颠倒,但在众人眼中仍是苏格拉底爱阿尔喀比亚德。如《普罗塔戈拉》309a:"岂不明摆着刚追过阿尔喀比亚德的青春么?"(刘小枫先生译文)

① 中译引自刘小枫先生编译,《柏拉图四书》,北京:生活·读书·新知三联书店,2015,页200—209,189c3—193e2。

② 施特劳斯,《论柏拉图的〈会饮〉》,前揭,页345。

③ 此处以下引文均为转述阿里斯托芬讲辞,不再额外添加引号。

会使对苏格拉底这类年长男性的爱正当化。自由原则能使男童恋正当化,但无法使高贵爱欲和低贱爱欲的区分正当化。道德德性处在理智与自由的交汇点上,泡萨尼阿斯认为这项原则是充分的,但其根本缺陷在于爱者与被爱者动机的分裂:爱者通过被爱者满足身体需求,被爱者通过爱者满足心智需求,看似完美的爱欲结合其实更近似利益交换,一旦爱者发现被爱者衰老,或被爱者在德性上赶超爱者,结合便会中断,不具备长久幸福的可能。厄里刻希马库斯是泛爱欲论的支持者,万事万物都在爱。所有爱的现象可分为两类——类似物之间的爱和对立物之间的爱。他起先主张高贵爱欲是对立物之间的爱,这种爱是技艺的作品;低贱爱欲是类似物之间的爱,类似物的相爱出于自然。这样便推出异性恋出自技艺更高贵,同性恋出于自然更低贱。若颠倒两者,主张类似物的相爱出于技艺,对立物的相爱出于自然,那么他实际上支持同性恋是非自然的。在古希腊人的普遍观点中,非自然的东西都更低贱。在这两种情况下,厄里刻希马库斯的技艺论和爱欲论都相互矛盾。于是他悄然放弃性别的两极对立,转向德性与快乐的对立,技艺用来协和二者。但德性与快乐并不必然对立,快乐并不必然低贱。且技艺只能用于协调二者,不能改变爱欲的性质,这潜在承认低贱爱欲只是未完成的爱欲,取消高贵爱欲与低贱爱欲的区分。因此,基于其泛爱欲论与技艺至上的立场,他最终无法为男童恋的更高地位找到依据。

阿里斯托芬采用编故事的方式,和斐德若(Phaedrus)、泡萨尼阿斯、厄里刻希马库斯三者都不同,但阿里斯托芬仅说"想要讲得跟你和泡萨尼阿斯有些不同",斐德若被忽略了。并且,对斐德若讲辞的转述结束时,阿里斯托得莫斯(Aristodemus)说,"斐德若说的大致就是这样一篇讲辞"(180c1),这个结束语之后再未重复。如此种种显示出斐德若的讲辞与后面的讲辞存在分隔:斐德若并非站在爱者而是站在被爱者的角度看待爱欲,爱欲是被爱者获利的工具,更受神青睐的不是被爱欲激发的爱者,而是没有爱欲的被爱者,被爱者比爱者更高。从斐德若本人来看,他是一个柔弱且缺乏血气的人,却在讲辞中异乎寻常地强调牺牲与死亡,这反映出斐德若内心深处的恐惧,他害怕爱欲造成的后果,害怕成为爱者。斐德若对爱欲的表面赞颂其实是在赞颂被爱者,其赞颂隐含着对爱欲的否定。

　　毕竟,依我看,世人迄今还没有完全[c5]感受到爱若斯
的大能,要不然,他们就会替爱若斯筑起最雄伟的庙宇和祭
坛,搞最盛大的献祭,哪会像现在这样,这些围绕爱若斯的事
情从未发生,尽管所有这些事情太应该发生。(189c4—8)

　　爱若斯为火神赫斐斯托斯(Hephaestus)之妻阿芙洛狄忒
(Aphrodite)与战神阿瑞斯(Ares)私通所生(《伊利亚特》5.370—
430)。他作为小神,并非雅典公共祭拜的对象。与泡萨尼阿斯建
议温和修改法律不同,阿里斯托芬提出给爱若斯最盛大的献祭,无
异于引进新神。① 爱若斯受到最高崇拜后,其他神的分量必然降
等,城邦宗教秩序遭到挑战。阿里斯托芬此处表现得极为狂肆,或
许是因为会饮这一场合给表现狂肆提供了绝佳机会。②

　　毕竟,爱若斯在神们中最怜爱[189d]世人,是世人的扶
持者,是治疗世人的医生,世人这个族类[靠爱若斯]会得到
最美满的福气。(189c9—d3)

　　斐德若赞美爱若斯的古老;泡萨尼阿斯和厄里刻希马库斯区
分两种爱若斯,赞美爱若斯中更高贵的那位;阿伽通赞美爱若斯的
年轻、柔软、正义、节制和智慧。他们的赞美均出于他们认为爱若
斯所具有的品质。阿里斯托芬则将赞颂爱若斯的原因归于其最爱
人类,赞颂的不再是高于人的东西,而是内在于人的东西。且他不
断提及作为族类的人,而非如苏格拉底一样区分多数人与少数人、
种种不同爱欲的具体的人。
　　阿里斯托芬称赞爱若斯为医生,医生掌握的治病术是一种恢
复性技艺,原初的人没有也不需要爱若斯。讲辞开头,阿里斯托芬
说爱若斯的医治可以带来最美满的福气,但随着他的讲述我们发

---

① 据拉尔修转载的苏格拉底案的宣誓书,苏格拉底的罪名是不信城邦所信
　的诸神,引进新神,且败坏青年。
② 参《王制》450e1:"在具有智慧的人和自己的朋友中,把自己已经知道的
　有关最重大的问题、关系到切身利益的真理说出来,这的确是一件令人欣
　慰和令人鼓舞的事。"(王扬先生译文)

现，人永远无法复归圆整，爱若斯标示着人之在的永恒欠然，①灵魂始终处在焦渴之中。爱若斯不能造就人的幸福，反倒是人的此在肃剧性的深层根源。

> 所以，我要试试指教你们[何谓]爱若斯的大能，使得你们会成为其他人的老师。(189d4)

同样是讲故事，阿里斯托芬的故事完全由自己编造，苏格拉底则转述第俄提玛(Diotima)的说法；阿里斯托芬以老师的身份发表讲辞，苏格拉底在讲辞中则以学生的面貌出现；阿里斯托芬将自己的观点暴露人前，苏格拉底则隐藏在第俄提玛的面具之下。在表达对爱欲的看法时，苏格拉底比阿里斯托芬更 φρόνησις [审慎]。②关于可以当众教授的东西，城邦设定了种种必要的界限，避开限制的一种方式即神话式讲辞。但即便采取此种方式，阿里斯托芬的 ύβϱις [肆心]仍表露无遗。阿里斯托芬在《云》中对苏格拉底的谐剧式嘲弄背后隐含着带有批评的忠告：面对城邦要节制和懂得伪装；我们可以看到柏拉图对这一忠告的回应，《会饮》中的阿里斯托芬显得比苏格拉底更不会伪装。

阿里斯托芬分明在传授秘仪，却并未限制这种秘仪的传播，反而说"使得你们会成为其他人的老师"，其姿态像极了《普罗塔戈拉》中的普罗塔戈拉(Protagoras)。考虑到《会饮》的所有讲者除阿里斯托芬外都在《普罗塔戈拉》中出现，阿里斯托芬与普罗塔戈拉或许的确存在某种对应关系：普罗塔戈拉被表现为传授忠告和德

---

① "汉语的'欠'所像之形，是一个人身费力地挺身仰首而歌。""个体热情只能在这一个身体上散发，而这身体偏偏天生偶然地有欠缺。"见刘小枫，《沉重的肉身》，北京：华夏出版社，2020，页144—145。

② φρόνησις [明智/审慎]是一种同善恶相关的、合乎逻各斯的、求真的实践品质。审慎指向具体判断，是治邦者最重要的品质，审慎的依据是正确的意见，关注的是可变的事物。拥有最高意义上的审慎的人能够做到"时中"，即"发而皆中节""从心所欲不逾矩"，最高的审慎仰赖智慧。真正的哲学则必然具有审慎的品格，在城邦中秘而不显、隐而不彰，哲人的城邦身份便是守法公民、保守分子乃至礼法家。苏格拉底是节制的典范，更是审慎的典范，审慎是最高意义的节制。

性的教师,阿里斯托芬被表现为教授原初自然的教师,阿里斯托芬
的爱欲神话或可与普罗塔戈拉的神话对观。

> [d5]不过,你们必须首先懂得世人的自然[天性]及其遭
> 际。毕竟,我们的自然从前与现在并非是同一个[自然],而
> 是完全不同。(189d5—8)①

与阿伽通和苏格拉底以爱欲本性为出发点不同,苏格拉底要
求首先揭示的"爱若斯自身是什么性质"(199c5)在阿里斯托芬这
里始终是模糊的。与厄里刻希马库斯对宇宙的关注不同,阿里斯
托芬讲辞的出发点是人的自然的变迁,取消了自然学对宇宙的理
性解释,代之以诗教所理解的宇宙。在诗人眼中,宇宙的性质无法
用λόγος[逻各斯]认知,宇宙于人是永恒的谜,μῦθος[秘索斯]保留
了此种神秘性与开放性。但作为哲人的柏拉图既使用逻各斯亦使
用秘索斯,且时常在表面是秘索斯的地方由剧中人物称为逻各斯,
比如这里阿里斯托芬在讲辞结束时称自己的神话为λόγος(193d8)。
这提示我们,逻各斯与秘索斯不能割裂,无论逻各斯抑或秘索斯,
都无法单独解释整全。②宇宙与人既有理性部分,亦有非理性部分;
既有低于理性的部分,亦有超出理性的部分;既有能通过理性把握
的部分,亦有只能通过μανία[疯癫]才得以感遇的部分。③

此外,阿里斯托芬将人的自然[天性]等同于人原初状态时的
特性,并非无可置疑。在亚里士多德看来,自然乃是自身具有运动
根源的事物的形状或形式,事物在未取得定义它的形式前就没
有实现自然。自然是产生的同义词,④是长成那个要长成的事物,

----

① 这句话似乎表明,礼法可以重塑人的自然。如习语"习惯成自然"所揭示
的,自然与礼法并非截然对立。
② 参罗森,《柏拉图的〈会饮〉》,杨俊杰译,上海:华东师范大学出版社,
2011,页168。
③ 参柏拉图,《斐德若》244a8:"最重要的好东西恰恰是通过疯癫来到我们
身上的,因此,疯癫是神给予的馈赠。"(刘小枫先生译文)
④ φύσις[自然]是由动词φύειν、φύεσθαι[变化/生成/出现]实词化而来的名
词,词根与"在""生成"等相关,因而含义带有"存在""本质""实质"的地
位。参柏拉图,《柏拉图的〈会饮〉》,刘小枫译,布鲁姆/伯纳 (转下页注)

"每一自然事物生长的目的就在显明其本性"。①若有某一事物发生连续的运动并且有一个终结的话,那么这个终结就是目的或为了什么。但不是所有的终结都是目的,只有最善的终结才是目的(Nature = the Best)。人是一个功能性概念,"人"与"好人"的关系就像"表"与"好表"的关系一样。因此,与阿里斯托芬不同,亚里士多德的"人的自然"并不着眼于原初状态,而是着眼于人的完成状态。

二　圆球人

首先,世人的性从前是三性,不像现在是两性,即男性和女性,[189e]而是还有第三性,也就是接近男女两性的合体。如今,这类人仅保留下来名称,本身则已绝迹。在当时,这种人是阴阳人,形相(εἶδος)和名称都出自男性和女性两者的结合。可如今,[这类人]已经见不着了(ἠφάνισται),②仅[e5]留下个骂名。(189d9—e5)

戏剧诗人关心舞台效果,这种说法十分引人瞩目。阴阳人是男女两性的合体,与另外两类圆球人相比,更好地体现了人之完整。阿里斯托芬特意强调第三种人已经"见不着了",暗示阴阳人有可能潜在地存在,由于狂肆,他们既是城邦最大的威胁,也是城邦最大的希望。③以此次会饮为例,男诗人阿伽通于在座发言者中最具女人气,阿里斯托芬在谐剧《地母节妇女》中称其为ὁ γύννις(行136,用阳性冠词ὁ修饰阴性名词γύννις[女人]);先知第俄提玛是一位具有男人气的女人,其名字用于男名并不少见,作为女名则

（接上页注）德特疏(秦露/何子健译),北京:华夏出版社,2003,页47,注158。

① 亚里士多德,《政治学》,吴寿彭译,北京:商务印书馆,1883,页7,1252b34。

② 原译为"已不复存在"。依希腊文,ἠφάνισται是动词ἀφανίζω[看不见]的完成时直陈式第三人称单数形式,故此处依字面义改译为"已经见不着了"。

③ 伟大的错误出自伟大的灵魂,通往琐屑的灵魂无法触及的至善与至恶。参柏拉图,《王制》491e。

很少见;哲人苏格拉底被卡里克勒斯(Callicles)批评说"不像男人""没有能力保护自己"(《高尔吉亚》485d—486d),从更平常的角度说,真正的哲人都是阴阳合德、雌雄同体的。①

讲述这类"仅留下个骂名"的人,表明广为接受的意见对阿里斯托芬无甚权威,作为谐剧诗人的阿里斯托芬正要揭示丑的东西。②这种丑与阿伽通对爱若斯极尽华美的赞颂形成强烈反差,他们分别代表谐剧和肃剧:谐剧摹仿生活中卑劣和低贱的要素,展现比当今之人更差的人;肃剧摹仿生活中美好和高贵的要素,展现比当今之人更好的人。谐剧和肃剧的分离标志着有死凡人的欠缺,凡人们被一分为二之后,无法同时既哭又笑地超越哭与笑。③而在谐剧、肃剧诗人之后出场的哲人苏格拉底于《会饮》结尾处迫使两位诗人同意,"同一个男人应该懂制作谐剧和肃剧"(223d4)。这并非要提出一种综合肃剧和谐剧或综合高低的人生理解,④并非要在高与低之间找一个不高不低的所在,而是要像荷马那样,高的和低的都能理解。唯有如此,才能超逾肃剧和谐剧对人生的片面展现,才有走上"第三条道路"⑤的可能。哲学是理解整全的尝试,哲学写作是对实在之谜的摹仿,《会饮》便是这种写作的典范,展现了爱欲由低到高、从身体之爱上升至观看美的沧海的无限丰富性。

其次,每个世人的样子从前都整个儿是圆的,背和两肋圆成圈,有四只手臂,腿[的数目]与手臂相等。[190a]在圆成圈的颈子上有一模一样的两张脸,在这两张摆得相反的脸上

---

① 三者恰好代表《斐德若》中言及的三种狂肆:诗术、预言术和爱智慧,参《斐德若》245a、244b、248d。

② 阿里斯托芬讲辞的特点是丑,这是对苏格拉底讲辞的一种补充。苏格拉底对爱若斯的赞颂是从被赞颂事物的真实品性中挑选最美的东西而对其阴暗面保持沉默。与第俄提玛对话的青年苏格拉底认为爱欲只是对美的爱,恰是对丑的事物的发现使青年苏格拉底转变为当下的苏格拉底。

③ 罗森,《柏拉图的〈会饮〉》,前揭,页373。

④ 参刘小枫先生编译,《柏拉图四书》,前揭,页277,注3。

⑤ 参色诺芬,《回忆》II.1.11:"我觉得其间还有一条中间道路,我尝试踏上这条道路,它既不通过统治,也不通过奴役,而是通过自由,这条道路最能引向幸福。"(彭磊先生译文,未刊)

是一个脑袋。耳朵四个,生殖器则是一对,其余所有的由此也可以推测出来。[从前世人]走路像如今一样直着身子,[a5]想要[朝向]任何方向[都无需转身],想要跑快就把腿卷成圆圈,像翻斤斗一样直直地翻滚,这时,八只手脚一起来,飞快地成圈移动。(189d6—190a8)

圆球人起源于宇宙,具有星体的形状,他们不满足于自身的强健完好,希望用这种力量谋取更高的权力。这种深植人性的不满足既是人类文明不断进步的动力,也是造成人类全体与每个个体之祸患的诱因。

阿里斯托芬于开头处提及,世人靠爱若斯会得到"最美满的福气"(189d1)。那没有爱欲的初人幸福吗? 他们对诸神统治感到不满,此种不满意味着幸福的缺憾吗? 如果圆整的圆球人亦不幸福,那人的幸福可能吗? 抑或人只能处于追求幸福的中途而无法安住于幸福之中? 人形诸神形体上未有圆球人那般圆整,他们需要爱若斯吗? 处在对圆球人造反的担忧中,他们是否拥有"最美满的福气"呢?

从前[世人]之所以有三[190b]性,而且是这个样子,乃因为男人原本是太阳的后裔,女人原本是大地的后裔,分有[男女]两性的则是月亮的后裔,因为月亮也分有两者。① 不过,这分有两性的人自身就是圆的,行走也是圆的,因为与父母[b5]一样。(190a9—b5)

我们无法从这里得出太阳、月亮、大地是宇宙诸神,阿里斯托芬在讲辞中从未称其为神。②他对圆球人起源的描述,比起宗教性,更具有自然学的性质。③对奥林珀斯诸神,阿里斯托芬始终称

---

① "两者"既可指太阳和大地,亦可指男性与女性。
② 对比阿里斯托芬本人的剧作,在其中,自然和宇宙的神经常扮演具有重要意义的角色。
③ 现代天文学告诉我们,我们体内的各种元素,都是曾经大爆炸时万千星辰散落后组成的。在遥远的未来,我们身上的碳原子,也许会参与一颗新行星的组建。所以每个人都是星辰,是宇宙的孩子。

"诸神",并未添上"奥林珀斯""城邦"等限定词。可见阿里斯托
芬一方面指出人起源于自然或宇宙,另一方面将神限定于习传的、
拟人化的、具有政治性的城邦诸神。同时,他对人形诸神的起源保
持缄默,似乎他们是本来就有的,圆球人的存在与诸神的统治何者
在先也未被揭示,这种沉默或许是阿里斯托芬的立场造成的:诗人
依赖城邦认同,很大程度上受城邦诸神支配,其诗术服务于城邦诸
神。城邦的存在依赖人类的生育和对城邦宗教的信仰。理性地探
究宇宙、追问诸神起源在城邦看来是极不虔敬的。

尽管阿里斯托芬在这一问题上保持沉默,但读者必然会推测
宇宙诸神的存在,并进一步思考:人形诸神从哪里来? 如果他们也
从宇宙来,起初亦是圆球状的,那么一定有存在者将之切开。这种
存在者可能是宇宙诸神,将之切开的因由或许亦是僭妄;也可能切
开人形诸神的就是他们自己,但他们为何如此呢? 如果人形诸神
是已具人形的人为维护礼法编造出的神圣起源,那圆球人为何会
沦为仅一半的人呢?

他们的力量和体力都非常可怕,而且有种种伟大的见识
(τὰ φρονήματα μεγάλα),竟然打神们的主意。荷马所讲的埃
菲阿尔特斯(Ephialtes)和奥托斯(Otus)的事情不妨用来说他
们——他们打主意登上天[190c]去攻击诸神。(190b6—
c1)①

τὰ φρονήματα μεγάλα[伟大的见识]被泡萨尼阿斯用于形容男

---

① 参《奥德赛》11.305—320、《伊利亚特》5.385—391。埃菲阿尔特斯和
奥托斯是阿洛欧斯(Aloeus)的妻子伊菲墨得娅(Iphimedeia)和波塞冬欢
爱生育的两个儿子,身量巨大、孔武有力,曾用索子将阿瑞斯困在铜瓮
里,后被宙斯和阿波罗杀死。在阿里斯托芬的神话中,宙斯创造了人形
的人,是人类的父亲,阿波罗的角色类似医生。埃菲阿尔特斯和奥托斯
锁过阿瑞斯,赫斐斯托斯也锁过阿瑞斯,阿里斯托芬后来暗示了这个故
事(192 e)。
　　相似主题亦见于阿里斯托芬的《鸟》。两人为了逃离礼法离开雅典,
想要向上走,和鸟儿生活在一起,并像它们一样自由。为了得到此种自
由,他们不但要离开城邦,还要除掉城邦诸神。

童恋对爱者和被爱者产生的影响（182c2），在此被阿里斯托芬挪用。在泡萨尼阿斯那里，爱欲是"伟大的见识"产生的原因；而在阿里斯托芬这里，"伟大的见识"是圆球人本就拥有的，是他们的肆心的体现。奥林珀斯诸神的形态相当于圆球人的一半，圆球人易于认为自身更完满自足、刚健有力。亲缘作为一种统治基础，相像是其最表面的特征，我们更喜欢与自己相像的人，而奥林珀斯诸神对圆球人并不具有这种天然的合法性基础，所以后者意图造反是一种必然。

三　宙斯的计谋

> 于是，宙斯和其他神们会商应该做些什么［来应付］，却束手无策。毕竟，总不能干脆杀掉，像从前用雷电劈巨人，抹掉这一族类；那样的话，［c5］他们得自世人的敬重和献祭也随之被抹去。可是，神们又不能允许这样子无法无天。（190c2—c7）

这是阿里斯托芬的谐剧笔法，宙斯和其他神们为了对付圆球人起初"束手无策"，而后"绞尽脑汁"，神性的东西下降为人，①奥林珀斯诸神比圆球人更具人性。他们既不高贵，也不自足，更不爱人类。②宙斯的行为动机全然自利，仿若真正的僭主，其习传中正义之神的地位在此似乎体现了《王制》（*Politeia*）中忒拉绪马霍斯（Thrasymachus）的观点——正义是强者的利益。阿里斯托芬可能借此表明，νόμος［礼法］③最深的根基不是对正义的考量，而是必然

---

① 对比观之，在苏格拉底转述的第俄提玛讲辞中，人向神性上升。

② 爱若斯是唯一一爱人类的神。这似乎表明，爱若斯与奥林珀斯诸神并不属于同一体系。

③ νόμος的含义介乎个别习俗与普遍的正义神（ἡ δίκη）之间：正义神给人们规定具体的νόμος。在希腊早期，νόμος具有神性的尊位：人群生活是靠θεοῖς νόμος［神性的礼法］来养育的。νόμος并非具体法规，而是指生活方式的指引和总体上的在先规定，不可随意更改。在此指引下的生活细则，才由法律来体现和充实。参柏拉图，《柏拉图的〈会饮〉》，前揭，页29，注115。

性与强制性。

宙斯无法抹掉人,联想阿里斯托芬本人的谐剧中多次出现诸神因祭品被收回而挨饿的情节,这表明神的存在依赖人的承认和崇拜、依赖人的意见或信念。同样人也无法离开神,没有神代表的规训性的影响,没有神对人的天性施以暴力的阉割,人就无法成为完全的人,进入城邦生活。由此形成"城邦诸神—人"的闭环:初人由于自然崇拜创造诸神,诸神成为人类进一步文明化自身的工具、成为礼法神圣性的来源。随着文明化进程的发展,诸神及其代表的礼法对人的自然约束得愈多愈紧,人就想反抗诸神。一旦反抗超越限度,便会动摇维系城邦的礼法,动摇城邦的精神基础,人只有回归野蛮而非神性。①要阻止这种后果,唯有依靠自我约束的虔敬,这正是讲辞收束于虔敬(193d)的因由所在。

> 经过一番绞尽脑汁,宙斯说:"依我看($\delta o \kappa \tilde{\omega} \mu o \iota$),有个法子既让世人活着又不再放纵,这就是让他们变得[190d]更弱。现在我就把他们个个切($\delta \iota \alpha \tau \epsilon \mu \tilde{\omega}$)成两半。""这样他们就会更弱,又对我们更有利,因为,世人的数目会倍增。而且,他们[以后只能]凭两条腿直着走路。要是他们显得仍然无法无天,[d5]不愿意带来安宁($\dot{\eta} \sigma \nu \chi i \alpha \ \check{\alpha} \gamma \epsilon \iota \nu$),"宙斯说,"那么,我就[把世人]再切成两半,让他们用一只脚蹦跳着走路。"(190c8—d8)

$\delta o \kappa \tilde{\omega} \mu o \iota$[依我看],《会饮》一开始用的也是这几个词(172a),可能是柏拉图提示我们注意品读宙斯的话。这种重复也起着这样的作用:在悲喜参半的阿波罗多洛斯(Apollodorus)与阿里斯托芬之间建立联系。②

$\delta \iota \alpha \tau \epsilon \mu \tilde{\omega}$[切]还有[阉割]之意。文明意味着野性的丧失和规训的获得,是一种驯化、一种阉割,这个词把用在畜生身上的东西用到人身上。值得深思的是,据《神谱》168—181,宙斯之父克罗

---

① 参罗森,《柏拉图的〈会饮〉》,前揭,页180。
② 施特劳斯,《论柏拉图的〈会饮〉》,前揭,页169;罗森,《柏拉图的〈会饮〉》,前揭,页181,注1。

诺斯(Kronos)阉割了其父乌拉诺斯(Uranus),成为新一代天空之主。

ήσυχία[安宁]并不意味着单纯的安静,通常表示某种动荡与混乱之后的宁静。这暗示奥林珀斯诸神受圆球人威胁的动荡局面,还有对结束动荡的渴望。

ἄγειν[带来]显示出在圆球人与奥林珀斯诸神之间占据主动地位的是圆球人。宙斯把世人再切成两半的威胁,体现出宙斯对人的忌惮之深。

> 宙斯说到做到,把世人切成两半,①像人们切青果[190e]打算腌起来那样,或者用头发丝分鸡蛋。② 每切一个,他就吩咐阿波罗把脸和半边颈子扭到切面,这世人看到自己的切痕[e5]就会更规矩(*κόσμιος*)。宙斯还吩咐阿波罗治好其他[伤口]。阿波罗把脸③扭过来,把皮从四周拉到现在叫做肚皮的地方,像拽紧布袋那样,朝肚皮中央系起来做一个口子,就是现在说的肚脐眼。阿波罗把其余的[191a]许多皱纹搞平整,把胸部塑成型,用的家什就是鞋匠用来在鞋楦上打平皮革皱纹一类的东西。(190d9—191a3)

阿波罗对应普罗塔戈拉的神话中的厄琵米修斯(Epimetheus)(《普罗塔戈拉》321b—c),当时厄琵米修斯做的正是分配技艺;而阿里斯托芬完全不理会技艺,对技艺的不同态度导致阿里斯托芬与厄里刻希马库斯的对立。讲辞结束时,阿里斯托芬还特意说"别让厄里刻希马库斯插嘴"(193b6)。"这个,厄里刻希马库斯啊,就是我关于爱若斯的讲辞,与你的不同。"(193d6)但正如阿里斯托芬在《云》中对苏格拉底的谐剧化处理一样,柏拉图也在此对阿里斯托芬作了谐剧化处理:正是凭靠厄里刻希

---

① 人与神相像:第一次是宇宙神;第二次是奥林珀斯诸神。

② 在宙斯眼中,人与青果、鸡蛋无甚不同,只是另一种形式的营养来源。

③ "阿波罗没按宙斯说的办,他没把人的颈子也扭过来。是不是在阿波罗看来,宙斯没有解剖学知识?"见施特劳斯,《论柏拉图的〈会饮〉》,前揭,页174。

马库斯的医术,阿里斯托芬得以从打嗝中恢复,继而发表讲辞乃至嘲弄厄里刻希马库斯,赞颂身体的阿里斯托芬被自己的身体背叛。

> 不过,阿波罗在肚皮本身和肚脐眼周围留了少许皱纹,让世人记住[a5]这些古老的遭遇。(191a4—5)

肚脐的双重作用:其一,提示被切开的遭遇,引起恐惧,防止僭妄;其二,提示人的圆整状态,让人意识到自身欠然,从而驱使人克服欠然。于泰勒斯以来的哲人,哲学始于他们凝视宇宙时感到的惊奇;于阿里斯托芬,人成其为人首先在于俯首下窥的爱欲意识——看的不是星辰而是自身。①

> 世人的自然[天性]被切成两半后,每一半都渴望与自己的[另]一半走到一起,双臂搂住相互交缠在一起,恨不得[欲求]生长到一起。由于不吃饭,[191b]其余的事情也不做——因为他们不愿相互分离,世人就死掉了。一旦两半中的某一半死了,[另]一半留了下来,这留下来的一半就寻求另一半,然后拥缠在一起,管它遇到的是一个完整女人的一半——我们现在叫做一个女人——还是[b5]一个男人。世人就这样渐渐灭了。(191a6—b6)

爱欲由此出现。可见,阿里斯托芬称颂的并非爱若斯神,而是人类的爱欲现象。爱欲是宙斯计策的副产品,②是圆球人"种种伟

---

① 罗森,《柏拉图的〈会饮〉》,前揭,页184。
② 与苏格拉底的爱欲相比,阿里斯托芬的爱欲显然是身体性的,他为爱欲设计的典型姿态是拥抱。正因为宙斯将人劈成两半,又命阿波罗将人脸扭过去,人才有了面对面拥抱的可能。

大的见识"(190b7)在被切开成为人形后的延续,是复归圆整的渴求,既来自宇宙的呼唤,亦内在于人的灵魂,其方向与奥林珀斯诸神的运动方向相反。施特劳斯提示我们:若没看到爱欲中造反的要素,就无法理解爱欲。这比任何追求快乐或生育的欲望都更深。①同时,由于爱欲,人第一次对他人产生渴求,这是政治文明产生的先决条件。阿里斯托芬的爱欲仅限于人类,其本质是政治性的,排除了超政治的生活。

> 宙斯起了怜悯,搞到另一个法子,把世人的生殖器挪到前面——在此之前,世人的这些都在外侧,生产[191c]和生育不是进入另一个,而是进入地里,像蝉一样。(191b7—c2)

此种生育形式可能是:女性将卵排在地里,男性使卵受精。这种繁殖方式提示圆球人与大地至少存在三重联结:其一,部分圆球人是大地的后裔;其二,圆球人居住在大地;其三,圆球人借助大地生育,让人联想到《王制》中的邦民亦来自大地(414d—e)。这体现了城邦起源的含混性,既是自然的,亦是人造的。

圆球人有性器官并使用之,不过这种性行为与爱若斯或阿芙洛狄忒都无关,只是种族延续必然要求的固定动作。仅在使用性器官这点上,初人与奥林珀斯诸神类似,与宇宙星体不同。或许正因如此,无论圆球人抑或被切开后的人都要臣服奥林珀斯诸神——性行为于奥林珀斯诸神只是享乐,于人却是必然。性行为将圆球人与宇宙星体隔开,性的自由度(不受季节限制)将人与动物隔开,人异于禽兽是由于性行为而非理性。阿里斯托芬把自己显示成一个专心致志为性所吸引的人,"整个儿泡在狄奥尼索斯(Dionysus)和阿芙洛狄忒当中"(177e2)。

> 宙斯把世人的[生殖器]挪到前面,由此使[世人]在另一个中繁衍后代,亦即通过男性在女性中[繁衍后代]。宙斯这样做的目的是,[c5]如果男人与女人相遇后交缠在一起,他

---

① 施特劳斯,《论柏拉图的〈会饮〉》,前揭,页172。

至少可以靠这种在一起满足一下,然后他们会停下来转向劳作,关切生命的其他方面。(191c3—c8)

至此,我们看到人族发展的三个阶段:①第一阶段,圆球人的"种种伟大见识"造成僭妄,宙斯出于私利将圆球人切开;第二阶段,被切开后的人产生相互渴望,爱欲出现,相应地,宙斯产生对人类的怜悯;第三阶段,为了拯救濒死的人类,宙斯做了第二场手术,使男女得到性满足并生育后代,真正的城邦形成。②

性爱由此出现,它才是奥林珀斯诸神派来"治疗世人的医生"(189d2)。或者说,作为父母的宇宙星体遗留给人族的是爱欲,但爱欲会导致已然沦落的人族的死亡。为了对抗爱欲的有害作用,人必须应用某种身体上的满足。作为统治者的奥林珀斯诸神以性爱掩盖爱欲,把爱欲渴求与性行为结合起来,将人更深地束缚在肉身中,从而减少精神的狂肆,且性爱的实现有助于人族繁衍,为诸神提供源源不断的祭品。但性满足只是一种短暂的安慰,并不足以治愈人被分裂的本性。出于灵魂焦渴,又因为遗忘而不知自己缺少什么,人只好寻求性满足,但越满足欲念便越严重而剧烈地干渴。由于阿里斯托芬的爱欲排除了努斯($\nu o \tilde{\upsilon} \varsigma$),其神话中的人将永远处于焦渴而无法获救。

在普罗塔戈拉的神话中,为防止人类灭绝,宙斯将羞耻和正义赐给所有人(《普罗塔戈拉》322c—d)。此处,正义被"规矩"(190e5)取代,在诸神面前的耻感转化为在生殖器面前的耻感,灵魂被肉身化。于柏拉图,人有过一种完美视见各种理式的原初状态;于阿里斯托芬,人的原初状态是肉身的圆整。与《王制》中苏格拉底对身体的有意遗忘不同,《会饮》中阿里斯托芬教导身体的重要性,其设想的完满状态是身体的(圆球形)和僭政的("种种伟大的见识"),而非灵魂的和正义的。但人是有死的,人的本性是混杂的,是灵魂与身体的共同存在,其中一种成分的活动必定与另一种成分的本性相反。因此,试图只根据身体或只根据灵魂而得

---

① 启发自罗森,柏拉图的〈会饮〉》,前揭,页183。
② 《王制》卷二探讨城邦的形成时,对生育只字未提,而城邦的生理基础便是生育。这或许基于一种深思熟虑的对身体的抽离和对爱欲的贬低。

出某种正义概念,本身就极不正义。正义是灵魂与身体的和谐,整体的每一部分都各尽其责、各安其位。

四 一分为二后

> 所以,很久很久以前,[191d]对另一个的爱欲就在世人身上植下了根,这种爱欲要修复[世人的]原初自然,企图从两半中打造出一个[人],从而治疗世人的自然。于是,我们个个都是世人符片,像比目鱼[d5]从一个被切成了两片。所以,每一符片总在寻求自己的[另一半]符片。(191c9—d6)

这里产生了关于爱的或许最动人且影响最深远的说法——"另一半"。这种说法不仅恰到好处地抓住了情侣拥抱彼此时的确实感觉,而且说明了人与人的结合是人类的内在需求,为我们严肃地对待爱、对待我们的爱人提供了最美丽最严肃的证词,也为当下爱人们追求的爱的相互性、排他性和长久性提供了证言。相互性在于彼此都是对方残缺的那一部分,二者是相互需要的;排他性在于一个人被剖开的另一半只能是唯一的另一个人;长久性在于找到另一半后,相互契合必然相守一生。[1]但这种理想的"排他性""唯一性"并非无可置疑。因其爱欲中不存在任何认知因素,阿里斯托芬无法提供有关处于性差异和个人特质之间的各种心灵的类型学。[2]自第一代后,人类繁衍方式由卵生改为有性繁殖,不同人的身体形状也基本相似,人与其另一半之间从身体看并无独特联系,恋人难以确认自己的另一半。

"另一半"传达的对爱的认识与第俄提玛传授的爱欲观形成鲜明对比。在后者看来,爱欲另一个体只是较低阶段。爱者爱被爱者并不是因为被爱者本身,而是爱其美好品质;这种爱不唯一,必然超逾个体推广到具有同样美好品质的一切人、一切物,因为所有美的事物都分有美本身,通过这些美的分有物进而向上探求真

---

① 《诗经·邶风·击鼓》:"死生契阔,与子成说。执子之手,与子偕老。"
② 伯纳德特,《柏拉图的〈会饮〉义疏》,收于《柏拉图的〈会饮〉》,前揭,页249。

正的美。由此,我们得以更深刻地体会到,阿里斯托芬的爱平行地指向对方,本身不隐含向上或者超验;苏格拉底的爱则是垂直的,指向上方和超越。①

> 凡由[两性]合体——过去叫阴阳人——切成的男人就爱欲女人,多数有外遇的男人就出自这样一类。[191e]反之,凡由[两性]合体切成的女人就爱欲男人,有外遇的女人就出自这样一类。(191d7—e3)

新的爱欲学说将私通正当化,"爱欲正当地推翻了正义"。②阿里斯托芬因其诗人身份,需要以城邦礼法代言人的面目出现。在讲辞中,他勉力维持"诸神—正义—礼法"三者的统一,此处却对正义问题保持沉默。尽管他的讲辞落脚于虔敬,可他无法弥合本质上具有造反性的爱欲与他要求的虔敬之间的鸿沟。他从礼法的视角嘲笑自然,又从自然的视角嘲笑礼法。

> 凡由女性切成的女人几乎不会对男人起心思,而是更多转向女人,[e5]女友伴们就出自这类女人。凡由男性切成的男人则追猎男性;还是男孩的时候,由于是出自男性的切片,他们爱欲[成年]男人,喜欢和他们一起睡,搂[192a]抱他们。在男孩和小伙子当中,这些人最优秀,因为他们的天性最具男人气。(191e4—192a2)

阿里斯托芬完成了厄里刻希马库斯和泡萨尼阿斯没有完成的任务,通过引入自然等级,他成功证明了男童恋的最高地位,因为男童恋是对天生最有男子气的那些男人的保存。

> 肯定有人说,这些男孩无耻——他们说谎啊。毕竟,这种行为并非出于无耻,而是出于勇敢、男子气概[a5]和男人性,拥抱与自己相同的东西。这不乏伟大的证明;毕竟,到了成熟

---

① 布鲁姆,《爱的阶梯》,收于《柏拉图的〈会饮〉》,前揭,页179。
② 施特劳斯,《论柏拉图的〈会饮〉》,前揭,页182。

年龄时,只有这样一些男人才会迈入城邦事务。(192a3—8)

以成年后转向政治证明男童恋不无耻。这一思维链条如下:男童恋者是太阳的后裔,最具男子气,男子气是战争德性,城邦在战争中确立自身,展现武力与辉煌。阿里斯托芬用城邦来确立自然等级,最能让政治生活展现最大辉煌的东西是最高的东西。那么,爱欲的等级差别难道不依据爱欲自身,而依据城邦?①

> 　　一旦成了成年男人,[192b]他们就是男童恋者,自然不
> 会对结婚和生养子女动心思——当然,迫于礼法[又不得不
> 结婚生子]。毋宁说,他们会满足于不结婚,与另一个男人一
> 起度过终生。整个来讲,凡是成了男童恋者和象姑
> (φιλεραστής)②的,肯定都是这样一类男人,[b5]他们总是拥
> 抱同性。(192a9—b5)

可见,男童恋者将城邦礼法视为强制,他们只爱同性,说明他们对城邦及邦民们没有爱欲。阿里斯托芬没有提及阿伽通、苏格拉底讲辞中都出现的对荣誉的爱欲,他没有让爱欲服从任何外在的考虑,所以他不可能诉诸城邦以使爱欲获得正当性。在阿里斯托芬的神话中,爱欲是原初自然中"种种伟大认识"的延续,是想要造礼法的反、与诸神比高低,爱欲最终追求的是人得以挑战诸神的圆整状态。天生最具有男子气的那些人组成的共同体依据爱欲的本质(而非城邦)具有最高的爱欲,爱欲的满足将通往权力意志,与我们在天堂的原初造反相比,尘世的城邦只是不得已的代用品。③

---

① 参施特劳斯,《论柏拉图的〈会饮〉》,前揭,页184。
② φιλεραστής[象姑]指男同性恋中的被动方。φιλεραστής由动词φιλέω[友爱]的词根φιλ-[爱…]与名词ἐραστής[爱者]复合而成,直译为[喜欢爱者的人]。
③ 伯纳德特,《柏拉图的〈会饮〉义疏》,收于《柏拉图的〈会饮〉》,前揭,页250。

因此,男童恋者或所有别的人一旦遇到那位自己的另一半本身,马上惊讶得不行,友爱得一塌糊涂,[192c]粘在一起,爱欲勃发,哪怕很短的时间也绝不愿意相互分离。这就是那些相互终生厮守的人,虽然他们兴许说不出自己究竟想要从对方得到什么。毕竟,没有谁[c5]会认为,[他们想要的]仅仅是阿芙洛狄忒式的云雨之欢,尽管每一个与另一个凭着最大的炽情如此享受在一起,的确也为的是这个。毋宁说,每一个人的灵魂明显都还想要[192d]别的什么,却没法说出来,只得发神谕[似的]说想要的东西,费人猜解地表白。(192b6—d3)

言辞具有局限性,灵魂感遇到的无法言传的东西或许比能言传的东西更真实。爱欲朝向无法复归的圆整,随代际推移,灵魂的焦渴并未缓解,可后来的人已然遗忘自身的源泉,便越发不知自己需要什么。作为圆整状态替代品的实现肉身合一的拥抱也存在巨大的有限性,拥抱无法持续,否则便会重蹈第一代被切开的圆球人的覆辙,不仅诸神得不到供奉,他们的爱也会随着身体的死亡而沦亡。

当他们正躺在一起,如果赫斐斯托斯拿着铁匠家什站在旁边,他就会问:"世人哦,你们想要从对方为自己得到的究竟是什么啊?"[d5]如果他们茫然不知(ἀποροῦντας),赫斐斯托斯再问,"你们欲求的是不是这个:尽可能地相互在一起,日日夜夜互不分离?倘若你们欲求的就是这,我倒愿意把你们熔在一起,[192e]让你们一起生长成同一个东西。这样,你们虽然是两个,却已然成了一个,只要你们活着,双双共同生活就像一个人似的。要是你们死,甚至在哈得斯那儿,也会作为一个而非两个共同终了。看看吧,你们是不是爱欲这样,[e5]是不是恰好这样,你们就会心满意足。"(192d4—e5)

赫斐斯托斯提出了所有人都会接受的建议,让人类情侣们确认盼望的是肉身的融合,可这建议只会导致恋人们的毁灭。如果说性爱与生育联系得更紧,那么爱欲则与死亡联系得更紧。宙斯以性爱遮盖爱欲,隐藏了爱欲与死亡的原有联系,却无法切断那种联系。只有死后,赤裸灵魂的相拥才能成为可能;只有超越死亡,爱才会存在,①肃剧必然存在于人类的爱中。②但即便赫斐斯托斯将恋人的两个灵魂熔成一个,也无法满足人复归圆整的渴求,古老的自然本性与两个灵魂的结合是不同的,真正的爱欲永远无法实现。这种无法实现的真相,就是恋人们感受到的困惑(ἀπορία),这种困惑表明,灵魂直觉到此种满足是不可能的。但尘世中的人由于遗忘、由于不知道他们的真正需要,无可避免地会将灵魂的结合作为爱欲渴求的目标去追求,又无可避免地将灵魂结合落入身体结合中。

结　语

我们知道,恐怕不会有哪怕一个人在听到这番话后拒绝,这兴许表明,他想要的不外乎就是这。毋宁说,他兴许会干脆认为,他听说的恰恰是他一直欲求与被爱欲的人结合在一起,熔化在一起,从两个变成一个。个中原因在于,我们的原初自然[e10]从前就是这样,我们本来是整全的。所以,爱欲有了欲求[193a]和追求整全这个名称。从前,如我所说,我们曾是一个;可现在呢,由于我们的不义……(192e6—193a2)

正义有自然正当(超法定正义)和法定正义两个维度:苏格拉底—柏拉图式的自然正当论的正义是给予每个人依据自然他所应得之物,除了在明智者拥有绝对权力的社会之外,不存在真正的正义,城邦礼法在自然正当的审查下可能是不义的。法定正义在消极意义上是不违背礼法,在积极意义上是对既定政治秩序的完全忠诚,圆球人在法定正义的层面上是不义的。在自然正当的层面上,自然并不立法,但立法必须依靠自然,自然正当是法定正义引起争议的永恒源泉。奥林珀斯诸神的存在是因为礼法,他们通过各种默会的或明确的人的习俗法律得以存在。但正如圆球人神话

① 参汤显祖《牡丹亭》:"情不知所起,一往而深;生者可以死,死可以生。"
② 施特劳斯,《论柏拉图的〈会饮〉》,前揭,页188。

所体现的那样,人的起源不是属人的,人的最优秀品质从根本上源于天赋、源于自然,"种种伟大见识"源于作为父母的宇宙星体,自然才是神圣的,各种人类事物包括礼法只是整全内的极为狭小的领域。因此可以说,奥林珀斯诸神在这点上低于圆球人。更何况宙斯的行为动机只是私利,并不正义,将圆球人一切为二也完全不是出于爱人,奥林珀斯诸神的统治实际上是一种僭政,圆球人想要推翻僭政,不能算不义。

> ……我们被这神分开了,就像阿尔卡德人被拉刻岱蒙人分开。于是我们有了畏惧:要是我们对神们不规矩,我们恐怕会被再[a5]劈一次,像刻在墓石上的浮雕人似的四处走,鼻梁从中间被切开,成了半截符片。(193a3—8)

事见色诺芬的《希腊志》(Hellenica)V. 2. 5—7。公元前 385 年,拉刻岱蒙人(即斯巴达人)把阿尔卡德名城曼提尼亚强行分成四个村庄,恢复其原初生活方式。但这个类比存在牵强之处:拉刻岱蒙人迫使阿尔卡德人恢复古代生活方式,但诸神损伤了人的原初自然;拉刻岱蒙人值得尊敬而非只是畏惧,因为他们建立了在柏拉图看来优于民主制的贵族制,可这里的诸神只令人畏惧却并不值得尊敬,虔敬仅仅出于畏惧而已。①罗森解释该例时说,拉刻岱蒙人分散阿尔卡德人同样出于自利,是施之强敌的残酷行为。这体现了阿里斯托芬对正义的基本看法:人与正义都起源于前人类的自然状态,即战争和自私的状态。②贝尔格认为,这种恐惧是在不可见力量面前的恐怖感,这种力量实施其惩罚性的愤怒,最终或最完整的是在冥界的不可见的领域内,针对单独的不可见的灵魂。因此,对不可见的神的恐惧,是一种对我们认为能界定我们到底是什么的不可见的存在的恐惧——灵魂。③

---

① 参施特劳斯,《论柏拉图的〈会饮〉》,前揭,页 191。
② 参罗森,《柏拉图的〈会饮〉》,前揭,页 193。
③ 参贝尔格,《爱欲与启蒙的迷醉——论柏拉图的〈会饮〉》,乔汀译,北京:华夏出版社,2016,页 88,注 2。

由于这些,每个男人(ἄνδρα)都必须凡事竭诚敬拜[193b]神们,以便我们既逃掉这些,又幸得那些[我们想要的],以爱若斯为我们的引领和统帅。谁都不可冒犯这位神——冒犯了就会得罪诸神;毕竟,只要我们成为这位神的朋友,与这位神和解,我们就会找到甚至[b5]遇上我们自己的男孩,如今仅少数人做到这一点。(193a9—b6)

阿里斯托芬没有用通称人类的ἄνθρωπος,而用专指男人的ἄνδρα,他不关心女性虔敬与否。或许因为女性只能是月亮或大地的后裔,不具有太阳后裔的狂肆,所以即使女性不虔敬,也不会对城邦礼法造成威胁。就事实而言,雅典城邦女性没有政治权利,无法参加公民大会。

对其他神的虔敬只有一种消极功能,让他们不要阻止爱若斯引领我们得到的那些东西,积极的好处仅来自爱若斯。与开头不同,爱若斯不再被称为医生(189d1),治疗者的位置在神话中先后被阿波罗、赫斐斯托斯取代。此处揭示出爱若斯的真正身份,作为统帅引领着最具男子气的男性,追求返回人得以挑战诸神的圆整状态,爱欲驱动着武装行动和造反,奥林珀斯诸神与爱欲的根本对抗得到保留。①

别让厄里刻希马库斯插嘴,搞笑[我的]这番说法(λόγος),[说]我是在说泡萨尼阿斯和阿伽通。当然咯,兴许他们[193c]正是这种遇上了自己的男孩的人,而且俩人在天性上(τὴν φύσιν)就是男性。(193b7—c2)②

在场的人中,阿里斯托芬只提到泡萨尼阿斯和阿伽通这对恋人,说明阿里斯托芬认为这二人的关系达到了他设想的爱欲标准,"正是这种遇上了自己的男孩的人"。他以对厄里刻希马库斯的归咎来委婉提醒二人注意虔敬,否则他们将受到城邦礼法的威胁。

我讲的实际上针对的是每个男男女女:如果我们让这爱

---

① 参施特劳斯,《论柏拉图的〈会饮〉》,前揭,页192。
② "在天性上就是男性"隐含的意思是,在世俗眼光里他们是女里女气的。

欲达至圆满,我们这一类会变得如此幸福,个个[c5]遇到自己的男孩(τῶν παιδικῶν),从而回归原初的自然。(193c3—5)

"针对的是每个男男女女",随即又说"遇到自己的男孩",可见阿里斯托芬始终支持男童恋的优势地位。他并未将爱欲的实现寄托于月亮与大地的后裔,只有天性上是男性的人才可能是爱欲真正的献身者,在爱若斯的统帅下朝向圆整。

> 倘若这就是最好,那么最接近这最好的,必然就是现在当下中的这种最好,即遇到天生合自己心意的男孩。因此,如果我们要赞颂爱欲[神]的话,[193d]这才是我们正义地赞颂这位神的原因。毕竟,正是这位神当下带给我们最多的心满意足,把我们领向[与自己]亲熟的东西,还给我们的未来提供了最大的希望:只要我们提供对诸神的虔敬,爱欲[神]就会把我们带往原初的自然,[d5]通过治疗给我们造就福乐和幸福。(193c6—d5)

"现在当下中的这种最好"说明"遇到天生合自己心意的男孩"并非最好,因为"最好"是复归圆整,但阿里斯托芬认为这种最好不再可能,所以次好被擢升为最好。阿波罗缝合时造成了褶皱,说明有多余的皮肤,或许是把圆球人以前在后背上的弹性皮肤抻开;或许是用了另外半个人的皮肤,另一半因没有皮肤很可能已经死去,那么即使是被切开的第一代半人亦无法找到自身真正的另一半,阿波罗缝出了人的永恒欠然。更何况初代半女与半男结合生育的孩子也是一个"半人",可已经不再有天生与他相配的人,他将永远寻不到完全意义上的另一半。所有的爱欲都无法实现真正的幸福。

人的第一自然是完满自足,第二自然是朝向圆整,但人无法复归圆整,爱欲是对不可能事物的追求,灵魂永远处于焦渴之中。①

---

① 对于这种焦渴状态,黑塞给出过很恰切的描述:"时常,他感到天国近在咫尺,又无法完全够及。他终极的焦渴从未平复。在所有教诲过他的圣贤和智者中,也没有一人完全抵达过天国,完全消除过永恒的焦渴。"见赫尔曼·黑塞,《悉达多》,姜乙译,天津:天津人民出版社,2017,页6。

谐剧诗人阿里斯托芬是唯一教导爱欲本质上具有肃剧性的人。①他向我们揭示出,人在本质上是不完整的存在物,认识自身的不完整是探求整全的基础,这体现了《会饮》中阿里斯托芬的爱欲神话与苏格拉底的爱欲讲辞最深意义上的一致性。

"把我们领向[与自己]亲熟的东西",阿里斯托芬将爱欲限定在对属己之物的平行的爱,爱欲的差强人意的满足最终只能依靠机运,恰巧找到合适的另一半(虽然不可能是完全意义上属于自己的另一半)并与之结合,人便只能寄托于"甜蜜的希望",②以虔敬换取诸神的福佑。这种依赖虔敬的次好的爱欲有利于生育,而城邦建立在生育之上,所以阿里斯托芬在讲辞中对礼法和诸神的嘲弄是无害的,这种无害建立在对问题本质不充分的理解之上。③

另一方面,阿里斯托芬的爱欲排除了努斯,他为人类爱欲设计的典型姿态是拥抱,在怀抱中的人沉浸于触觉而失去视觉,遗忘对宇宙的凝视、遗忘自身的来源。沉沦于此种状态中,人只会成为次人,因为他已将复归圆整视为不可能。苏格拉底转述的第俄提玛的爱欲讲辞为爱欲设计的实现形式则是凝视,④凝视比自己更高的存在者,由此赋予人和人的爱欲以更高的可能性。人类理解自己,必须以更整全的存在为依据。人是这样一种存在,它必须超越人性,如果不是朝着超人的方向去超越人性的话,那么就必然朝着低于人性的方向坠落。人的价值正在于他达至高于他的东西的真诚努力,"应当努力追求不朽的东西,过一种与我们身上最好的部分相适合的生活"。⑤

---

① 施特劳斯,《论柏拉图的〈会饮〉》,前揭,页190。

② 《王制》331a 克法洛斯语:"对于一个知道自己没有做过任何坏事的人,甜蜜的希望永远伴随着他,当他慈善的伴侣。"(王扬先生译文)但希望甜蜜亦盲目,在埃斯库罗斯剧作《被缚的普罗米修斯》中,预知死亡是人类的精神疾病,普罗米修斯用"盲目的希望"治好了这病,让灵魂活得轻松、没有负担。

③ 参施特劳斯,《论柏拉图的〈会饮〉》,前揭,页200。

④ "在最高阶段,爱和注视会汇聚在一起——如果真是如此,那我们就太幸运了。到那时,我们可以看到在最高水平上人的统一体,在其中,人的爱的生活、情感生活、激情生活和智识生活将会融为一体。"见施特劳斯,《论柏拉图的〈会饮〉》,前揭,页315。

⑤ 亚里士多德,《尼各马可伦理学》,前揭,页307,1177b33。

"这个,厄里刻希马库斯啊,"阿里斯托芬说,"就是我关于爱若斯的讲辞($\lambda\acute{o}\gamma o\varsigma$),与你的不同。如我已经请求过你的,别对它搞笑,以便我们可以听听剩下各位[193e]——喔,这两位中的每一位——会讲什么;毕竟,只剩下阿伽通和苏格拉底了。"(193d6—e2)

　　与阿里斯托芬截然不同的爱欲理解为其后发言的阿伽通所揭示,爱欲是爱美的事物,苏格拉底站在阿伽通一边。①但与阿伽通不同,苏格拉底对爱欲的理解在更整全的层次上同时涵括并超越对属己之物的爱和对美的爱。他也可以将爱属己之物作为最高的爱来谈论,此时的自我不再是经验的自我,"属己之物"不再是个别的个体性事物,而是个体的整体存在以及自身最广义的亲人们。②但这并非意味着对属己之物的爱和对美的爱是平等的,对属己之物的爱仍然低于对美的爱。后三者的发言呈现了梯次上升的关系:阿里斯托芬—阿伽通—苏格拉底、谐剧—肃剧—哲学。这种关系在《会饮》结尾以戏剧方式呈现:阿里斯托芬先于阿伽通睡着,苏格拉底则清醒地站起身,继续走在路上。

---

① 阿伽通和欧里庇得斯(Euripides)是同盟,欧里庇得斯又和苏格拉底是同盟。参施特劳斯,《论柏拉图的〈会饮〉》,前揭,页206。
② "自己"的范围并不只到身体的边界。孟子曰"万物皆备于我"(《尽心上》);庄子曰"天地与我并生,而万物与我为一"(《齐物论》)。

里耶秦简所见秦县仓官的基本职能

鲁家亮

（武汉大学简帛研究中心、"古文字与中华文明传承发展
工程"协同攻关创新平台）

摘　要： 仓官是秦代县下辖的重要机构之一，拥有刑徒、粮食、小畜等事务的部分管理职能。其中，仓与司空共同管理刑徒；仓向县内多个其他机构让渡了部分粮食管理权限；仓分担了小畜的管理事务。上述情况说明，秦代各类物资、人员的管辖权在县内不同机构中被分割，又通过县廷加以集中，在权力的分合之际，秦县的行政运作实现了一种较为高效的模式。

关键词： 里耶秦简　秦县　仓官　权力分割

据里耶秦简《迁陵吏志》（9－633）所载"官啬夫十人"的记录，①学界推测秦迁陵县的官署机构中曾经存在过"十官"，而"仓官"即为其中之一。② 众所周知，仓是储藏粮食的建筑物，各级"仓

---

① 《迁陵吏志》由2个残片缀合而成，见里耶秦简牍校释小组，《新见里耶秦简牍资料选校（一）》，简帛网，2014年9月1日；后载于《简帛》第十辑，上海：上海古籍出版社，2015，页178—179。里耶秦简原整理者吸收缀合意见，将缀合后的简牍编号为9－633，图版见湖南省文物考古研究所编著，《里耶秦简［贰］》，北京：文物出版社，2017，页84。释文可参陈伟主编，鲁家亮、何有祖、凡国栋撰著，《里耶秦简牍校释（第二卷）》，武汉：武汉大学出版社，2018，页167—168。下文引用《里耶秦简［贰］》所刊简牍释文，如无特别说明，皆出自《里耶秦简牍校释（第二卷）》，不再一一注出。

② 尽管对迁陵县"十官"的具体认定存在出入，但仓官属"十官"之一，诸家则无争议。见高村武幸，《里耶秦简第八层出土简牍的基础的研究》，载于《三重大史学》第14，2014，页36—37；单印飞，《略论秦代迁陵县吏员设置》，载于《简帛》第十一辑，上海：上海古籍出版社，2015，页98；水间大辅，《里耶秦简〈迁陵吏志〉初探——通过与尹湾汉简〈东海郡吏员簿〉的比较》，载于《简帛》第十二辑，上海：上海古籍出版社，2016，（转下页注）

官"则对其行管理之责。因此，早期学界对于仓的研究往往与粮食问题紧密结合，① 其中比较有代表性的成果如蔡万进先生的《秦国粮食经济研究（增订本）》。② 1975 年，睡虎地秦简发现后，③学界注意到《仓律》《效律》《内史杂》等律文所记有关秦仓管理的诸多细节。④ 2002 年，里耶秦简出土之后，⑤我们更能了解到仓官实际运作的状况，而岳麓秦简的《仓律》《内史杂律》《内史仓曹令》等律令也补充了更多的法律规定细节。⑥谢坤先生综合这些新资料，对秦简牍所见"仓"有较为全面的讨论，明确指出其研究的"仓"除指储藏粮食的建筑物外，还包括管理粮食、牲畜、徒隶、器具的机构——"仓官"。⑦刘鹏先生进一步指出秦县仓的经营管理业务概括为禾稼出入、粮刍借贷、禽畜饲养、器物管理、金钱收支、徒隶管理六类。⑧

而在另一方面，有关秦县官署机构的研究成为学界讨论的热点。在秦县官、曹二分的格局逐渐廓清的基础上，⑨官、曹之间的

（接上页注）页 186；邹水杰，《秦简"有秩"新证》，载于《中国史研究》，2017 年第 3 期，页 48；刘鹏，《也谈简牍所见秦的"田"与"田官"——兼论迁陵县"十官"的构成》，载于《简帛》第十八辑，上海：上海古籍出版社，2018，页 73。

① 相关成果梳理可以参看谢坤，《秦简牍所见"仓"的研究》，博士学位论文，武汉大学，2018，页 1—3。
② 蔡万进，《秦国粮食经济研究（增订本）》，郑州：大象出版社，2009。
③ 睡虎地秦墓竹简整理小组，《睡虎地秦墓竹简》，北京：文物出版社，1990。
④ 参王伟雄，《秦仓制研究》，新北：花木兰文化出版社，2013，页 3—4。
⑤ 目前已经发表的原始资料，主要见湖南省文物考古研究所编著，《里耶秦简［壹］》，北京：文物出版社，2012；《里耶秦简［贰］》，前揭。里耶秦简博物馆、出土文献与中国古代文明研究协同创新中心中国人民大学中心编著，《里耶秦简博物馆藏秦简》，上海：中西书局，2016。
⑥ 陈松长主编，《岳麓书院藏秦简［肆］》，上海：上海辞书出版社，2015，页 122—125；陈松长主编，《岳麓书院藏秦简［伍］》，上海：上海辞书出版社，2017，页 181—183。
⑦ 谢坤，《秦简牍所见"仓"的研究》，前揭，页 1。
⑧ 刘鹏，《简牍所见秦代县仓经营管理的业务》，载于《简帛研究二〇一九（春夏卷）》，桂林：广西师范大学出版社，2019，页 49—73。
⑨ 仲山茂，《秦漢時代の"官"と"曹"——県の部局組織》，载于《东洋学报》82‐4，2001，页 38—42；青木俊介，《里耶秦简に見える県の （转下页注）

对应关系及其在行政运作中的互动问题得以不断深化。① 在单个官署的研究之中，学界对迁陵县"十官"大多有所涉及，如陈治国、张立莹二先生指出秦少内主管县的财政收入与支出；②宋杰、邹水杰等先生对司空设立与职责的讨论；③王伟雄、谢坤等先生对仓的系统梳理；④王彦辉、陈伟、邹水杰、李勉、晋文、刘鹏等先生关

（接上页注）部局組織につ 乁て》，载于《中國出土資料研究》第 9 号，2005，页 103—111；郭洪伯，《秦汉"稗官"考——秦汉基层机构的组织方式（其一）》，"第七届北京大学史学论坛"会议论文，2011 年 3 月 26 日；土口史记，《戦国・秦代の県——県廷と'官'の関係をめ ぐる一考察》，载于《史林》95‐1，2012，页 5—37；土口史记，《战国、秦代的县——以县廷与"官"之关系为中心的考察》，朱腾译，载于《法律史译评》2013 年卷，北京：中国政法大学出版社，2014，页 1—27；郭洪伯，《稗官与诸曹——秦汉基层机构的部门设置》，载于《简帛研究二〇一三》，桂林：广西师范大学出版社，2014，页 101—127；孙闻博，《秦县的列曹与诸官——从〈洪范五行传〉一则佚文说起》，简帛网，2014 年 9 月 17 日；又载于《简帛》第十一辑，上海：上海古籍出版社，2015，页 75—87。该文的增订本又收入里耶秦简博物馆、出土文献与中国古代文明研究协同创新中心中国人民大学中心编著，《里耶秦简博物馆藏秦简》，前揭，页 244—261。土口史记，《里耶秦简にみる秦代県下の官制構造》，载于《东洋史研究》73‐4，2015，页 1—38。

① 高村武幸，《里耶秦简第八层出土简牍の基礎的研究》，前揭，页 61；金钟希，《秦代県의曹조직과地方官制——里耶秦简에 나타난遷陵縣의 토지재정운심으로》（《秦代县的曹组织与地方官制——以里耶秦简中出现的迁陵县土地与财政运营为中心》），载于《东洋史学研究》第 128 辑，2014，页 47—119；黄浩波，《里耶秦简牍所见"计"文书及相关问题研究》，载于《简帛研究二〇一六（春夏卷）》，桂林：广西师范大学出版社，2016，页 92—113；黎明钊、唐俊峰，《里耶秦简所见秦代县官、曹组织的职能分野与行政互动——以计、课为中心》，载于《简帛》第十三辑，上海：上海古籍出版社，2016，页 151—157。

② 陈治国、张立莹，《从新出简牍再探秦汉的大内与少内》，载于《江汉考古》，2010 年第 3 期，页 132—135。

③ 宋杰，《秦汉国家统治机构中的"司空"》，载于《历史研究》，2011 年第 4 期，页 15—22；邹水杰，《也论里耶秦简之"司空"》，载于《南都学坛（人文社会科学学报）》，2014 年第 5 期，页 1—7。

④ 王伟雄，《秦仓制研究》，前揭；谢坤，《秦简牍所见"仓"的研究》，前揭。

于"田""田官"的辨析;①陈伟先生对迁陵县库的个案考察;②孙闻博、晏昌贵、郭涛、藤田胜久、姚磊等先生及笔者对迁陵县三乡的分析。③与官、曹关系讨论的热烈相比,目前尚未发现对"十官"所涉各官署之间关系及其权力分配问题的专门分析。故此,本文拟从仓官的职能入手,尝试对仓官与司空、田官、畜官、乡官等的关系及其权力分配模式作一些初步的梳理,其不当之处,祈请诸位方家批评、指正。

一 仓官与司空对刑徒的共同管理

《汉书·百官公卿表》"宗正"条之下有"属官有都司空令丞",如淳注曰:"律,司空主水及罪人",显示司空的职能和工程建设、刑徒管理密切相关。裘锡圭先生依据睡虎地秦简归纳秦县司空的主要任务,指出"一是主管县里的土木工程等徭役","一是管

① 王彦辉,《田啬夫、田典考释——对秦及汉初设置两套基层管理机构的一点思考》,载于《东北师大学报(哲学社会科学版)》,2010年第2期,页49—56;陈伟,《里耶秦简所见"田"与"田官"》,载于《中国典籍与文化》,2013年第4期,页140—146;邹水杰,《再论秦简中的田啬夫及其属吏》,载于《中南大学学报(社会科学版)》,2014年第5期,页228—236;李勉,《再论秦及汉初的"田"与"田部"》,载于《中国农史》,2015年第3期,页45—55;李勉、晋文,《里耶秦简中的"田官"与"公田"》,载于《简帛研究二○一六(春夏卷)》,桂林:广西师范大学出版社,2016,页120—131;刘鹏,《也谈简牍所见秦的"田"与"田官"——兼论迁陵县"十官"的构成》,前揭,页58—66。
② 陈伟,《关于秦迁陵县"库"的初步考察》,载于《简帛》第十二辑,上海:上海古籍出版社,2016,页161—177。
③ 孙闻博,《简牍所见秦汉乡政新探》,载于《简帛》第六辑,上海:上海古籍出版社,2011,页465—469;晏昌贵、郭涛,《里耶简牍所见秦迁陵县乡里考》,载于《简帛》第十辑,前揭,页145—154;藤田胜久,《里耶秦简的交通资料与县社会》,载于《简帛》第十辑,前揭,页167—165;姚磊,《里耶秦简中乡名的省称与全称现象——以迁陵县所辖三乡为视点》,载于《出土文献综合研究集刊》第三辑,成都:巴蜀书社,2015,页192—204;拙著《里耶秦简所见迁陵三乡补论》,载于《国学学刊》,2016年第4期,页35—46。

理大量刑徒，让他们从事劳役"。①于豪亮先生则指出"由于司空负责工程方面的工作，而秦人的徭役主要是从事城垣、廨宇等的修建，所以徭役由司空领导"，"秦律表明，有大批刑徒被分派在修建工程中服役，归司空管辖；有的人并非罪犯，他们因为种种原因欠了官府的债，无法偿还，用服劳役的方式抵还债款，被分配在修建工程中服役，也归司空管辖"。②宋杰先生在总结秦汉县道"司空"的职能时，亦指出其监管刑徒劳作、负责境内土木工程、水利及交通设施的修建维护、安排士卒徭役及"居赀赎责（债）者"的征发，等等。③总而言之，学界所概括的秦县司空的职能基本与如淳注所云刑徒管理和工程建设这两方面相关。

但司空并不管辖全部的刑徒。陶安先生就曾据睡虎地秦简《秦律十八种·仓律》中大量关于隶臣妾的记载，推测隶臣妾可能由仓管理。④里耶秦简陆续发表后，这个推测得到了证实。学者们在讨论里耶秦简所见"徒簿"的时候，发现了秦县中的司空与仓官均是刑徒的管理机构，具体而言，仓官负责隶臣妾，司空负责其他刑徒，如城旦舂、鬼薪白粲，等等。⑤谢坤先生更是依据《岳麓书院藏秦简［伍］》所见律令指出秦中央和地方的仓官可能普遍使用和管理徒隶（主要是隶臣妾）。⑥除谢先生所举律令资料外，里耶秦简中的行政文书也清楚表明，当时的秦人对司空与仓官共同管理刑徒是有共识的。如 16－5、16－6 和 9－2283 这三

---

① 裘锡圭，《啬夫初探》，收于《裘锡圭学术文集·第五卷》，上海：复旦大学出版社，2012，页 68。

② 于豪亮，《云梦秦简所见职官述略》，收于《于豪亮学术论集》，上海：上海古籍出版社，2015，页 9。

③ 宋杰，《秦汉国家统治机构中的"司空"》，前揭，页 22。

④ 陶安，《秦漢刑罰体系の研究》，创文社，2009，页 54—59。

⑤ 参高震寰，《从〈里耶秦简（壹）〉"作徒簿"管窥秦代刑徒制度》，载于《出土文献研究》第十二辑，上海：中西书局，2013，页 132—143；贾丽英，《里耶秦简牍所见"徒隶"身份及监管官署》，载于《简帛研究二〇一三》，桂林：广西师范大学出版社，2014，页 68—81；沈刚，《〈里耶秦简（壹）〉所见作徒管理问题探讨》，载于《史学月刊》，2015 年第 2 期，页 22—29；黄浩波，《里耶秦简牍所见"计"文书及相关问题研究》，前揭，页 92—106。

⑥ 谢坤，《秦简牍所见"仓"的研究》，前揭，页 82。

份相关文书所见:①

　　廿七年二月丙子朔庚寅,洞庭守礼谓县啬夫、卒史嘉、叚(假)卒史谷、属尉:令曰:"传送委输,必先[行]Ⅰ城旦舂、隶臣妾、居赀赎责(债)。急事不可留,乃兴繇(徭)。"今洞庭兵输内史,及巴、南郡、苍梧[输甲]Ⅱ兵,当传者多。节(即)传之,必先悉行乘城卒、隶臣妾、城旦舂、鬼薪白粲、居赀赎责(债)、司寇、[隐]Ⅲ官践更县者。田时殹(也),不欲兴黔首。嘉、谷、尉各谨案所部县卒、徒隶、居赀赎责(债)、Ⅳ司寇、隐官践更县者薄(簿),有可令传甲兵县弗令传之而兴黔首,兴黔首可省少弗省而多[兴者],Ⅴ辄劾移县,县丞以律令具论当坐者,言名、夬(决)泰守府。嘉、谷、尉在所县上书嘉、谷、[尉]。Ⅵ令人日夜端行,它如律令。/壬辰,洞庭守礼重曰:新武陵别四道,以道次传,别☑Ⅶ9-2283

　　到,辄相报。不报,追之。皆以邮、门亭行。新武陵言书到。/如手。☑Ⅰ

　　三月辛酉,迁陵丞欧敢告尉、告乡、司空、仓主:听书从事。尉别书都乡、司[空,Ⅱ司空]传仓,都乡别启陵、贰春,皆勿留脱。它如律令。即报西阳书到。/釦手。壬戌,Ⅲ隶臣尚行尉及旁。Ⅳ

　　三月丁巳水下七刻,隶臣移以来。/爽半。　　　如手。Ⅴ9-2283背②

　　这三份文书涉及洞庭郡向其下辖各县及相关机构下达的一份行政命令,强调"传送委输"之时,使用人力资源的次序。具体到

① 有关这三份文书关系的最新讨论,可参看马增荣,《里耶秦简9-2283、[16-5]和[16-6]三牍的反印文和叠压关系》,简帛网,2018年8月22日;《秦代简牍文书学的个案研究——里耶秦简9-2283、[16-5]和[16-6]三牍的物质形态、文书构成和传递方式》,"中国简帛学国际论坛2018·通过简牍材料看古代东亚史研究国际论坛"会议论文,韩国济州,2018年12月17—20日。张忠炜,《里耶9-2289号牍的反印文及相关问题》,载于《文汇报·文汇学人》第390期,2019年5月17日。
② 今按,三份文书内容接近,此处仅引述9—2283号牍的释文。

洞庭郡,则是"输兵"之时,"必先悉行乘城卒、隶臣妾、城旦春、鬼薪白粲、居赀赎责(债)、司寇、[隐]官践更县者。田时殹(也),不欲兴黔首",这些优先使用或后备的人员,因分属县下不同部门管理,因此命令在迁陵县内下达时,相应地也被传递到尉、乡、司空和仓等相关机构。其中,乘城卒属尉管理;隶臣妾属仓管理;城旦春、鬼薪白粲、居赀赎责(债)、司寇属司空管理;黔首属乡管理。由此可见,郡、县的吏员对这种人员所属管辖机构应有十分清晰的认识。

而在县下的各部门之中,司值于各官署中的群吏同样也清楚明白司空与仓官对刑徒管理的分工。如:

> 卅一年十二月甲申朔朔日,田虘敢言之:泰守书曰:为作务Ⅰ产钱自给。今田未有作务产□徒,谒令仓、司空遣Ⅱ□□田。敢言之。Ⅲ9-710
>
> [十二月]甲申朔乙酉,迁陵丞昌下[仓、司]空:亟遣。传书。/Ⅰ狂手。/十二月乙酉水十一刻刻下二,隶臣□行仓。Ⅱ
>
> 十二月乙酉水十一刻刻下四,佐敬以来。/狂发。 敬手。Ⅲ9-710背
>
>
> 卅五年七月[戊子]朔壬辰,贰[春]□[敢]言之:赋羽有Ⅰ书。毋徒捕羽,谒令官亟□捕羽给赋。敢言Ⅱ之。/七月戊子朔丙申,迁陵守建下仓、司空:亟Ⅲ8-673+8-2002+9-1848+9-1897遣。报之。传书。/歂手。/丙申旦,隶妾孙行。Ⅰ
>
> 七月乙未日失(昳)[时,东]成小上造□以来。 如意手。Ⅱ8-673背+8-2002背+9-1848背+9-1897背

上述两份文书性质相近,9-710是田虘因"田未有作务产□徒",而上报县廷要求向田派遣徒以完成"作务产钱以自给"的任务;8-673+8-2002+9-1848+9-1897则是贰春乡因"毋徒捕羽",完成不了"羽赋"的任务,而要求县廷派遣人员协助捕羽的请求。两份文书的核心均是因为人力不足而导致的任务无法完成,

县廷的处理方式则是向仓、司空下达命令，要求他们"亟遣"，其中仓在司空之前，说明可能要求优先使用仓管理的隶臣妾去完成上述任务。

有趣的是，在田鼌上报文书的时候，也明确提出要求"仓""司空"派遣人员，其优先次序与县的处理方式一致，说明以田鼌为代表的这些县下属机构的吏员与其上级对这些事务的处理原则是有共识的。这或许说明，当时各级吏员对司空与仓共管刑徒，乃至各自管理刑徒的使用范围或次序均有共识，并非迁陵一县的特殊现象。而在 9－1048＋9－2288 这份文书中，则显示出了另外一种使用刑徒的次序，如：

> 廿七年十一月戊申朔甲戌，库守衷敢言之：前言组用几（机），令司Ⅰ空为。司空言徒毋能为组几（机）者。今岁莫（暮）几（机）不成，谒令仓为，Ⅱ□□徒。腾尉。谒报。敢言之。Ⅲ9－1408＋9－2288
> 十一月乙亥，迁陵守丞敦狐告仓：以律令从事。报之。／莫邪手。／日入，走篆Ⅰ行。Ⅱ
> 甲戌水下五亥（刻），佐朱以来。／莫邪半。　　朱手。Ⅲ9－1408背＋9－2288背

库因为组机制造的问题，向县廷提出人员的要求，县廷要求司空管辖的徒去完成，但是司空没有徒可以承担组机的制造任务，再转而向仓提出要求，仓的答复不得而知，但是该文书揭示出在不清楚事务所需人员具体要求时，刑徒的使用次序可能依据的是先司空后仓的原则，司空与仓派遣管辖刑徒的次序或许与刑徒们所需具体从事的工作有关。

我们在里耶秦简中也发现了同时涉及司空与仓两个部门管辖刑徒出现事务交叉的例子，如 8－904＋8－1343 所见：①

---

① 简文的缀合及释文见陈伟主编，何有祖、鲁家亮、凡国栋撰著，《里耶秦简牍校释（第一卷）》，武汉：武汉大学出版社，2012，页246。下文引用《里耶秦简［壹］》所刊简牍释文，如无特别说明，皆出自《里耶秦简牍校释（第一卷）》，不再一一注出。

城旦琐以三月乙酉有遝。今隶妾益行书守府,因之令益治邸[代]Ⅰ处。谒令仓、司空薄(簿)琐以三月乙酉不治邸。敢言之。/五月丙子Ⅱ朔甲午,迁陵守丞色告仓、司空主,以律令从事,传书。/圂手。Ⅲ8-904+8-1343

在这份文书中,城旦琐原来的任务安排应是治邸,但因三月乙酉日有遝,导致这天不能去治邸。而隶妾益这天恰好承担的是行书守府的工作,因此主管之人顺道又安排隶妾益代替城旦琐治邸。因为城旦琐属司空、隶妾益属仓,故而需要同时在仓、司空的簿上进行修改,相关的事务也需要同时告知仓和司空。

仓与司空的考课有时也在一起进行,如7-304所见:①

廿八年迁陵隶臣妾及黔首居赀赎责(债)作官府课。AⅠ
已计廿七年余隶臣妾百一十六人。AⅡ
廿八年新·入卅五人。AⅢ
·凡百五十一人,其廿八死、亡。·黔道〈首〉居赀赎责(债)作官卅八人,其一人死。AⅣ
·泰凡百八十九人,死、亡。·衡(率)之,六人六十三分人五而死、亡一人。B 7-304
令拔、丞昌、守丞膻之、仓武、令史上、上逐除,仓佐尚、司空长、史郜当坐。7-304背

这是秦始皇二十八年全年迁陵县对于"隶臣妾及黔首居赀赎责(债)作官府"的一份考课结果,除主管全县事务的令拔、丞昌、守丞膻之及对应的诸曹令史外,涉及的主要机构就是仓和司空,其

---

① 释文及断句方式参里耶秦简博物馆、出土文献与中国古代文明研究协同创新中心中国人民大学中心编著,《里耶秦简博物馆藏秦简》,前揭,页164;谢坤,《里耶秦简牍校读札记(六则)》,载于《出土文献研究》第十六辑,上海:中西书局,2017,页143—144。本文略有改动。此外,刘自稳先生对该简的断句和理解有不同意见,见刘自稳,《里耶秦简7-304简文解析——兼及秦迁陵县徒隶人数问题》,载于《简帛研究二〇一七(春夏卷)》,桂林:广西师范大学出版社,2017,页151—157。

中隶臣妾属仓管辖、黔首居赀赎责(债)属司空管辖。因为两类人员中均出现死或亡的情况,所以两个机构中相应的具体负责人"仓佐尚、司空长、史郚"需要坐罪。

仓与司空共同管理刑徒的这种紧密关系还体现在仓曹与司空曹的文书处理之中。如8-480所见"司空曹计录"中有"器计"与"徒计"的名目,而8-481中所见"仓曹计录"属于仓官的而名目相同者也为"器计"与"徒计",①两个官署"器计"的具体内涵是否一致目前难有定论,但是"徒计"的具体内容应存在差异当无疑问。但这种差异不妨碍两者在文书处理之时合并在一起归类,笥牌中常见如下表述:

> 司空、Ⅰ[仓]曹期Ⅱ8-496
> 仓、司空已事。9-199
> 仓曹、司空已事。　　谳。　　五月。9-335
> 卅四年延仓、司空曹当计。Ⅰ
> 司空司空司空。Ⅱ9-520+9-792
> 卅二年十月Ⅰ以来延仓、Ⅱ司空曹已Ⅲ笥。Ⅳ9-1131
> 司空曹、Ⅰ仓曹期Ⅱ会式令□。Ⅲ9-2311

尽管两者分属不同的曹,但将内容相关的文书合并在一处归类,显然极有可能与仓官、司空皆管理刑徒的职能相关。更为有趣的是,我们在9-2314这份文书中还发现迁陵司空反复追问的事务,在迁陵守丞有向阆中丞主移送时,多次被要求阆中县主仓来开启。②

> 卅三年五月庚午己巳,司空守冣敢言之:未报,谒追。敢言之。/敬Ⅰ手。/六月庚子朔壬子,迁陵守丞有敢告阆中丞

---

① 仓曹的这份计录涉及仓官、畜官和田官,可参看高村武幸,《里耶秦简第八層出土簡牘の基礎的研究》,前揭,页61。

② "主仓"实际是指负责仓曹事务的令史,参邹水杰,《简牍所见秦代县廷令史与诸曹关系考》,载于《简帛研究二〇一六(春夏卷)》,桂林:广西师范大学出版社,2016,页132—146。

主：移。Ⅱ为报，署主仓发。敢告主。/横手。/六月甲寅日入，守府印行。Ⅲ9－2314

卅四年十二月丁酉朔壬寅，司空守沈敢言之：与此二追，未报，谒追。敢言之。/沈手。Ⅰ

正月丁卯朔壬辰，迁陵守丞欪敢告阆中丞主：追，报，署主仓发，敢告主。/Ⅱ壬手。/正月甲午日入，守府印行。Ⅲ

六月丙午日入，佐敬以来。/横发。/十二月乙巳日入，佐沈以来。/壬发。Ⅳ9－2314 背

迁陵司空反复追问的事务具体内容不详，但从与阆中仓曹相涉来看，推测这一事务最可能与刑徒相涉。

总而言之，秦县的刑徒管理之权被划分到两个官署机构之中，司空与仓官也因分摊了刑徒管理的职责，而产生了十分密切的联系。司空掌管工程，因当时工程多用刑徒，后逐渐成为主管刑徒的官名。①如此理解无误，则司空的刑徒管理之责实际是工程营建这一职能发展的结果。仓官的刑徒管理职能究竟是与司空类似，是因为粮食管理这一职能的实际需要发展的结果？还是通过分担司空管理刑徒职能而获得？抑或两种因素均存在于仓官管理刑徒职能出现的原因之中，是一个值得进一步讨论的问题。

二 仓官粮食管理职能的分割

粮食管理是仓官最主要的职能之一，具体而言包括粮食的存储、运输、发放及相关事务等，学界对此已有相当充分的讨论。②

1."续食"文书所见仓的职能

里耶秦简中有两类材料与仓的粮食管理职能密切相关。一

① 睡虎地秦墓竹简整理小组，《睡虎地秦墓竹简》，前揭，页48。
② 相关学术史的梳理见谢坤，《秦简牍所见"仓"的研究》，前揭，页3—6、9—10；谢先生也对与之有关的问题有详细的讨论，主要见氏著《秦简牍所见"仓"的研究》第1—3章，不再赘述。

类是"续食"文书，如 5 - 1、8 - 50 + 8 - 422、8 - 110 + 8 - 669、8 -
169 + 8 - 233 + 8 - 407 + 8 - 416 + 8 - 1185、8 - 1517、9 - 1114、9 -
1886 等。①其中 8 - 50 + 8 - 422、8 - 110 + 8 - 669、8 - 169 + 8 -
233 + 8 - 407 + 8 - 416 + 8 - 1185、8 - 1517 等简是迁陵县下辖人
员外出它县的续食文书，谢坤先生将其归纳为"外出给食程序"
的代表，并指出这一过程至少包括"本地粮食机构提出禀食需
求""本地县廷照会外地县廷""外地县乡接收与批转外地粮食机
构""外地粮食机构禀食"等关键环节，②9 - 1886 残缺严重，或也
属于此种类型。而在总结"本地禀食程序"时，谢先生指出其应
包括三个环节，即发放之前的准备、具体发放（包含"开仓""量
谷""记录""封仓"四个关键步骤）、发放后对文书的处理。③两相
比较，其实"外出给食程序"只是在文书准备的环节多了一些手
续，这是因为不同县下的机构不能直接进行文书行政，而是要通
过各自所属县来转达所致，就仓官处理禀食事务而言，其实并无
本质区别。

　　与之相对，5 - 1 则是零阳狱佐、士吏来迁陵的续食文书，可与
8 - 1517 所见迁陵下辖人员外出它县的续食文书相互参看。而
9 - 1114 的情况较为特殊：

　　　　廿六年十一月甲申朔戊子，鄢将奔命尉沮敢告贰春乡主：
　　　移计Ⅰ二牒，署公叚（假）于牒。食皆尽戊子，可受癖续食。
　　　病有瘳，遣从□。Ⅱ敢告主。十一月己丑，贰春乡后敢言之：
　　　写上，谒令仓以从吏（事）。敢言Ⅲ之。/尚手。Ⅳ9 - 1114
　　　　十一月壬辰，迁陵守丞成告仓：以律令从事。/丞手。Ⅰ
　　　即走箄行。Ⅱ9 - 1114背

　　该文书其实也与外来人员在迁陵的续食有关，秦始皇二十六

---

① 邬文玲先生对前五份文书有详细的分析，见氏著《里耶秦简所见"续食"
　简牍及其文书构成》，载于《简牍学研究》第五辑，兰州：甘肃人民出版社，
　2014，页 1—8。
② 谢坤，《秦简牍所见"仓"的研究》，前揭，页 44—47。
③ 同上，页 38—44。

年十一月戊子日,鄢将奔命尉沮向贰春乡主报告了其原有粮食可能在"戊子"这天食尽,因此请求在癖舍续食,①这或许与续食人员的伤病有关。鄢将奔命尉沮的报告对象是贰春乡主,说明其原有粮食的发放可能是在贰春乡完成的,②贰春乡通过县廷向仓官转达这一请求,仓官只是参与到续食文书的处理,似乎并不直接参与具体的发放粮食的工作,后续的粮食发放可能是由癖舍完成的。

2. "禀食简"所见仓的职能

"续食"文书所见外来人员在迁陵县续食事务的具体实现则与迁陵本地的粮食发放有关,这是迁陵县仓官最主要的职能之一,里耶秦简中另外一类与仓有关的资料——"禀食简"——大量反映了这一情况。③在对"禀食简"的研究中,沈刚、赵岩等先生就敏锐地注

① 今按,简文中的"癖"或为养病之所或为伤员安置的居所。见黄浩波,《里耶秦简(贰)读札》,简帛网,2018 年 5 月 15 日;杨先云,《秦简所见"癖"及"癖舍"初探》,简帛网,2018 年 5 月 16 日;陈伟主编,鲁家亮、何有祖、凡国栋撰著,《里耶秦简牍校释(第二卷)》,前揭,页 123。

② 癖舍、诸乡均可作为禀食机构,参谢坤,《秦简牍所见"仓"的研究》,前揭,页 33—34。后文也将论及贰春乡作为离乡,对离仓负有实际的管理职责。又,黄浩波先生提示向贰春乡报告,也可能是鄢将奔命尉的部队在贰春乡部署之故。

③ 有关禀食简及其相关问题的研究,可参看马怡,《简牍时代的仓廪图:粮仓、量器与简牍——从汉晋画像所见粮食出纳场景说起》,载于《中国社会科学院历史研究所学刊》第七辑,北京:商务印书馆,2011,页 163—198;陈伟,《里耶秦简所见秦代行政与算术》,简帛网,2014 年 2 月 4 日;沈刚,《〈里耶秦简〉(壹)所见廪给问题》,收于吉林大学古籍研究所编,《吉林大学古籍研究所建所 30 周年纪念论文集》,上海:上海古籍出版社,2014,页 133—144;平晓婧、蔡万进,《里耶秦简所见秦的出粮方式》,载于《鲁东大学学报(哲学社会科学版)》,2015 年第 4 期,页 78—81、96;黄浩波,《〈里耶秦简(壹)〉所见禀食记录》,载于《简帛》第十一辑,上海:上海古籍出版社,2015,页 117—139;吴方浪、吴方基,《简牍所见秦代地方禀食标准考论》,载于《农业考古》,2015 年第 1 期,页 181—185;赵岩,《〈里耶秦简(贰)〉"出粮券"校读》,简帛网,2018 年 5 月 26 日;宫宅洁,《出禀与出贷——里耶秦简所见戍卒的粮食方法制度》,载于《简帛》第十七辑,上海:上海古籍出版社,2018,页 123—131;代国玺,《秦汉的粮食计量体系与居民口粮数量》,载于《历史语言研究所集刊》第 89 本第 1 分,2018,页 119—164;谢坤,《秦简牍所见"仓"的研究》,前揭,第二章。

意到,这些"禀食简"所记录的粮食发放机构并非只有仓,①谢坤对其加以总结,指出除仓外,司空、田官、乡、尉、厩舍等机构均有禀食的职能。②这就出现了其他官署机构分割仓官粮食管理职能的情况,我们借用谢坤先生所总结的"本地禀食程序"的环节和步骤,将其他官署对仓官粮食管理职能分割的具体情况总结如下:

表一

	准备	发放过程③						总结	
	文书制作	开仓	量谷	运输	发放	记录	封仓	文书制作	汇总
仓	仓	仓	仓	仓	仓	仓	仓	仓	仓
司空	司空	仓	仓	仓	司空	司空	仓	司空	仓
尉	尉	仓	仓	仓	尉	尉	仓	尉	仓
厩舍	厩舍	仓	仓	仓	厩舍	厩舍	仓	厩舍	仓
田官	田官	田官	田官		田官	田官	田官	田官	仓
都乡	都乡	仓	仓	仓	都乡	都乡	仓	都乡	仓
贰春	贰春	贰春	贰春		贰春	贰春	贰春	贰春	仓
启陵	启陵	启陵	启陵		启陵	启陵	启陵	启陵	仓

如表一所见,仓官在"本地禀食"事务中,几乎全程参与了所有环节,是仓官具有粮食管理职能最直接的体现。其他机构在准备阶段和总结阶段,均通过文书作为相应"禀食"事务的开始或终结,④

---

① 沈刚,《〈里耶秦简〉(壹)所见廪给问题》,前揭,页138;赵岩,《里耶秦简所见秦迁陵县粮食收支初探》,载于《史学月刊》,2016年第8期,页37。

② 谢坤,《秦简牍所见"仓"的研究》,前揭,页34。

③ 今按,谢坤先生总结的发放过程包含"开仓、量谷、记录、封仓"四个关键步骤,我们进一步将其细分为六个,新增了"运输"这一环节,并将原有的"量谷"拆分为"量谷"和"发放"两个环节。另外需要注意,上述六个环节并非有严格的先后次序,具体到不同的机构,次序会有所调整,如"封仓"环节在仓官禀食时,可列在最后,而在司空、都乡等禀食时,就会调整至"量谷"之后,"运输"之前。

④ 如8-1566号牍所见,田官上报的"日食"文书,即是准备环节"本地禀食"事务开始文书的代表;而类似8-35所见"凡八石"的记载,则可能是总结环节"本地禀食"事务终结文书的例证。黄浩波先生对部分文书的制作和形成有讨论,参黄浩波,《里耶秦简牍所见"计"文书及相关问题研究》,前揭,页107—110。

向县廷、仓官加以汇报,而仓官通过对文书的审核、监管、汇总,也起到了总览全县粮食管理事务的职责。如前文所云,仓官粮食管理职能被分割、被让渡到其他机构,实际主要发生在"粮食发放过程"这一环节,依据具体的情况,又可分为两种类型:

第一,部分分割、让渡型。此种类型以司空、尉、厩舍、都乡等为代表,这些机构的一个共同点在于可能和仓官共享了某些具体的粮仓。我们看到,这些机构在"发放"和"记录"这两个环节取代了仓官,成为了具体事务的主要执行机构,而"开仓""量谷""运输""封仓"等环节依然由仓官执行。如以下两例所见:

> 粟米十石。　　卅五年八月丁巳朔丁丑,仓兹付司空守俱。8 - 452 + 8 - 596
> 粟米十二石二斗少半斗。　　卅五年八月丁巳朔辛酉,仓守择付司空守俱□。8 - 1544

在同一个月内,仓连续向司空输送了两批粟米,总数超过 22 石。由此可见,"运输"这个环节依然是仓官作为主导方来进行,司空需要依靠仓官所管辖粮仓的供给,才能进行正常的粮食发放事务,并不能完全摆脱仓官的管控。

第二,完全分割、让渡型。此种类型以两个离乡——贰春和启陵——为代表,我们可以看到整个发放过程的所有环节,都由这些机构自己主导,而不受仓官的管控。这或许是因为他们的粮食来源与离仓的设立有关,8 - 1525 记载了仓官负责向启陵的离仓大量输送粮食的记录。睡虎地秦简所见秦律中有不少关于离仓的律文:

> 入禾仓,万石一积而比黎之为户。县啬夫若丞及仓、乡相杂以印之,而遗仓啬夫及离邑仓佐主稟者各一户以气(饩),自封印,皆辄出,余之索而更为发户。(《秦律十八种·仓律》21—22 号简)
> 畜鸡离仓。[1] 用犬者,畜犬期足。猪、鸡之息子不用者,

---

[1] 陈伟先生将"离仓"属下读,参陈伟,《睡虎地秦简法律文献校读》,载于《中国古代法律文献研究》第九辑,北京:社会科学文献出版社,2015,页 15。

买(卖)之,别计其钱。(《秦律十八种·仓律》63 号简)

入禾,万石一积而比黎之为户,及籍之曰:"某廥禾若干石,仓啬夫某、佐某、史某、稟人某。"是县入之,县啬夫若丞及仓、乡相杂以封印之,而遗仓啬夫及离邑仓佐主稟者各一户,以气(饩)人。其出禾,有(又)书其出者,如入禾然。啬夫免而效,效者见其封及堤(题)以效之,勿度县,唯仓所自封印是度县。终岁而为出凡曰:"某廥出禾若干石,其余禾若干石。"(《效律》27—31 号简)

官啬夫赀二甲,令、丞赀一甲;官啬夫赀一甲,令、丞赀一盾。其吏主者坐以赀、谇如官啬夫。其他冗吏、令史掾计者,及都仓、库、田、亭啬夫坐其离官属于乡者,如令、丞。(《效律》51—53 号简)

据上述律文,离乡之中设有离仓,这些离邑的仓还有仓佐参与管理。里耶秦简9—50 号牍所见文书涉及到离仓的管理细节:①

卅四年二月丙申朔己亥,贰春乡守平敢言之:廷令平代乡兹守贰春乡,今兹下之廷 I 而不属平以仓粟米。问之,有(又)不告平以其数。即封仓以私印去。兹䜌(徭)使未智(知) II 远近,而仓封以私印,所用备盗贼粮尽在仓中。节(即)盗贼发,吏不敢 III 蜀(独)发仓,毋以智(知)粟米备不备,有恐乏追者粮食。节(即)兹复环(还)之官,可殹(也);IV9 - 50 不环(还),谒遣令史与平杂料之。谒报,署口发。敢言之。I

二月甲辰日中时,典轺来。/壬发。　　　　平手。
II9 - 50 背

文书清楚表明,对于设立在贰春乡的离仓,无论是原乡啬夫兹,还是接替兹的乡守平均有管理职责(具体为开、封仓),这与仓

官管理其他粮仓的情况相似。换言之,在离仓的管理权问题上,离乡(啬夫或守)分担了仓官的管理职责,由此衍生出离乡对粮食发放过程中各个环节的全面主导,仓官只担负连带责任。

　　在完全让渡型中,还有一个特例,就是田官。田官因为参与粮食的生产,所以能够直接实现本机构内禀食的粮食供给:[1]

　　　　卅年二月己丑朔壬寅,田官守敬敢言[之]☑Ⅰ
　　　　官田自食薄(簿),谒言泰守府副☑Ⅱ
　　　　之。☑Ⅲ8－672
　　　　壬寅旦,史逐以来。/尚半。☑8－672背

　　谢坤先生就指出,"田官所储存的粮食,应当有一部分是留作禀食使用的"。[2]慕容浩先生则认为田官设有专门管理的仓。[3]我们推测,这些仓的设置位置可能与田官具体农业生产的位置有关,从某种意义上说,田官管理的粮仓也是一种离仓。同样,田官对这些粮仓的开启、封闭、粮食的运输均有管理之责。仓官的相关职能也完全让渡给了田官。

　　综上所述,仓官的粮食管理职能在具体的行政运作之中,在不同程度上被分割给了其他官署机构。"续食"文书所见是仓官职能在不同地域的郡县之间的让渡;县内,仓官向以司空、尉、厮舍、都乡等为代表的机构让渡了部分粮食管理职能;通过离仓的设立,仓官粮食管理权向离乡、田官实现了完全让渡。这些对仓官粮食管理权加以分割情况的出现,显然是具体行政时对地域空间因素考虑的结果,其背后则是行政效率、成本核算反复平衡、动态调整后的一种结果。秦汉律令中不少内容都是基于相似的背景而制定,如:

---

[1]　黄浩波先生据8－1566号简也曾指出田官呈报此文书并非为请求调拨粮食,而更有可能只是为了存档,表明文书所列刑徒在甲辰日已经由田官出禀,见黄浩波,《〈里耶秦简(壹)〉所见禀食记录》,前揭,页131。

[2]　谢坤,《秦简牍所见"仓"的研究》,前揭,页37。

[3]　慕容浩,《秦汉粮食储运制度研究》,博士学位论文,中国人民大学,2014,页78—80。

● 尉卒律曰：里自卅户以上置典、老各一人，不盈卅户以下，便利，令与其旁里共典、老；其不便者，予之典而勿予老。（岳麓秦简第四卷·《尉卒律》142—143 号简）①

● 令曰：县官□□官（?）作徒隶及徒隶免复属官作□□徒隶者自一以上及居隐除者，黔首居☑及诸作官府者，皆日劓薄（簿）之，上其廷，廷日校案次编，月尽为冣（最），固臧（藏），令可案殿（也）。不从令，丞、令、令史、官啬夫、吏主者，赀各一甲。稗官去其廷过廿里到百里者，日薄（簿）之，而月壹上廷，恒会朔日。过百里者，上居所县廷，县廷案之，薄（簿）有不以实者而弗得，坐如其稗官令。（岳麓秦简第五卷·《内史仓曹令甲卅》251—254 号简）②

十里置一邮。南郡江水以南，至索（索）南界，廿里一邮。（张家山汉简《二年律令·行书律》265—267 号简）

一邮邮十二室，长安广邮廿四室，敬（警）事邮十八室。有物故、去，辄代者有其田宅。有息，户勿减。令邮人行制书、急书，复，勿令为它事。畏害及近边不可置邮者，令门亭卒、捕盗行之。北地、上、陇西，卅里一邮；地险陕不可置邮者，得进退就便处。邮各具席，设井磨。吏有县官事而无仆者，邮为炊；有仆者，叚（假）器，皆给水浆。（张家山汉简《二年律令·行书律》265—267 号简）③

秦《尉卒律》所见相邻之里共"典、老"的规定、《内史仓曹令甲卅》所见依据距离不同上报文书要求不同的规定、汉律中因地理状况不同邮的设立间隔的差异，无不反映出地域空间因素在具体行政中的重要性，其给固定的制度带来诸多的额外变数。

仓官因地理因素而出现的粮食管理权的被分割，与前揭司空与仓官因具体事务产生的对刑徒管理权的分割，明显是基于两种

① 陈松长主编，《岳麓书院藏秦简[肆]》，前揭，页 115。
② 陈松长主编，《岳麓书院藏秦简[伍]》，前揭，页 181—182。
③ 释文见彭浩、陈伟、工藤元男主编，《二年律令与奏谳书——张家山二四七号汉墓出土法律文献释读》，上海：上海古籍出版社，2007，页 198—199。

不同因素考虑而形成的权力分配模式。这两种模式在仓官与畜官的权力分配中均有体现。

三　仓官与畜官的关系

畜官作为迁陵县"十官"之一,诸家也无异议。[1]但无论是法律文献还是行政文书,有关"畜官"的记载并不多。睡虎地秦简《秦律杂抄》简 31 记录了一条《牛羊课》:

> 牛大牝十,其六毋(无)子,赀啬夫、佐各一盾。·羊牝十,其四毋(无)子,赀啬夫、佐各一盾。·牛羊课。

整理者认为"啬夫"是指畜养牛羊机构的负责人。[2]裘锡圭先生指出此处的啬夫"泛指各种主管牧养牛羊的啬夫,估计县也会有这类管畜牧的啬夫"。[3]单印飞先生进一步补充说这个管理畜牧的啬夫就应该是里耶秦简所见的畜官啬夫。[4]此外,单先生利用有限的资料还讨论了"畜官"被纳入"十官"的原因,并指出"畜官"负责管理官府的公有"牲畜",这些公有"牲畜"还包含猪、犬、鸡等。[5]这个判断不尽准确,以里耶秦简所见,畜官实际管理的公有"牲畜"只包括马、牛和羊,如:

> 卅年十二月乙卯,畜[官守丙]作徒薄(簿)。A I
> 受司空居赀一人。A II
> 受仓隶妾三人。A III
> 小隶臣一人。B I
> 凡六人。B II

---

① 参刘鹏,《也谈简牍所见秦的"田"与"田官"——兼论迁陵县"十官"的构成》,前揭,页 73。
② 睡虎地秦墓竹简整理小组,《睡虎地秦墓竹简》,前揭,页 87。
③ 裘锡圭,《啬夫初探》,前揭,页 78。
④ 单印飞,《略论秦代迁陵县吏员设置》,前揭,页 98。
⑤ 同上,页 96—98。

［一人］牧马武陵∶获。BⅢ

一人牧牛∶敬。CⅠ

一人牧羊∶□。CⅡ

一日为连武陵薄（簿）∶沮。CⅢ

一人病∶燕。DⅠ

一人取管∶宛。DⅡ8－199＋8－688＋8－1017＋9－1895

十二月乙卯，畜官守丙敢言之∶上。敢言之。/□手。
□Ⅰ

十二月乙卯水十一刻刻下一，佐贰以来。□半。□
Ⅱ8－199背＋8－688背＋9－1895背

在这份畜官的作徒簿中，作徒放牧的对象只有马、牛和羊。更能说明问题的是8－481"仓曹计录"中所见的属于畜官的马、牛和羊三计；相应地，8－490＋8－501所见"畜官课志"尽管有八课，但涉及牲畜增减的考课名目也只与马、牛和羊这三种牲畜有关。

畜官课志∶AⅠ

徒隶牧畜死负、剥卖课，AⅡ

徒隶牧畜畜死不请课，AⅢ

马产子课，AⅣ

畜牛死亡课，BⅠ

畜牛产子课，BⅡ

畜羊死亡课，BⅢ

畜羊产子课。BⅣ

·凡八课。BⅤ8－490＋8－501

单先生所云公有"牲畜"还应包含的猪、犬、鸡这三种牲畜的增减考课名目则见于8－495的"仓课志"之中，除此以外，"仓课志"所提及的"畜雁"也属于类似的名目。

仓课志∶AⅠ

畜彘鸡狗产子课，AⅡ

畜彘鸡狗死亡课，AⅢ

徒隶死亡课，A Ⅳ

徒隶产子课，A Ⅴ

作务产钱课，B Ⅰ

徒隶行繇(徭)课，B Ⅱ

畜雁死亡课，B Ⅲ

畜雁产子课。B Ⅳ

·凡☑ C 8 - 495①

结合前引睡虎地秦简《秦律十八种·仓律》63 号简来看，畜官并非负责全县所有公有"牲畜"管理的机构，它实际只负责马、牛、羊此类大型的以草料为主要食物来源的牲畜管理。而仓官则负责猪、犬、鸡、雁等小型的以粮食作为食物来源之一的牲畜管理。②畜官和仓官，在公有牲畜的管理职能上出现了权力的分割，这种分割的方式与前文所见司空与仓官对刑徒管理权的分割方式如出一辙。仓官拥有粮仓的管理权，是其获得牲畜管理权的重要基础。此外，谢坤先生还注意到诸乡也畜养猪、犬、鸡等小型牲畜：

都乡畜志☑ A Ⅰ

牡彘一。☑ A Ⅱ

牡犬四。③ ☑ A Ⅲ

□☑ B Ⅰ

□☑ B Ⅱ 8 - 2491

貳春乡畜员：A Ⅰ

牝彘一。A Ⅱ

豮一。A Ⅲ

① 谢坤先生提出 8 - 150 + 8 - 495 的缀合方案，可参看谢坤，《里耶秦简牍缀合八组》，载于《文献》，2018 年第 3 期，页 68。

② 参中国政法大学中国法制史基础史料研读会，《睡虎地秦简法律文书集释(三)：〈秦律十八种〉(〈仓律〉)》，载于《中国古代法律文献研究》第八辑，北京：社会科学文献出版社，2014，页 87。

③ "犬"字从赵岩先生改释，见赵岩，《里耶秦简札记(十二则)》，简帛网，2013 年 11 月 19 日。

豤一。AⅣ

牝犬一。BⅠ

牡犬一。BⅡ

雌鸡五。BⅢ

雄鸡一。BⅣ10－4①

因此,他怀疑秦代的畜官和县属诸官在饲养牲畜方面,很可能存在一定的分工。②谢先生的这个看法很有道理。进一步来说,贰春乡的乡官可以畜养猪、犬、鸡等小型牲畜,③可能和它们对离仓的直接管理密切相关。离乡从仓官那里获得离仓管理权的同时,也获得仓官从畜官处获得的一部分牲畜的管理责任。

但需要警惕的是,都乡也畜养小型牲畜,8－561所见还有少内向仓移交"牝豚"的记录。是否还有其他机构也畜养小型牲畜?据我们推测,至少都乡是没有具体的粮仓可以管辖的,那么这些机构畜养小型牲畜的目的或作用是什么? 或如谢坤先生所云,其有减少资源浪费、加强机构安全、提供食物来源以及增加机构收入等因素的考虑。④

小　结

综上所述,我们通过分析秦县仓官在刑徒和粮食管理这两方面的职能,讨论了仓官与其他诸官的关系,尤其是他们如何进行权

---

① 释文见里耶秦简牍校释小组,《新见里耶秦简牍资料选校(一)》,前揭,页180。

② 谢坤,《秦简牍所见"仓"的研究》,前揭,页136。

③ 睡虎地77号汉墓中有一批券及相关文书,涉及当时官府饲养和使用猪、狗、鸡等"小畜"的具体情况。从已刊简文来看,迟至西汉县下诸乡依然畜养小型动物,而仓是县内诸官饲养小畜的计划、管理和调控中心,也负责出卖小畜钱的收纳。相关文书的释文和讨论,见熊北生、陈伟、蔡丹,《湖北云梦睡虎地77号西汉墓出土简牍概述》,载于《文物》,2018年第3期,页44—45;陈伟、熊北生,《睡虎地汉简中的券与相关文书》,载于《文物》,2019年第12期,页53—62。

④ 谢坤,《秦简牍所见"仓"的研究》,前揭,页136—140。

力分配的问题,向我们展示出秦县下诸官的复杂关系。

实际上,类似这种将某一类事务管理权分散到不同部门的情况非常多,除前揭仓官与司空共享刑徒管理之权、仓官与畜官分割"六畜"管理之权外,我们也注意到司空管理船,而库管理车,①这是对水陆交通工具管理权的分割。前揭 16－5、16－6 和 9－2283 所见尉管辖乘城卒,仓管辖隶臣妾,司空管辖城旦舂、鬼薪白粲、居赀赎责(债),乡管辖黔首,则展示的是上述四个机构对全县主要人力资源管辖权的分割。秦代律令中还有"实官"的记录,据岳麓秦简《内史杂律》的记载,②实官包括仓、库、廥(又称刍槀廥),③三者之所能被称为实官,是因为仓所管粮食、库所管车和甲兵等作战物资、④廥所管草料,均是最基础的生产、生活的物质资料,实官包含上述三者体现的也是三个机构对全县主要物质资料管辖权的分割。通过这类分割,各机构可以实现分工协作,提高行政运转的效率。

这些分割在各个部门之中的权力,又在县廷得以汇总、集中。具体而言,县的诸曹通过监管、汇总、上计、考课等方式对分散在各个机构的管辖权加以集中,这充分体现在诸曹令史处理的文书之中,如诸官的"课志"和诸曹的"计录"。沈刚先生认为"计""课"分野明显,"计"是对现有国家资财或固定资产的统计,强调的是对机构的考核,属于一定时期财产的静态总结;而"课"是对现有国家资财增减情况的记录,并以此为依据对具体的负责人员(或职官)进行考核,属于一种动态的监督。⑤此说可从,据 8－454 所见县下各机构上交至金布的汇总材料更能充分说明曹对分散于诸

---

① 司空与船只管理的问题,可参考杨延霞、王君,《秦代船及船官的考察——以里耶秦简为视窗》,载于《鲁东大学学报(哲学社会科学版)》,2014 年第 1 期,页 78;库与车辆管理的讨论,可参看陈伟,《关于秦迁陵县"库"的初步考察》,前揭,页 165—166。

② 陈松长主编,《岳麓书院藏秦简[肆]》,前揭,页 124、126。

③ 陈伟,《岳麓秦简肆校商(贰)》,简帛网,2016 年 3 月 28 日。

④ 裘锡圭,《啬夫初探》,前揭,页 70。

⑤ 沈刚,《〈里耶秦简〉[壹]中的"课"与"计"——兼谈战国秦汉时期考绩制度的流变》,载于《鲁东大学学报(哲学社会科学版)》,2013 年第 1 期,页 64—69。

官管辖权的集中控制。①

> 课上金布副。A Ⅰ
> 漆课。A Ⅱ
> 作务。A Ⅲ
> 畴竹。A Ⅳ
> 池课。A Ⅴ
> 园栗。B Ⅰ
> 采铁。B Ⅱ
> 市课。B Ⅲ
> 作务徒死亡。B Ⅳ
> 所不能自给而求输。B Ⅴ
> 县官有买用钱。/铸段（锻）。C Ⅰ
> 竹箭。C Ⅱ
> 水火所败亡。/园课。采金。C Ⅲ
> 赀、赎、责（债）毋不收课。C Ⅳ 8－454

　　吴方基、黎明钊、唐俊峰等先生对这份文书所涉诸课的机构作有推测，涉及少内、司空、库、田官、乡等多个机构，②正可证明沈先生之说。

　　各类物资、人员的管辖权在县内不同机构中被分割，又通过县廷加以集中。在权力的分合之际，秦县的行政运作实现了一种较为高效的模式，而这类模式通过律令、吏员在帝国全境得以推广，进而构成帝国庞大行政机器运作的一个个有效组成部分。

　　*本文为2019年国家社会科学基金"冷门'绝学'和国别史等研究专项"项目"里耶秦简所见秦代县制研究"（19VJX007）阶段

① 沈刚，《〈里耶秦简〉[壹]中的"课"与"计"——兼谈战国秦汉时期考绩制度的流变》，前揭，页68。
② 吴方基，《论秦代金布的隶属及其性质》，载于《古代文明》，2015年第2期，页61—62；黎明钊、唐俊峰，《里耶秦简所见秦代县官、曹组织的职能分野与行政互动——以计、课为中心》，前揭，页152。

性成果。

附记:小文曾在 2019 年 8 月 14—17 日中兴大学主办的"第八届出土文献青年学者国际论坛"上宣读,写作时得到谢坤先生、黄浩波先生的帮助和指正,又蒙王林森同学通读,特致谢忱。

廖平"《周礼》学"的新世界图景

谌祥勇

（重庆大学马克思主义学院）

摘　要：近代以来，新的世界地理格局不断冲击中国人的地理观念和文教系统。为了回应这一冲击，经学家廖平将经学体系划分为小统、大统，构建了一个"王统—帝统—皇统"的"经学世界体系"。他认为孔子以《王制》治中国，以《周礼》治全球。实际上，廖平认为《周礼》学恰为现代中国提出一套理解世界甚至治理世界的方案，该种方案以保存和发扬中国文教为起点，以担当世界文明重任、实现大同为根本抱负。理解廖平的这一文明抱负对于今天创造性发展中国传统文教当大有裨益。

关键词：廖平　《周礼》　新世界　孔子制法　世界地理

传统儒学历来以普世性的话语结构建构起自我理解的人性基础与政治架构。这体现为人性善、恶的学术争论和"普天之下，莫非王土"的大一统治理图式。因此，中国之名本身就多少具有世界中心的意味。此种"中心"既是与四周异族相对的地理概念，又是华夏之民区别于其他群体的文明特征。晚清时，国门被迫打开，传统学人逐渐意识到中国仅居世界一隅，而中国之名的地理学意味瞬间受到冲击。当魏源重新以"正当温带……天时之适中，非谓其地形之正中"[①]解释中国时，多少都显得落寞。现代地理学对中国之名的冲击不仅局限在空间感知上，空间感知轻易地就投射到了文明心理上。地理观念的冲击渐渐影响到中国人对自身文明的信心。有识之士愈发忧心忡忡，一个从世界中心走下来的文明国家连同她的文明将丧失对生活世界的解释能力。

---

① 魏源，《海国图志》卷七四，长沙：岳麓书社，1998，页 1847—1852。

如何存续核心经典对世界的解释力以及未来可能的政治统合力成为儒家学人亟待解决的问题,而传统经学的解释框架是否囊括整个世界成为儒学在新局面下能否成立的关键。作为今文经巨擘的廖平在其经学第三变"小大之变"中尝试解答这一问题。廖平让我们看到,《周礼》恰恰提供了儒学全球治理的独特理论支撑。廖平认为"《周礼》治三万里,象今之天下,有圣人起,当调变爕于冰燠,通南北之气,土圭可立,爇中之道可行"。①实际上,从二变之后,廖平就不断受到学界"穿凿"的批评。②到今天,学界对廖平经学三变的研究虽已颇多,然大都肯定其前两变对经学发展的贡献,而批评其三变后的学说与社会历史发展脱节的弊病,③对其评价亦稍低,④甚至认为"就其精神实质而言,殊无可取";⑤在讨论廖平经学三变的原因时,学者们逐渐认识到廖平有自身的经学逻辑线索,绝非迫于压力而为。⑥然而,直到最近,学界才开始从更为切近而宏大的视角来审视其大小统之说的经学与社会背景。首先,廖平的大小统之说是在中西古今之争的框架下构建中国文明主体性的努力;⑦其次,廖平构建中国经学全球治理方案有近代政治地理学的背景。⑧这才是廖平经学第三变时期的核心问题。因此,须更进一步明确的问题则是廖平第三变时期如何以"《周礼》学"所展示的世界图景来回应以上问题。在廖平看来,《周礼》其

---

① 廖平,《孔经哲学发微》,收于舒大刚、杨世文编,《廖平全集》第 3 册,上海:上海古籍出版社,2015(注:以下《全集》各册同),页 1060。

② 如周予同,《经今古文学》,收于周予同著、邓秉元编,《中国经学史论著选编》,上海:复旦大学出版社,2015。

③ 黄开国,《廖平经学六变的发展逻辑》,载于《四川大学学报》(哲学社会科学版),1992 年第 2 期。

④ 参见陈其泰,"廖平与晚清今文经学",见《清代公羊学》,上海:上海人民出版社,2011。

⑤ 黄开国,《一代经学大师廖平》,载于《文史杂志》,1991 年第 3 期。

⑥ 可参见舒大刚,《廖季平经学第三变变因刍议》,载于《社会科学研究》,1984 年第 4 期。

⑦ 吴龙灿,《廖平新经学转型及其意义——以中国哲学主体性建构为中心》,载于《宜宾学院学报》,2013 年第 8 期,页 8—9。

⑧ 傅正,《政治地理学与清末的文明史观》,载于《上海大学学报》(社会科学版),2019 年第 2 期,页 62—76。

实就是儒学传统进行全球治理的经学建构。这一建构意味着儒学不仅是中国的独特历史经验，更可能成为全人类普遍有效的生活模式。

一 "伦礼"与地理基础

黑格尔在《历史哲学》中认定中国文明远离深深嵌入西方的属于"精神"的东西，①马克思则在《共产党宣言》中基于历史唯物论认为东方必然从属于西方，②而中国实则脱离了历史潮流。在许多西方思想家眼中，中国的传统国家与文明都不过是通往现代普遍文明进程中的特殊形态，而奠定其文明基础的儒教"不过是一种俗人道德而已"。③换言之，不管是儒家学说的理论、制度还是儒家"清醒而平和"的精神气质都没有意识到世界的真正发展方向，因而其合理性颇成问题。伴随着西方技术力量的侵入，此种思想诘难很快直接深入到传统经学内部，廖平的学生李光珠描述当时的情境时说：

> 自海禁开而儒术绌，海外学说，轮灌中邦，拾新之士，立说攻经。即老师宿儒以名教自任者，其推论中外，亦谓希腊、罗马制或符经，由野进文，斯崇耶教，更新制。青年英俊，中者过半，心失权衡，手无规矩，既贻卑己尊人之羞，兼伏洪水猛兽之患。土崩鱼溃，岌岌不可终日。④

近代中国在应对西方挑战时展现的软弱殃及华夏推崇的儒家学说，在探索西方之所以强而中国之所以弱的过程中，儒学成为当时西学推崇者的攻击目标。廖平首先敏锐地发觉这些西学推崇者攻击经学传统所带来的制度挑战。强势的西方文明在自我确证中

---

① 黑格尔，《历史哲学》，王造时译，上海：上海书店出版社，2006，页128。

② 马克思、恩格斯，《共产党宣言》，收于《马克思恩格斯文集》第二卷，北京：人民出版社，2009，页36。

③ 马克斯·韦伯，《儒教与道教》，南京：江苏人民出版社，2005，页178。

④ 廖平，《孔经哲学发微·伦理约编序》，收于《廖平全集》第3册，页1093。

声称的普世性很容易将其他文明归结为独特历史和地域条件下形成的落后形态。以孔子为圣人、五经为根底的儒学在现代文明面前仿佛呓语。

基于对孔子和五经的无限尊崇,廖平提出自己的反驳。他必须首先阐明,儒家经学在何种意义上具有普遍性。廖平的反驳首先从人伦进化或者廖平所谓"伦礼"的角度上作出。在廖平看来,不管何种形态的文化或文明,只要由人类社会所构成,那就必须遵从一定的公理。为此,廖平从中国传统出发提出人类进化的社会公理。《论语·先进》篇中的"野人""君子"被当作孔子阐述人类由野而文的进化顺序的最好证明。他说:"特先野后文,进化公理,人事所必经,天道不能易。"①然而,由野而文的进化过程尽管是天道使然,但正是由于孔子的出现以及他制礼作乐的功绩,中国人才早早地进入文明的序列。"由野而文"的进化并非一蹴而就,还有一个更为复杂的过程,廖平认为人必然经历禽兽、野人、众庶、士(都人)、士(大夫)、诸侯、天子这样的进化七等顺序。只有脱离禽兽、野人而成为众庶,才能拥有基本的人格。中国在"春秋时代,人民资格一如海外,不免径情直行,乱臣贼子,祸乱无已",但孔子立定的儒教起到拨乱改革的作用。事实上,在廖平的语境中,人之为人的关键就在于"礼",礼是人由野蛮而进于文明的标志。这并不是中国人或西方人的独特经验,而是全人类的当然公理。因此,倡导"径情直行"之自由②的西方文明其实还没有摆脱野蛮蒙昧的状态而进入人格健全的文明。换言之,在以礼作为标准的野蛮—文明之分的意义上,中国其实早就借孔子所立的儒教进入文明的状态。

对比中国和西方文明程度的差异时,廖平将中国当作先进之国,而西方倡导的"径情直行"的自由价值恰是其文明进化的拖累。那么,"弃中而法西"就成了从文明到野蛮的退化。基于此,廖平告诫当时"初践藩篱,未窥隐伏,乃放言高论,尽弃故有,全师外人"的我国维新青年,虽然西方人在工械、计算等方面有所专长,但"形上之道,唯我独优"。因此,更为可取的策略应该是"以

---

① 廖平,《孔经哲学发微》,收于《廖平全集》第 3 册,页 1091。
② 同上,页 1095。

有易无,各得其所".①看起来,廖平似乎回到其师张之洞的"中体西用"之说,但实际上,比起张之洞,廖平有更宏大的意图,所谓的"中体"不该仅仅是中国之体,还应该是人类之体。所谓的"各得其所"既要中国不放弃既有的思想文化主体性,且要在工程、机械、计算等方面迎头赶上,更要让西方服膺于使人由野蛮而进于文明的孔子之教。这就意味着,孔子一开始就面对全世界立教,孔子之教在野蛮—文明的意义上具有绝对的普世性。然而,这一论断很容易让人想起这样的问题,即孔子在立教时是否知道全球的地理和人口格局?

廖平与同时代的中国人一样,对展现在面前的庞大世界颇感局促,中国仅为世界一隅的现实状况让传统的经学义理很可能面临尴尬局面,其普世性话语甚至很可能会成为其荒谬性的证据。当时的新思想代表严复更是在给皇帝的上书中说:"地球,周、孔未尝梦见;海外,周、孔未尝经营。"②此种论说不啻于直接挑战儒学,然而其巧妙之处恰在以新的地理格局动摇儒家经学的普适性基础。随着新的世界地理图景开始为中国的士大夫阶层所熟悉,此种状况既带来冲击,又给予廖平理解传统经学新的启发,或言,经学传统给廖平理解新的全球地理格局带来启发。

如何在地理学上处理中国与世界的关系成为坚持中华文明主体性的关键一环。于廖平而言,这一问题则是如何在经典中处理中国文教的普遍性结构与国家疆界的局部性之间的矛盾。为此,廖平将要证明,儒学经典早已充分融摄中国与世界的地理关系。理解这一问题之前需要明确的是"史制"与"经制"之间的区隔。后代的历史中,中国人不知世界范围之广大;三代以前的圣王或者说作为制作者的孔子早已知晓世界的广大与中国独居一隅的现实,毋宁说,这种地理现实本身就是其经学制作的基础背景,也体现在其制作而成的经学典籍中。

廖平从《史记·孟子荀卿列传》关于邹衍的记载中发现"大九州"之说。邹衍以为中国只是世界的八十一分之一,名为赤县神

---

① 以上引自廖平《孔经哲学发微》,收于《廖平全集》第 3 册,页 1092。
② 廖平,《经学六变记·四益馆经学四变记》,收于《廖平全集》第 2 册,页 887。

州。赤县神州以内自有九州,这是《禹贡》之所谓九州,是小九州。
如赤县神州一般的地方共有九个,此方为大九州。如大九州的区
域又有九,则有更大的九州,其外还有海洋环绕。①薛福成的日记
中也谈起邹衍大九州之说,并从当时的全球地理来划分出大九州
的具体区域。廖平又引薛福成日记所载以为中国古人已知世界广
大的佐证。中国对世界地理地貌的认知随着华人足迹在西域以及
海外的拓展逐渐丰富。然而,这种演变却并未对廖平所持观点造
成阻碍。在廖平看来,古代中国对世界地理的认知已颇为整全,只
是"后王不能及远,乃仅就禹州言之,耳目心思之所穷,故其说遂
绝"。②中国对世界地理的认识为后世的现实所局限,从而使后人
遗忘这种认知。

　　"大九州"之说是在告诉国人,广袤无垠的世界地理面貌并不值
得大惊小怪,对中国古圣先贤而言根本不是什么了不得的秘密。廖
平始终坚持今文经的基本观点,即六经皆孔子遗法。诚然,孔子虽为
万世制法,但如果后世的地理空间达到其不曾想象到的地步,圣人法
度的有效性就大成问题。因此,廖平力图证明,孔子不仅知道广袤的
世界地理,更以之作为制礼作乐的地理基础。然而,如果只用邹衍的
"大九州"之说来证明孔子本人对世界地理已经完全掌握,其有效性
将大打折扣,毕竟邹衍之说本身就遭到"荒谬"的诘难。更何况,孤
证难立。为此,廖平必须进入孔子经教的内部来说明孔子本人的的
确确为后世的整个人类世界立法。在此问题上,原来与《王制》难以
弥缝的《周礼》恰恰可提供极其难得的经学证据或者说思想资源。

二　从历史序列到哲学构建

　　在其经学第二变时期,廖平曾认为刘歆以先秦的《佚礼》为底
本伪造《周礼》,不如今文经可溯及孔子。他在《古学考》中说:"旧
说以《周礼》与《左传》同时,为先秦以前之古学……前说误也。此
书乃刘歆本《佚礼》、窜臆说揉合而成者,非古书也。"③这也就直

---

① 　廖平,《地球新义》(丙子本),收于《廖平全集》第 10 册,页 92。
② 　同上,页 98。
③ 　廖平,《古学考》,收于《廖平全集》第 1 册,页 106。

接否定了《周礼》的真实性。但地理问题越发显著之后,廖平则改变了看法。"乃迩来论者谓孔经范围仅在中邦,不能遍及全球,及其道不能推行海外。噫,是言也,殆将夺尼山之俎豆者也! 怯以宗孔之彦,胥当力祛去说,一雪学战之耻。"①然而,这并不意味着是现实倒逼廖平改变观点来附会经学,而是《王制》中如此狭小的地理格局本就让其越来越不安。一方面,《王制》三千里的地理格局在今文经的语境中本身就面临着难以弥缝的根本矛盾。另一方面,孔子经学本身缺乏普遍化为全球政教的初衷,则孔子为中国一隅之圣人的位格亦将动摇。尤其当全球地理面貌展露之时,中国文明的思考缺位将导致极其严重的后果。仅仅具有相对合理性的中国文教,也就必然让位于更有力量的强势文明。

廖平此时恍然,原来与今文经学难以契合的古文经学并非后人伪造,而不过是孔子处理不同大小疆域的两种制度原则而已。这就是古人尝言的王道与帝道之别。廖平认为王道主中国,是为较小疆域内的小九州所立之法;皇帝之道主全球,是为天下万世万民所立之法。小大两种统绪意味着国家与天下在孔子处既是治理疆域上的区隔,在礼法上也有差异。但疆域是第一位的,因为"必先定版图之广狭,而后政事由之而出"。②先秦典籍遗存着许多关于"大""小"的论述,廖平据此对六经作了划分:"六艺《尚书》《礼》《春秋》为王道,《诗》《易》《孝经》为帝道,帝大王小。《诗》则《小雅》与《周》《鲁》二颂为小,《大雅》《商颂》为大。"③这些经典关于"小""大"的论述单纯以今文经的《王制》实际上也难以涵盖,这就充分证明一个问题,即原来混杂在一起的孔子经制存在疆域大小不同的两种范式。原来以礼制区隔今古文经学的《王制》与《周礼》就是区分两种经制的核心文本。孔子为全球立法最显著的证据就是之前为廖平所贬斥的《周礼》。孔子不仅知道世界地理,更早就准备了具体的治理方案。

同其他古文经文本类似,《周礼》的来源与传承都颇为曲折。经历两汉经师不断攻讦辩难之后,最终,郑玄以《周礼》为据遍注

---

① 廖平学说、黄镕撰,《九州经传通解》,收于《廖平全集》第 4 册,页 582。
② 廖平,《周礼新义凡例》,收于《廖平全集》第 5 册,页 584。
③ 廖平,《地球新义》(丙子本),收于《廖平全集》第 10 册,页 100。

群经,将今、古文经学杂糅成一个庞杂的体系。廖平在第一变和第二变时期已经将杂糅的今古文经学重新以《王制》和《周礼》为两端区分开来。杂糅今、古的郑玄经常成为廖平批驳的重点。今古文经学的经制矛盾非常明显,郑玄试图以《周礼》为本统合儒家的礼乐制度,而与《周礼》矛盾的礼制则被判为夏、商等其他时代的制度。换言之,运用时间维度或言历史序列处理经制矛盾是郑玄的关键举措。他认为三代的历史经验是中华文明的轴心,也是经学展开的关键。因此,越接近三代治理集大成的模式越具有正当性。记录周公制作的《周礼》也就成为经典之中的核心。在廖平看来,此种观点有根本错误,郑玄的根本问题在于混杂经制与史制,将圣人制作与历史经验合而为一,而历史经验并不足据。

《周礼》与《王制》都注重天下国家治理体系的构建。但由于指向不同,在统一疆域中,这两部经典必然相互矛盾,这也正是今古文经学的冲突所在。廖平此时已经意识到经学体系内部两种原则隐然其间,他转而将《周礼》与《王制》分属《尚书》与《春秋》,认为"《周礼》为《书》传,如《王制》为《春秋》传"。①既然《王制》与《春秋》的系统已然能较好地为中国制法,而中国古代的政治治理疆域并不广大,那么《周礼》与《尚书》系统的意义何在呢? 如果仅仅是要在新的世界地理格局中传承孔子文教的话,多少显得牵强附会。廖平真诚地相信孔子在制法时已处理广阔疆域的治理问题。《周礼》一经恰好表明孔子对此有深切的关照。廖平认为孔子实则"以《周礼》为根基,《尚书》为行事,亦如《王制》之于《春秋》。而后孔子乃有皇帝之制,经营地球,初非中国一隅之圣。"②《周礼》与《王制》都是孔子之法,其差异首先是疆域大小,疆域连接着两种不同的治理统绪,即王统与皇帝之统。《春秋》与《王制》的治理体系针对中国一地的疆域而设,方三千里,正好容纳传统的中国九州,乃是王统。帝统与皇统则又有差别,"帝统九州,则方九千里,再等而上之,方九千里当位皇之一州,《周礼·职方氏》九

---

① 廖平,《周礼定本略注》,收于《廖平全集》第 5 册,页 477。

② 廖平,《经学六变记·四益馆经学四变记》,收于《廖平全集》第 2 册,页 888。

服是也。皇统九州,则方二万七千里。"①可见,从王到帝直到皇的治理结构绝非郑玄所认为的历史序列,而是空间结构。

然而,中国的政治实践中并没有超大规模的疆域治理经验,所有朝代的疆域都大体囿于《禹贡》九州的范围。如何解决这一矛盾是廖平学说成立的关键。不管平分今古,扬今抑古,还是大统小统,廖平都将素王改制立教的意义统摄其间,孔子是哲学家而非史学家。廖平之"哲学"者"与史文事实相反",并非历史实际存在,乃孔子"空言垂教,俟圣知天,全属思想,并无成事"。②因此,讨论六经经学制度的前提是排除历史上实际制度的干扰,发挥孔子改制的意义。因此,所谓小统、大统就全为孔子以自身的圣性而做出的哲学创造行为。如前文所言,廖平直言全世界都会经历野蛮进于文明的进化过程,中国亦莫能外。他从古代典籍中发现"证据"。③廖平的历史进化论将孔子确认为六经作者,排除其他可能。他指出:

> 春秋以前,尚不足方三千里。《周书》(指《周礼》)为《尚书》之传,则主三万里,故《尚书》所有周公与三王之事实,惟孔子乃托之空言,以为全球大同立法。如实有周公,时代草昧,为实行家,孔子以前无以言立教之事。古文家所云文王、周公撰经诸条,皆东汉以下伪说。④

孔子前的三代和圣王不过是假托而已,立教时刻集中到孔子处。这就意味着,作为全球大同大经大法的《周礼》与中国的小统之法在逻辑上是通贯的,都服务于孔子导人类臻于文明之境的目的。在廖平看来,六经都是孔子制作,是"孔子采取四朝,定为六艺,使其中典章错杂,不能画一"。既然六经中的礼制都是孔子所作,那么六经就应该是"决黑白而定一尊",是百代不易之成法,而所谓的历代沿革就不过是后代学者盲人摸象,仅指一端而已。

① 廖平学说、黄镕撰,《九州经传通解》,收于《廖平全集》第 4 册,页 587。
② 廖平,《孔经哲学发微》,收于《廖平全集》第 3 册,页 1062。
③ 廖平,《伦理约编》,收于《廖平全集》第 3 册,页 1027。
④ 廖平,《周礼郑注商榷》,收于《廖平全集》第 5 册,页 610。

三 九州到八十一州的疆域格局

《周礼》乃孔子所定,而非周公遗迹,《周礼》之"周"就不应是周朝之周,而是如郑玄所言的周遍之"周"。[1]《周礼》乃是不同于《王制》的皇帝之学,其最大的特质当是其普遍性,传统认定的历史时间序列被廖平——转变为空间模式,《周礼》则以周遍的姿态面对整个古今世界地理格局。其中的《禹贡》九州是《王制》所谓四海之内的九州,也就是小统的基本疆域,每州方千里,九州方三千里(如图一)。九个王制九州疆域就构成帝统九州,帝居中而统八伯(如图二)。以是类推,则九个帝统九州构成皇统九州(如图三)。

图一 《王制》九州(每小格方千里)

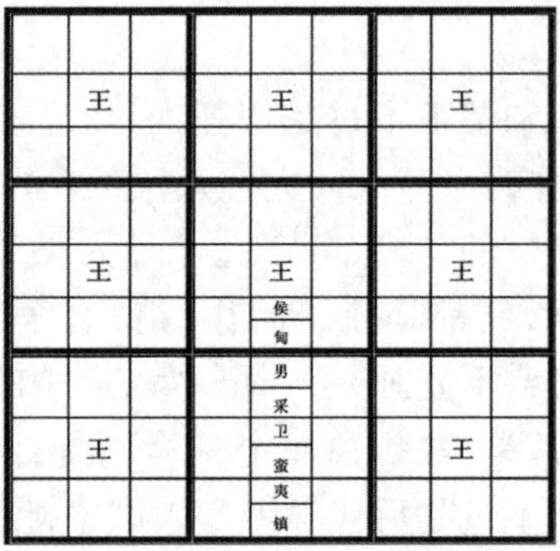

	王	王
王	王 侯 甸 男 采 卫 蛮 夷 镇	王
王	王	王

图二 帝统九州及其九服制度

---

① 廖平,《周礼新义凡例》,收于《廖平全集》第 5 册,页 583。

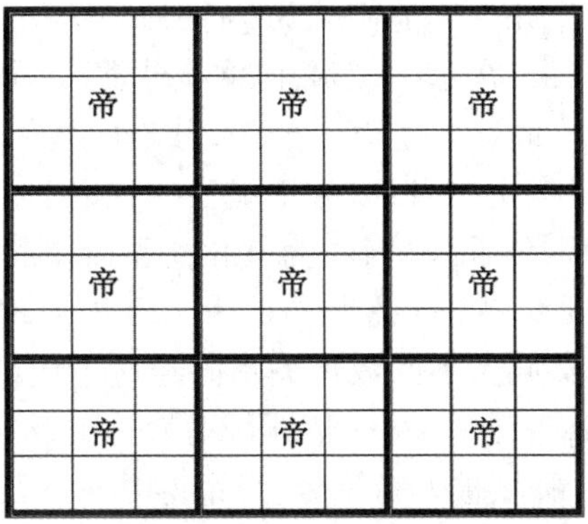

图三　皇统九州(每小格方三千里)

《周礼》有"九服"之制,其中王畿千里,其他各服五百里,《周礼》"九服"构成方九千里的帝制疆域。九服确实超出中国实际统治的疆域,廖平同样以地理空间的视角处理,九服的疆域并不是单纯的《禹贡》疆域,而是更大的地理空间。九服问题存在九服与十服的争论,九服系统包含王畿、侯服、甸服、男服、采服、卫服、蛮服、夷服、镇服、藩服等。首先,王畿是否能算一服。据《周礼·夏官·大司马》记载,畿与服实则同义,应该也算作一服。那么,《周礼》的系统就应该是十服而非九服。但如此一来,按照王畿千里、每服五百里的设定,帝制疆域就必然方一万里,与《王制》系统方三千里疆域无法构成数理逻辑关系。《周礼·秋官·大行人》又明确说在九州之外有藩服。如何处理这一矛盾呢?廖平巧妙地将王畿与八服合为九服,疆域仍然方九千里。藩服就不再是实际的治理疆域,而是将帝制疆域以外的地方称为藩服,皇统的大九州之间就相互构成藩服(如图二)。①

《尚书·禹贡》还另有"五服"之制,名为"甸、侯、绥、要、荒"。各服亦以五百里为界。《舜典》中则更有十二州的记述。历代儒者也往往将九州与十二州的矛盾归结为制度的时代差异。在廖平看来,经典中的《禹贡》九州疆域没有扩大或缩小,而九州与十二州之间是内与外的关系,并非非此即彼。《尚书·益稷》有文曰:"弼成五服,至于五千,州有十二师。"廖平及其高足黄镕读为"弼

---

① 廖平学说、黄镕撰,《九州经传通解》,收于《廖平全集》第4册,页610。

成五服,至于五千州"。①他们认为《尚书》以方五千里为一州,即五服的大小。那么,在这一疆域中,如《禹贡》九州一般方千里的州就有二十五个,而这二十五个州中,分为内九州和外十六州,然而,"皇帝外州只言十二者,以方千里为一日,三十度而一月,三百六十度为十二月,依北斗转运,为气化所至"。②根据疆域划分,在外为十六州,但《尚书》只说十二是为了合于天地运行的气运而已。如此,帝统疆域大小的数理关系同经典中记载的数目就能勉强印证。《尚书》五千里为一州,五百里为一服,经过推算,皇统之方三万里的天下疆域被四帝平分,每帝得方一万五千里的疆域,在此疆域内,方一千里的州就恰有二十五个,如此二十五州可分为内九州和外十六州。显然,《尚书》这一四帝分天下和二十五州的系统实际上与《周礼》的皇统八十一州存在巨大矛盾。廖平认为《周礼》为《尚书》之传,他必须弥合这一矛盾。为此,他指出所谓内九州就是中国,而外十六州就是夷狄,这是文明初创时的治理形式。到了大同时代,内与外、中国与夷狄就没有分别了,那么,此一系统就会转变为九州—八十一州的系统。这是"经义进野蛮为文明之法"。③廖平也采用历史演进的解释策略,但不同的是,廖平将此演进放置于未来,它是解释未来的历史哲学。这即是说,《尚书》之"五服"到《周礼》之"九服"之间存在一个未来的时间逻辑线索或者说进化演进的线索。

　　廖平认为,其他的疆域治理图式最终都要转变为九州—八十一州的系统。因此,《尚书》五服的图式最终要演变为九服疆域,这就是帝统方九千里的整个版图,进而帝统九州才能构成方两万七千里的皇统疆域,得出王统之州八十一的全球格局。这就是邹衍强调的中国仅为世界八十一分之一的观点。廖平从不讳言其观点得自《史记》中邹衍的说法,中国居世界八十一分之一的格局是其理解世界地理的关键,其他制度设计都必须依据这一格局为底本。因此,廖平、黄镕在《经传九州通解》一书中错举相关的说法,最终也是要证明源自邹衍的观点具有合理性。因为廖平的世界地

---

①　廖平学说、黄镕撰,《九州经传通解》,收于《廖平全集》第 4 册,页 585。

②　同上,页 586。

③　同上,页 602。

理格局是中国古代圣王—孔子的世界治理格局,孔子的设想中,王—帝—皇以九起算,不断推扩,"以小推大"不仅是疆域大小,也是治理方式的推扩。由此,展现在中国人面前的世界地理格局与政治格局可以用验小推大的方式为中国所理解。

作为孔子法的六经中的矛盾被廖平以"王—帝—皇"的差异加以化解。不管哪一统绪,皆是孔子以"圣性"立法制作的结果,绝非史有其事。那么,孔子所立之法就绝非历代典章的拼凑,而完全是自己的整全思考。换言之,整个六经就是一套孔子方案、孔子法。这一套方案关照的绝不仅仅是处于天下一隅的中国,否则这一套方案就缺乏普遍有效性。然而,这一套方案也不具有直接的普适性,而有一个"推"的过程。廖平说:

> 学者必先知六经九州并无沿革,经制为百世不易之道,即使推广扩充,如邹衍之海外九州,可云奇辩,而于中国犹确守成法,以为根本之据,故其说验小推大,由九州以推于八十一州,以一生三,以三生九,小大虽殊,而名实不改。①

所谓"验小"就是在小的统绪中实现治理的积极效果,再不断推扩。孔子时代,小统部分都未得到施行,孔子立法成果——六经是面向未来的"俟圣之作"。"必至今日海禁大开,而后《周礼》之说乃显著也。"②如果说古代中国的政治治理实践是在验证孔子的小统之法的话,那么《周礼》所蕴藏的世界治理图景则仍然在俟圣,仍然面向未来。当下的世界地理状况恰好证明《周礼》立法的合理性,尤其要注意的是,基于进化演进的线索,"九州—八十一州"的治理图式必然要等待大同的实现。

四 文明担纲与大同的实现

廖平在处理小统与大统的关系时,非常注重"验小推大"的作用,然而,"验小推大"实际上是一种应然的逻辑关系,并非必然的时

---

① 廖平,《地球新义》(丙子本),收于《廖平全集》第 10 册,页 113。
② 廖平,《周礼新义凡例》,收于《廖平全集》第 5 册,页 583。

间前后关系,必须在小统得到验证的基础上才能往后推扩。也正因
为有"验"和"推"的过程,未来世界的图景必定有一个演进的过程。
每一个阶段上也必然呈现出不同的图景模式。与康有为的大同三世
说不同,廖平尽管部分地接受进化的观点,认为野蛮要进化到文明,
但对未来大同的必然到来并不保证。①近代展现在中国人眼前的世
界地理格局不过恰好印证孔子立法所指向的广阔疆域而已。在廖平
看来,孔子的立法还停留在"哲学",并非历史,必须有文明的承担者
来实现这一百世不易的法度。我们从廖平的进化叙述中可以发现,
所谓进化仍然是文明、文化意义上的,尤其是所谓"人民资格",言进
化实则为尊孔。这与他对"中"和"中国"的理解直接相关。

　　《周礼·地官·大司徒》言:"以土圭之法测土深、正日影以求
地中。"历史记载周公营造洛邑正是日影求地中的结果。中国之
中的意蕴确实包含地理之"中"的观念。全球地理格局明确以后,
中国处于世界中心的地理意义随之消解。那么中国作为世界之中
的意义还能继续吗? 在古代的理解中,地理之中与文明之中的意
义是合一的,即中国既是世界地理的中心也是文明的中心。全球
面貌更为清晰之后,地理之中与文明之中不能重合了。所以廖平
说:"天下有二中,以地球论,则昆仑为中;以教化论,则中国为
中。"②地理之"中"是否为中国其实并不重要,"中国"的关键意义
在于文明教化。中国之所以成为教化的中心正是因为孔子的制作
行动。故廖平言:

　　　　考东方开辟最早,孔子生于中国,六书经传又为中国所独
　　有。以地形论,葱岭、昆仑为天下之中,乃《时则训》所言五
　　极,以中国皇帝所司,故《禹贡》旧称中国为天下之中也。《周
　　礼》为皇帝之治,以中国为地中,进退海外,以合中庸。③

　　中国文明乃是孔子立教的基础,皇帝之治亦需以中国作为王
统的根基,进而扩展文明于全球。因此,"中国"之名实则蕴含强

---

① 　康有为,《孟子微·礼运注·中庸注》,北京:中华书局,1987,页239。
② 　廖平,《周礼新义凡例》,收于《廖平全集》第5册,页597。
③ 　同上,页587。

烈的文明责任意识,如要使中国名副其实,那么"中国"之名的承担者就必须持守文明进化的主体地位,并进一步扩展开去。

不过,扩展文明于海外并非将中国现有的生活方式照搬到国外。《礼记》早有"礼从宜,使从俗"之说,《王制》亦言"不易其俗","不易其宜",将来的皇帝治理全球必然据其俗而治之。因此,在"方章、仪节"等方面"不能独取中国"。①在教化上亦有差异,因为"礼乐为三统之分,刚柔仁义风土不同,政俗相反,各以其偏者言之,颠倒反覆,裁成进退"。②不同风俗意味着不同的人民性情。孔子所立之教的核心是导民向中,使之回复到中正平和的性情,那么针对各地偏狭的民人性格就会有不同的宗旨,"宗旨不同,教化所以异也"。③由此可见,廖平意义上的未来新世界的第一阶段将是向着共同文明目标前行的各类族群"因己之情性而自成其治"的欣欣然的状态。

今天的世界范围内,《周礼》所预设的治理图式远未实现,甚至由于长期囿于王制小统中被遗忘了。但在廖平看来,西方的政治设计与之恰有相合之处。"礼失求诸野",西方政略恰好可以证明《周礼》之制的普遍适用性。尽管皇帝制度具有普遍性,但这并不意味着大同之治下的全球各国都将统一成一样的制度。恰恰相反,面对全球的皇帝制度所重者在于各安所是的多元格局。廖平着重区分政与教,"地球各地,凡有政即有教。政以行事,教以系心"。④"政"的对象是具体之事,"教"则针对心性,要"仁义合并,化德为才"。政的前提是风俗差异较小的疆域,是小统之事;教则因性情相反,差异较大,是大统之事。故而,当前全球各地之政差异绝大,而教亦千差万别。然而,"大统一尊,必合为一,以尊至圣"。⑤当真正的全球大同得以实现的时候,教必然统一,各地的差异也必须以孔子之教为前提,故"孔子教中又分宜俗,故九两、十二教皆与九流大同小异,各持一端,以待时好",⑥换言之,最终的

---

① 廖平,《周礼新义凡例》,收于《廖平全集》第 5 册,页 595。
② 同上,页 596。
③ 同上。
④ 同上,页 598。
⑤ 同上,页 599。
⑥ 同上。

全球格局必然是服膺文明的各地自成其政。风俗虽不同,但"时好"的各政指向的也只能是导民归中的孔子之教。从这一点来说,两者虽有异,但本质上是一致的,也不过是"一政"而已。廖平畅想的新世界的最终图景恰是孔圣至尊之下的人类文明的极致之境。

廖平通过《周礼》为中国人提出一套理解世界和治理世界的中国方案,其中尽管有很多稍显牵强的地方,但其以中国文明作为世界文明担纲者的抱负和期望则仍有继续思考的价值。孔子立定的经制面对全球和全人类,但其路径是先在一个中央之国中实现,并以此为根据逐渐向其他各州推而广之。作为"百世不易之道"的九州制度之要害就在于有一个始终守护它的国家。那么,在中国施行经制就还不够,必须将这一套验之有效的制度推广到天下,所谓"验小推大"。可见,在廖平的理解中,《周礼》与《王制》代表的两种经制并无名实之别,天下与国家的分野也不过是文明辐射范围上的差异,其心向孔子之教的经制意图则是一致的。

中国的治理疆域与天下的范围严重不符,传统中的天下与中国虽也并非全然重合,但近代世界疆域的清晰显现使这种错置更为突出。中国似乎不足以担负起天下这一更为宏大的疆域图景。然而,廖平以"验小推大"的方式重构国家与天下的关系。尽管只是世界的"八十一分之一"(邹衍),但中国首先担负起实现孔子经制并推扩于天下的重担。那么,作为国家的中国就仍然是天下的中心和文明的基点。在中国范围内实现孔子经制就是小康,这不过是小一统而已。孔子经制在世界范围内得以实现的时候就是大同,就是大一统。以往,大同、小康的区分主要体现在时间序列上,尤其在康有为那里,大同、小康成为一种变种的历史哲学,两者是未来不同时段中的政治原则。然而,廖平却将之翻转,以地理疆域作为主要的区隔。那么,在中国范围内,小康具有的经制也就仍然是"百世不易之道"。惟其如此,才可"由小推大",最终促成大同的实现。

结　语

大九州之说的发现使廖平在处理传统的今古文经学之争时有

了新的思路。作为今古文经学分歧核心的《王制》与《周礼》之间的矛盾转变为统御疆界大小所造成的制度区隔。为此,廖平从经籍之中搜寻到有关"大"与"小"的证据。小统与大统两种统绪的分野既表明孔子之法对天下或者世界的教化抱负,同时也更是对《王制》所统摄的今文经制的证明。正如廖平论证九州与十二州为中国统御疆域的内外划分一样,全球大统与中小学统也是一种互为犄角的内外。当然,这一结构中,以今文经制为核心的中小学统必然是全球大统的基石与原点。天下与国家治理疆域制度由《禹贡》五服或者《周礼》九服所构成。五服或者九服制度蕴含的天下—国家观念给予后世国人"中心意识",或者说廖平正是要保存这种意识来唤醒国人对自身文明的主体意识,外扩的其他各服以及整个天下秩序的可能性端赖于小统王道的维系与发扬。《王制》与《周礼》的张力一方面意味着儒家经学昭示的经制缩小到"国"的维度之中,另一方面则意味着儒家经学始终保持将"世界"化为天下的愿景。这就是廖平眼中新世界地理格局下《周礼》的意义所在。

　　*本文系国家社科基金后期资助项目"'中庸'经学史研究"(项目编号:20FZXB067)以及重庆大学中央高校基本科研业务经费项目"人类命运共同体视域下的近代世界意识研究"(2020CDJSK49YJ09)阶段性成果。

《泰阿泰德》中的苏格拉底"跑题"

张立立

（华东师范大学哲学系）

摘　要：《泰阿泰德》的主旨是讨论"知识是什么"的问题。① 但是，在驳斥了泰阿泰德关于知识的第一个定义——"知识就是感觉"之后，苏格拉底却开始与塞奥多洛讨论起哲学家与智者的生活方式来(172c—177c)。那么，这一段被苏格拉底明确称之为"跑题"的讨论，在整个《泰阿泰德》中的意义何在呢？学者们对这一部分的解释众说纷纭，莫衷一是。笔者认为，苏格拉底的主要目的，是向泰阿泰德揭示出"知识就是感觉"这一认识论命题将会导致恶劣的实践哲学后果，即一种仅注目于当下而缺乏完整时间维度的生活方式，从而使泰阿泰德能够最终认识到"知识就是感觉"命题的谬误，并最终放弃这个关于知识的定义。

关键词：《泰阿泰德》　跑题　哲学家的教育

柏拉图中晚期对话中，偏离对话主旨的"跑题"讨论并不少见。例如《理想国》《政治家》《智术师》《蒂迈欧》《法义》等对话中，均出现过"跑题"的讨论。鉴于柏拉图不可能毫无目的地写下这些离题的讨论，如何理解它们的意义，尤其是它们与文本主题的关系，就成了一个十分困难的问题。因为，这些讨论通常在表面上显得似乎对主题毫无帮助。所以，它们就算不是被解释者

---

① 本文引用的文本主要参考了詹文杰译《泰阿泰德》，北京：商务印书馆，2015；J. M. Cooper（ed.），*Plato：Complete Works*，Hackett Pulbishing Company，1997；*Platon：Werke In Acht Baende*，*Griechisch und Deutsch*，Sechster Band，Verlag Gunther Eigler，1970。

忽略不计,①也易于得到一个离奇的解释。如是,不仅"跑题"部分的意义难以得到阐明,有时甚至整个文本的意义也变得晦暗不明了。

《泰阿泰德》的主题是:"什么是知识"。对于这个问题,苏格拉底的对话者泰阿泰德先后给出了三个定义。其中第一个定义是,"知识是感觉"(151e)。苏格拉底先将这个定义与普罗塔戈拉的命题"人是万物的尺度"联系起来,然后驳斥了作为普罗塔戈拉主义的"知识是感觉"命题。但是,在这之后,苏格拉底却突然与塞奥多洛讨论起哲学家与智者不同的教育和生活方式来。② 在讨论的末尾,苏格拉底明确说:"我们最好就此打住,所有这些真的是跑题了;如果我们继续下去,会有一波新的主题涌入到我们的讨论中,湮没我们原来的论证。"(177c)

正如鲁(Rachel Rue)指出的那样,"跑题"部分与《泰阿泰德》文本主体的差异是令人震惊的。苏格拉底不仅在主题上放弃了"什么是知识"的问题,他也放弃了之前一直采用的问答法,而采用了一种长篇累牍、精心修辞的演讲来描述哲学家的性情及其追求,以及与他们对立的政治家、演说家,尤其是法庭上的讼师。③鉴于这部分与文本的联系是如此隐而不显,维拉莫维茨(Wilamowi-

---

① 例如,克莱因(Jacob Klein)的《柏拉图的三部曲——〈泰阿泰德〉、〈智者〉与〈政治家〉》,就完全忽略了《泰阿泰德》和《智者》中的"跑题"部分。见成官泯译,上海:华东师范大学出版社,2009。

② Scott Kramer 认为,《泰阿泰德》中的"跑题"讨论有两处,148e—151d 与172c—177c。第一处是苏格拉底向泰阿泰德介绍他的精神助产术(148e—151d),但苏格拉底在这里并没有明确提出"跑题"的说法,而且这部分与文本的关联显而易见:在讨论伊始,苏格拉底有必要向泰阿泰德说明自己的工作方法。David Sedley 甚至认为,精神助产术是解读《泰阿泰德》的关键,即《泰阿泰德》通过对"知识是什么"问题的讨论,展示了苏格拉底问答法本身将导致无结果的讨论,但讨论本身揭示出一条指向理念论的道路,而后者事实上是苏格拉底通过精神助产术导出的柏拉图的精神产物(*The Midwife of Platonism. Text and Subtext in Plato's Theaetetus*, Oxford: Clarendon Press, 2004, p. 10)。因此,本文只探讨 172c—177c 的"跑题"。

③ Rachel Rue, "The Philosopher in Flight: The Digression (172c—177) in Plato's *Theaetetus*", in Taylor C. C. W. (ed.), *Oxford Studies in Ancient Philosophy*, Vol. XI. Oxford: Clarendon Press, 1993, p. 71.

tz)甚至认为这一部分是柏拉图后来加上去的。① 时至今日,对这部分文本的研究大都仅仅满足于阐释这部分文本本身的意义,②并将其与《理想国》《申辩》等对话中的相似部分进行比较。很少有学者会去研究这部分内容对《泰阿泰德》的整体意义。

施特劳斯曾断言:"在一部柏拉图对话里,没有什么是多余的,没有什么东西没有意义……对话的每一部分都有一种让我们理解的功能。"③如果施特劳斯是正确的,那么《泰阿泰德》中的"跑题"就不是独立于文本的,而是在苏格拉底和泰阿泰德对"知识是什么"的追问中有着重要的作用,对整个文本而言不可或缺。笔者认为,这一部分讨论的主要目的,是向泰阿泰德揭示出,"知识就是感觉"这一认识论命题将会导致恶劣的实践哲学后果,④即一种不值得过的生活方式,从而使泰阿泰德能够最终认识到"知识就是感觉"命题的谬误之处,并最终放弃这个关于知识的定义。

一 "跑题"与普罗塔戈拉批判

从文本的结构上看,"跑题"应该是苏格拉底批评普罗塔戈拉理论的一部分。在151e,泰阿泰德给出了第一个知识定义——"知识无非就是感觉",苏格拉底将这个命题与普罗塔戈拉"人是万物的尺度"命题联系起来,认为二者是一致的,只不过叙述方式有些不同。对普罗塔戈拉命题的考察一直延续到186e,直到泰阿泰德最终承

---

① Wilamowitz, *Platon*, 524—533,转引自 Rue, ibid, p. 72, footnote 3.

② 如 Andrew Barker 认为,这一部分在整体的认识论主题之外,发展出了独立的政治哲学观念。"The Digression in the Theaetetus", in *Journal of the History of Philosophy*, 2001, pp. 457—462.

③ 施特劳斯,《论柏拉图的〈会饮〉》,邱立波译,北京:华夏出版社,2012,页7。

④ Paul Stern 认为,这部分讨论表明,知识的意义需要对善进行更多的追问,而这些问题只有通过对政治生活的考察来获得回答。他的观点与笔者有类似之处,但是,他没有像笔者那样把"跑题"看作一个旨在驳倒普罗塔戈拉的论证。"The Philosophic Importance of Political Life: On the 'Digression' in Plato's *Theaetetus*, in *The American Political Science Review*, Jun. 2002, vol. 96, No. 2, pp. 275—288.

认:"我们现在得到了最清楚的证明,知识是不同于感觉的。"要想弄清楚"跑题"对于我们理解文本有什么功能,就要先弄清楚苏格拉底的普罗塔戈拉批判。读者很容易发现,对这个命题的考察漫长得令人惊讶。这是因为,泰阿泰德出乎意料地坚持己见,难以被说服。

苏格拉底首先指出,"人是万物的尺度"这个命题的实质是,认为一切都处在运动变化中,没有什么以自在的方式"是"一个东西(152d)。在这一点上,三种伟大的学说是一致的:根据荷马、赫拉克利特及其所有同类人的学说,一切事物都像河水那样流动(160d—e)。其次,如果一切都在运动中,那么感觉就是运动的产物(156a),每一感觉对应一个感觉者,个人就成为感觉存在的审判者;因为只有我才能真正地感觉到它,所以我的感觉对我来说是真实的(160a—c)。

苏格拉底在解释普罗塔戈拉命题的同时,也指出了这一命题的问题。在152e,苏格拉底指出,如果一切都在运动中,没有什么是永远常存的,那么就没有任何事物仅凭自身就可以是"一"事物,人们也不能正确地用确定的名称称呼任何事物,甚至不能说出它属于任何确定的种类(152d—e)。在160d,苏格拉底指出,如果我的感觉对于我是真的,我是那些就我而言是或不是的东西的裁判,那么,我就不可能犯错误。

但泰阿泰德并没有就此放弃他的理论,于是苏格拉底只好更加直白、更加犀利地攻击说,如果感觉是知识,那么有感觉的生灵,如猪、狒狒等都能成为万物的尺度了(161c—d)。如果每个人都有自己独有的信念,而它们又全都是正确的、真实的,如果每个人都是自己智慧的尺度,那么就没人是无知的,也没有人有资格教导他人(161d—e)。

但是,泰阿泰德仍然没有被说服,而是陷入了困惑之中。他说,他很惊讶,"当我们阐述他们的论证路线的时候,也就是说,各人'觉得'什么对于这样觉得的人而言就'是'什么,当时我觉得那个说法很不错;但是,现在突然变得反过来了"(162c—d)。他几乎是在直言,苏格拉底歪曲了普罗塔戈拉的意思。①

---

① 苏格拉底对普罗塔戈拉的解释,学界普遍认为符合普罗塔戈拉的原意。参见爱德华·夏帕,《普罗塔戈拉与逻各斯——希腊哲学与修辞研究》,卓新贤译,长春:吉林出版集团有限责任公司,2014,页162—164。

对于泰阿泰德的困惑,苏格拉底的回应是一系列智术师风格的论证,甚至被他自己比喻为裸体摔跤(162b)。他首先以外语作为例子,论证说,对于没有学习过的语言,人们可能听到声音,却不知道其意义(163b—165e)。泰阿泰德同意苏格拉底的论证,但却仍然没有放弃他的理论。于是苏格拉底又论证说,如果感觉就是知识,那么一个人看到某个事物就获得了关于那个事物的知识,而对于他看到和学到的东西,他有记忆。那么当他闭上眼睛时,由于没有视觉,他也就没有关于这个事物的知识了,但他却有关于事物的记忆,亦即有关于这个事物的知识。这就等于说他既知道又不知道这个事物,这显然是荒谬的(164b)。上述论证仍然没能说服泰阿泰德,却让苏格拉底自己感到厌烦了:

> 我们好像正在以争论家的方式说话……满足于以这种方式在论证中占上风。尽管我们自称为哲学家,而不是以取胜为目的争论家,但我们却没意识到,我们正像那些聪明人一样行事。(164c—d)

智术师式的论证还可以更吓人一些(165c),例如一只眼睛被遮住了,那么一个人不就是既知道(看见)又不知道(看不见)这个事物了吗?但是,这类智术师式的舌战虽然使泰阿泰德无法回应,但也没能说服他(165d—e)。这或许表明,智术师式的论证,即依靠 logos 的力量压倒另一方,并不是万能的。

于是,苏格拉底采取了另一种方法,他问泰阿泰德:"普罗塔戈拉会提出什么论证来捍卫他自己的观点,我们该尝试着说出来吗?"泰阿泰德立刻表示赞同:"完全应该。"(165e)苏格拉底代替普罗塔戈拉提出的反驳是,由每个人都是"是的东西"与"不是的东西"的尺度,并不能推论出,没有人具有超人的智慧。聪明人指的是能将较差的状态改变为较好状态的人,当某事物对他显现为坏时,他能使它对他呈现为好:医生通过药物、智者通过言辞。智慧就是比别的信念"更好"的信念,但它并不比别的信念"更真"。按这种方式来理解,有些人比别的人更聪明,但没有人会错误地思想,每个人都是万物的尺度(166c—167d)。

苏格拉底代言的普罗塔戈拉辩护实际上提出了一个对智慧的

新定义。对此苏格拉底的反驳是,说一个人更聪明的时候,人们是在表达对所有人呈现得像是真实的事情。一个人如果比其他人优秀,那么只在于他拥有更多的知识。一个人作出的判断固然对他个人来说是真的,却可能招来成千上万的反对意见,认为他的判断是虚假的——如果普罗塔戈拉命题是真的,那么那些反对者的意见就同样是真的。换句话说,如果普罗塔戈拉承认每个人的意见都是真的,那么他就必须承认那些认为他错了的意见也是真的(170a—171b)。

然而,对于苏格拉底的普罗塔戈拉批判,泰阿泰德仍然保持沉默,实际上,从165e开始,苏格拉底的对话者就变成了塞奥多洛。为什么苏格拉底的论证无法说服泰阿泰德呢? 因为,普罗塔戈拉的辩护与苏格拉底的反驳实际上是关于智慧的两种不同定义:按普罗塔戈拉的定义,智慧就是比别的信念更好,而并不是比别的信念更真;而按苏格拉底的定义,一个判断如果比别的判断更好,就意味着它是真的而别的想法是虚假的。这的确不是一个非常有说服力的论证。因为,如果智慧并不意味着一个判断比别的判断更真,那么就不会出现苏格拉底说的那种矛盾情形,即普罗塔戈拉必须承认那些反对他的意见为真——那些意见只是不如他的意见好而已。

所以,在171c,虽然苏格拉底貌似胜利地宣称,"既然普罗塔戈拉的真理受到所有人的反驳,那么它对于任何人,包括别人和他自己,都不会是真的";然而实际上,苏格拉底已经陷入了困境:他已经穷尽了论辩术—言辞论证的所有可能性,但他的论证却无法说服依旧沉默的泰阿泰德。这就意味着,接下来,他必须转变论证方式。

二 作为论证的"跑题"

虽然从172c苏格拉底才开始转换话题说,"那些把很多时间花费在哲学方面的人一旦走进法庭,会表现为可笑的演说者,这是多么自然的事情",随即转向对哲学家与城邦中的演说者、统治者等人生活方式的描述,亦即开始"跑题"的讨论,但这一话题转换的根源实际上在168b—c。在那里,苏格拉底以普罗塔戈拉的立场说:"我们坚持a)所有事物都在运动之中;b)对每个人和每个城邦来说,事物就是它们显得如是的样子。"所有事物都在运动之中,是之前已经讨论过的一个问题;对每个人来说,事物就是它们显得如是的样子,也是已经讨论过的,唯有"对于城邦来说,事物就是它们显得如是的样子",是一个全新的命题。这个命题的具体展开在172a—c,恰好在苏格拉底"跑题"之前。

那么,普罗塔戈拉的理论如果运用到城邦,会是什么样子呢?"对于城邦来说,事物就是它们显得如是的样子",是什么意思呢?苏格拉底说,这意味着,在政治事务方面,也就是在崇高和耻辱、正义和不正义以及虔敬和不虔敬这些事情方面,这个学说主张各个城邦所认为的并且设立为法律的东西对于各个城邦而言就是真理。在这些事情上,没有哪个人或哪个城邦比别的城邦更有智慧。但是,对于把什么设定为对城邦有利或不利,在这个方面,普罗塔戈拉还是会同意有的议事人比别的议事人更优秀,有的城邦的决策可能会比别的城邦的决策更接近真理。但是,他怎么也不敢说,当一个城邦按照对自己有利的想法无论设立了什么样的法律,总是能够完全达到这种效果。人们准备坚持说,正义和不正义、虔敬和不虔敬,这些事情中没有任何一个本然地拥有它的"所是",只要它们对人们集体地显得如是,在一个时间段内被人们如是相信,它就成为真的。

显然,城邦的决策体现了人们的集体意志。但是,这种集体意志是由什么样的人们作出的呢?基于一种什么样的生活方式呢?172c—177c的"跑题",就为我们展现了在普罗塔戈拉的理论指导下,为智者所教育出来的演讲者、统治者们的生活方式是怎样的,智者的教育方式会造就什么样的人,以及这样的人会形成什么样的社会。这样一个讨论,正如苏格拉底所说,确实是一个更大的讨论。①

这部分讨论之所以是必需的,是因为苏格拉底无法卓有成效地在理论上证明,普罗塔戈拉将智慧定义为更好而不是更真的判断,是错误的。但是,"人是万物的尺度"就意味着更好的判断就是更健康的、对人更有益的,这一点却是可以反驳的。② 此外,鉴

---

① 可对比《理想国》中,苏格拉底将城邦正义称为"大字",将个人灵魂的正义称为"小字"。参见顾寿观译,《理想国》368d—369a,长沙:岳麓书社,2010。
② 这个反驳的哲学说明是在"跑题"之后的177c—186e才展开的。

于苏格拉底为之代言的普罗塔戈拉在167c—d宣称:"有智慧的和优秀的演说家使得好的东西而不是坏的东西对城邦显得正当……能够以这个方式教育学生的智者不仅是有智慧的,而且值得从受教育者那里得到很多钱。"那么,实际看一看智者的教育究竟教育出来什么样的人,就很有必要。

苏格拉底以哲学家的生活方式为对照,来描绘这一生活方式的人。他说,在哲学探讨中长大的生活方式,培养出的是自由人,而混迹于法庭与类似场所的生活方式,培养出的是奴隶。① 自由人总是有闲暇,从容悠闲地谈话,追求真理,不在乎讨论所花的精力和时间,从一个论证进入到另一个论证。就此而言,172c—177c的"跑题",恰恰是一种哲学的方式,因为它为了追求真理,不在乎从主题的偏离,也不在乎讨论多久。法庭讼师则是一个从事辩论的奴隶,因为他的辩论有实用的目的,在主题和时间上都受到限制,这些论战永远不会离题而总是关系到他自己,甚至这种竞赛常常性命攸关。所以,他们会变得紧张和精明,知道怎么用言语来哄骗,但是他们的灵魂变得卑微和扭曲,理智不健全,却自认为变得又聪明又有智慧(172d—173b)。换句话说,普罗塔戈拉式的智者,是缺乏道德理性的。

哲学家俯测地理,仰观天文,寻求每个"是的东西"整体的全面本性,所以他们从不屈尊关注近处的事物,将世俗事物全都视为毫无价值。因此,哲学家免不了与世俗格格不入。例如,泰勒斯就曾因夜观天象不慎跌入井里,被色雷斯女仆嘲笑,说他渴望知道天上的事,却看不到脚下的东西(173d—174b)。哲学家对世俗生活的轻视也包括世俗政治。他看穿了僭主或国王不过是盘踞在城堡中的牧人,由于缺乏空闲而必然变得野蛮和缺乏教养;他们得到的颂扬越多,表明他们从城邦中掠夺得越多。人们夸耀自己的出身,以祖先为自豪,却看不到这一切其实不过是偶然的命运所致。但是,哲学家的见解,招来的只是世人的嘲笑(174c—175b)。面对哲学家的追问——什么是正义,什么是不

① 哲学家与法庭讼师的对比,让人联想起苏格拉底的审判。参见 Scott Hemmenway, "Philosophical Apology in the *Theaetetus*", in *Interpretation* 17 (1990), pp. 323—346, esp. pp. 331—336。

正义——并考虑王权的意义和人类的幸福与不幸、它们各自是什么、人类怎样才能获得幸福而避免不幸时,演讲者、政治家等世俗之人就会晕头转向、不知所措,被哲学家们嘲笑(175c—e)。

这时,塞奥多洛说,如果苏格拉底能说服每个人,就像说服他一样,那么这个世界上就会有较多的和平与较少的邪恶(176a)。苏格拉底回答说,恶永远不可能消失,因为善永远会有它的对立面,但恶不会在诸神的领域里存在,而是只能出没于可朽的存在者世界,所以我们要尽快逃离这个世界去另一个世界。这就意味着变得尽可能像神,也就是在智慧的帮助下变得公正。在《理想国》500c,苏格拉底也说,哲学家会竭尽可能地变得像神,但没有陈述理由;似乎人对神的模拟和效仿,是出于本性和自然的。在《泰阿泰德》176e—177a,苏格拉底陈述了为什么要公正、要变得像神一样。他说,因为不公正会遭到惩罚,这惩罚就是永远过着跟自己现在相似的生活,罪人和罪人混在一起,不得解脱。

"跑题"之后

"跑题"部分描述了以智者的原则教育出来的人,他们是不自由的奴隶,汲汲于现世的利益,认识不到正义、善和美本身,最终无法使自己变得更好,只能永远徜徉在与自己相似的人群中。这一描述对泰阿泰德效果如何呢?他仍然保持沉默。但是,当苏格拉底在此后给出了一个哲学-形而上学的论证来揭示普罗塔戈拉命题的问题时(183b—186e),泰阿泰德很快接受了苏格拉底的论证并承认:"我们现在得到了最清楚的证明,知识是不同于感觉的。"(186e)

"跑题"终止之后,论证已经到了这一步,一些人把"变动"说成"是",并且把正义也说成城邦觉得对它来说正义的东西,但他们却不敢说城邦觉得对它有益的东西,在它持续有效期间也确实会对这个城邦有益。这是因为,苏格拉底说,"有益"不仅涉及现在,还涉及以后和将来(178a),而普罗塔戈拉的理论却仅涉及当下和现在:"正被经验到的东西永远是真的。"(167b)所以苏格拉底在178b—c追问:"普罗塔戈拉呀,对于将来的事物又如何呢?人是不是内在地拥有判断标准呢?当一个人认为某些东西将会存在(将是),那么这些东西就会如他所想的那样产生吗?"因此,普罗塔戈拉理论的真正问题所在,是时间性:因为缺乏完整的时间视域,所以普罗塔戈拉的理论缺乏道德理性,运用到生活世界中,就会导致恶果。确实,正被经验到的东西永远是真的,正如苏格拉底无可奈何地承认的那样:

> 并不是每个人的每个信念都是真的,但是,要把各人的当下经验——从中产生出的各种感觉以及跟这些感觉相应的那些信念——表明为不真的,却是更困难的……因为它们或许是不可反驳的,而且那些主张它们是显然的并且是一些知识的人可能说出了是的东西。(179c)

人是万物的尺度这一命题,正建基在这个难以辩驳的信念之上。但是,如果从更全面的时间维度来思考的话,建立在当下经验之上的判断,即便对当下是真的,如何可能对将来也是真的?它之属于当下的有效(有益)性,如何可能延生到将来?更何况这个将来还是不断生成变化的。这是普罗塔戈拉理论无法解决的理论困难。

接着,苏格拉底考察了始自赫拉克利特的命题"万物流变",其意义究竟是什么。他发现,流变有变化和运动两种类型(181c—d),但如果一切皆流,那么感觉者和感觉对象就会是各自变化着的,于是对任何一个事物,我们可以说"是这样",也可以说"不是这样",任何回答都同样正确。这样,对事物命名就不再有意义。如果我们不能有意义地指称事物,我们又如何谈论事物呢?所以,苏格拉底最后说,"主张这个学说的人必须建立别的某种语言"(181e—183b)。

如果说,这里的论证"(流变着的)不存在者是不可言说的",①暗中与巴门尼德的"那能够被谈论的……必定是存在者"命题相呼应的话,那么接下来的论证主题"不存在者是不可思维的"就印证了巴门尼德命题的另一方面,"那能够被思考的必定是

---

① 前文152d—e处的论证与这里的论证十分相似,但152d—e的讨论并未在时间的维度上进行。在那里,苏格拉底论证的关键是如果一切都处在流变中,那么没有一个事物可以仅凭自身就是"一"的事物。

存在(是)者".① 在 183c,泰阿泰德再次加入讨论。苏格拉底论证说,经由某种能力感觉到的东西,不能经由另一种能力感觉到,例如,经由听觉而感觉到的东西不能经由视觉感觉到,反之亦然(185a)。但如果同时思考到这两种东西,那么,我们肯定不是经由其中任何一种感官去同时感觉到它们。但是,我们能把握到,它们是两种感觉,彼此不同,又都属于自身。那么,我们是经由什么思考到所有这些的呢?

泰阿泰德的回答是,对于"声音和颜色的'是'与'不是'、'相似性'与'不相似性'、'同'与'异'、'一'与别的数目"(185c—e),诸如此类的东西,是由灵魂自身来考察其共性的。② 因此"是"就是灵魂以自在的方式求达的那一类东西,相似与不相似、同与异、美与丑、善与恶这些东西也一样,"灵魂通过它们的相互对照而考察它们的'所是'并且在自身中把过去与现在跟将来关联起来进行反思"(186a—b)。这个能在反思中把握到的"所是"和"真",在经验中是不能够把握到的(186d)。

在178a—c,苏格拉底指出,普罗塔戈拉理论的致命缺陷是它建立在当下的"真"之上,这就意味着它不可能对将来有效。在这里,泰阿泰德显然完全接受了苏格拉底的论证并且加以发挥,即事物的"所是"是灵魂在自身中把过去、现在和将来关联起来进行反思才能把握的。此后泰阿泰德也被说服放弃了"知识就是感觉"论:"我们现在得到了最清楚的证明,知识是不同于感觉的。"(186 e)

跑题的意义

泰阿泰德之被说服,上述关于时间的形而上学论证本身虽然功不可没,但若没有之前的"跑题"作为铺垫,显然不大可能。因为,上述论证最关键的部分,就是苏格拉底在 178a—c 引入了"将

---

① 参见大卫·盖洛普编,《巴门尼德著作残篇》,李静滢译,桂林:广西师范大学出版社,2011,页 78。

② 参见海德格尔,《论真理的本质——柏拉图的洞喻和〈泰阿泰德〉讲疏》,赵卫国译,北京:华夏出版社,2008,页 191:"灵魂是自身呈现某种可觉察性领域的东西,所有可觉察的东西都汇聚其中,并在那里保持统一和同一性。"

来"的概念,以揭示普罗塔戈拉理论中的"有益"只适宜于当下而不适宜于将来的理论缺陷。依托于"将来"概念,泰阿泰德才能创造性地理解"所是"这个由灵魂在自身中反思过去、现在和将来才得以把握的概念——这个"将来"的概念,恰恰是苏格拉底在"跑题"中——通过揭示普罗塔戈拉理论无法应用于城邦事务,智者和哲学家对知识的理解不同导致在生活世界中行动迥异——逐步铺垫和揭示出来的。

为什么一定要先以"跑题"的描述作为引导呢?因为,"将来"并不是一个纯粹依靠思辨的言辞就能分析出来的概念,尤其当"将来"与"何为有益"联系起来时。时间与"何为有益"的关系,只有在生活世界中才能得到充分揭示。奥古斯丁的《忏悔录》与海德格尔的《存在与时间》,都再清楚不过地证实了这一点。

当苏格拉底说哲学家拥有自由的闲暇,而法庭讼师是时间的奴隶,掐着滴壶漏水的时间完成自己的演讲时,[1]他暗示普罗塔戈拉式的智者因为对当下利益的关注而放弃自由与闲暇,这种为时间限制的生活并非真正有益。当苏格拉底说哲学家不关心世俗生活,轻视世俗的统治者及其诉诸的先祖的荣耀时,他暗示这种基于过去的偶然性的荣耀并无多大价值。他描绘的哲学家具有完整的时间视域,他们将眼光投向(未来)永恒福祉,他们想要逃离善恶混浊的此岸,为了变得与神相似而追求正义和德性。

这些对哲学家的描述,表面看来,似乎确有彰显哲学家的超脱与非世俗之嫌。[2]但笔者认为,这些描述重点在于表明,哲学家对

---

[1] 古代雅典法庭使用一种滴水计时器来限制发言者的发言时间,参见《泰阿泰德》,前揭,页124,注释3。

[2] 柏拉图的苏格拉底将哲学家描绘为超脱于世的,这与历史上的苏格拉底明显有别,后者对人类生活领域的事务十分重视。因此对这部分的理解存在很大争议。Paul Stern、Scott Hemmenway、Rue、Howland 等人认为柏拉图的意图在于指出,苏格拉底与那些只关心彼岸生活的哲学家不同,他严肃地对待人类生活领域。而 Chappell、Sedley 等人则认为这部分是在理想化哲学家,暗地里指向理念论。见 Paul Stern, *Knowledge and Politics in Plato's* Theaetetus, 2008, p. 163; Hemmenway, ibid; Rue, ibid, pp. 78—82; and Howland, *The Paradox of Political Philosophy*, Rowman & Littlefield Publishers, 1997, 63—64。Timothy Chappell, *Reading* (转下页注)

于何为"有益"的思考,在一个更完整的时间层面上进行。换句话说,哲学家并非仅仅注目于当下,而且着眼于将来,甚至永恒。

当普罗塔戈拉将智慧定义为更好而不是更真的判断时,在理论上,这是难以辩驳的。但最终,苏格拉底不是通过逻各斯,不是通过言辞上的论证,而是通过"跑题"时对智者教育出来的人与哲学家生活方式的对比,表明普罗塔戈拉哲学指导下的生活方式并非真正有益。所以,"跑题"不是苏格拉底的心血来潮,而是艰苦的论证与试图说服泰阿泰德的努力。正如我们看到的那样,这一努力的效果堪称完美:对沉默的泰阿泰德来说,"跑题"显然比之前裸体摔跤式的论辩术—言辞论证更为震撼,更有说服力。所以,当苏格拉底揭示出普罗塔戈拉理论在时间性问题上的谬误时,他积极地、有创造性地接受并最终放弃了"知识即感觉"理论。

（接上页注）　Plato's "*Theaetetus*", Hackett Publishing Company, 2005, 127—128;Sedley, ibid,66—74。笔者认为,上述理解虽各有道理,但均没有从"跑题"在整个文本中的作用来考虑问题。一旦从文本整体出发,就不难发现,柏拉图的苏格拉底描绘哲学家"超脱于世",仅仅是表面现象,真实目的是想要展现哲学家的思考基于更完整的时间维度,因而更真。

拉博埃蒂的呐喊

——《论自愿的奴役》疏解

李斌杰

（中国人民大学古典文明研究中心）

摘　要：像拉博埃蒂这样血气方刚的青年在任何国度和时代都很常见，他们有基本的正义感和服务公益的热诚，如若经过良好的教育和引导，或许能够成为合格的城邦护卫者或者政治贤人。然而，大混乱的时局背景使传统的美德之路遭到封锁，致使这些缺乏智识根基的政治人被迫采取一种反对现行政制的方式来参与政治，且该行为又由于激进宗教浪潮所造成的社会影响而越趋极端。可悲的是，这种孤注一掷的反抗注定只能带来更大的混乱，而绝非任何新的善。

关键词：拉博埃蒂　政治人　自由　捉拿君主派

公元 1530 年，拉博埃蒂（Etienne de la Boetie，1530—1563）降生于法国西南部小镇萨拉的一个贵族家庭。应当说，命运让他生在了一个并不安稳的年代。在其生前，路德（Martin Luther）于 1517 年发布《九十五条论纲》，掀起宗教改革的序幕。路德本着意于改革现有的教会，无意颠覆之，但他显然低估了自己那欠缺审慎之举所造成的后果，教会分裂的态势已然超出了他的想象和控制；若说路德本还有妥协退让的意思，加尔文（Jean Calvin）的做法倒更干脆，也更致命：在径直宣判传统的天主教会为非教会后，他本人表示要在使徒传统的基础上另起炉灶，重建新的普世教会。① 至此，代表西方智识文明最高成果、统领西方文明逾越千年的天主教会之独一无上地位（暂且搁置东正教会）轰

---

① 参沃格林，《政治观念史稿（卷五）：宗教与现代性的兴起（修订版）》，霍伟岸译，贺晴川校，上海：华东师范大学出版社，2018，页 14—16。

然崩塌,西方进入了教派林立的多声部的"大混乱"时代。按照政治思想家沃格林(Eric Voegelin)的年代划分,西方进入了新教诸世纪(1500—1700)。① 更浅白点说,拉博埃蒂这代是我们碰到的西方第一批"现代人"。

教派的纷争并不止于口角,激进的新教徒要求获得传统上笃信天主教的世俗政府的承认和宽容,若条件得不到满足,便决议抗争到底。这种反抗大多以被屠杀和镇压告终,但也由此引发了新教徒们对诛杀异端的"暴君"们的强烈愤恨,这种愤恨情绪便集中体现在16世纪法国捉拿君主派(monarchomachs)的反王权论说上。我们还知道,拉博埃蒂就读的奥尔良大学就是一个胡格诺派(法国加尔文宗)活跃的中心,其不少同窗后来成为该教派的领袖,而他本人的老师,也将在1559年因异端罪殒命。②

若说西方宗教层面的"现代化"体现为基督教内部的分裂态势,那么,我们也不应忽略这一时代异教文化亦即希腊罗马文化传统的持续复兴。这股复兴潮流始发于12世纪,至本时段,西方知识人已经能接触到大量的希腊罗马古典文本。在拉博埃蒂的作品《论自愿的奴役》中,我们发现这个年轻人的知识背景绝大部分由希腊罗马作家作品构成,由此见出这股复兴带来的影响。然而,希腊罗马思想也有众多流派,亚里士多德《政治学》被推崇的同时我们也看到了伊壁鸠鲁主义等"非政治人"思想的复兴。换言之,反对君主、要求自由等议题绝非出现在新教运动之后,自由主义古已有之。在拉博埃蒂这里,我们尤其需要注意古典人文主义立场与新教思潮在其思想场域中的联动交织,并仔细辨明其思想中的个人特色。

拉博埃蒂约在弱冠之年写定这篇政治论文,这让笔者想起赫拉克勒斯(Heracles)经历的一段往事。在岔路口,一个名唤"美德"的女人款款走向这个即将步入青年而尚显懵懂的孩子。她此

---

① 参沃格林,《政治观念史稿(卷四):文艺复兴与宗教改革(修订版)》,孔新峰译,上海:华东师范大学出版社,2018,页176—179。

② 参拉博埃西(蒂)、布鲁图斯,《反暴君论》,曹帅译,刘训练校,南京:译林出版社,2012,页6。

行的目的是说服赫拉克勒斯克服"邪恶"的诱惑,与自己为伴,走上其所标示的美德之路,以获得最受祝福的幸福,圆成美满的生命。①

抉择人生之路不仅仅是赫拉克勒斯的事,而复杂混乱的历史环境也绝非只有拉博埃蒂一人遭遇过。也恰恰在这种境况下,一个知识人的道德品格与智识品质的优劣高低方能更好地透显出来。因而本文的意图,便是尽量用拉博埃蒂理解自身的方式来理解这篇文本,以评述这份"人生答卷"的核心命题,并在此基础上对拉博埃蒂的心性品质作一番类型学的分析。

一　形式及意图

《论自愿的奴役》共三章,以中译本的页数来计,第一章占七页,第二章十九页,第三章九页,仅从篇幅上看,可以猜测第二章是核心部分。②

作品体裁如其题目所示,属于论文的一种,且带有宣传性和鼓动人心的能量,这仅从文中大量惊叹和反问的句式便可见一斑。而且值得注意的是,这篇文章不像出自一个冷静老练的写手(如《论科学与艺术》的作者),而是一位真诚而情感热烈的青年。或许与此相关,这篇文章被法国加尔文分子亦即胡格诺派相中,并于巴托洛缪大屠杀(1572)后被收入胡格诺派文集予以出版。③ 这是件有趣的事情。如果单凭内容来说,这篇文章的异教色彩十分浓厚,对上帝的呼号似乎仅仅用于表达自己热情高涨的情绪。从这一点上看,沃格林的推测不无道理。

---

① 这则故事在《回忆苏格拉底》(*Memorabilia*)中由色诺芬笔下的苏格拉底以简洁的方式引述出来,时下目的是劝导稍显为"邪恶"的美色所吸引的阿里斯提普斯(Aristippus)三思自己的抉择。

② 本文凡引用《论自愿的奴役》之处皆引自拉博埃西(蒂)、布鲁图斯,《反暴君论》,前揭。引用该书时缩写作"Ser.",并随文标注章、自然段数。同时参考英译本:Etienne de La Boetie, *The Politics of Obedience: The Discourse of Voluntary Servetude*, Translated by Harry Kurz, with Murray N. Rothbard's introduction, The Mises Institute, 1975。

③ 参沃格林,《新政治科学》,段宝良译,北京:商务印书馆,2019,页26。

在他看来，当时反抗君主有多股势力，不同派别都出于不同的理由来反抗君主，但是反抗的要求是相同的，因此胡格诺派暂时利用了拉博埃蒂的文章以实践"捉拿君主"的目的；①然而，这仍迫使人们去思考，胡格诺派与拉博埃蒂之间难道仅仅是貌合神离？拉博埃蒂倘若仅仅是一个类似阿里斯提普斯、伊壁鸠鲁这样的"非政治人"，未必会引起该文集编者足够的兴趣。编者很可能从拉博埃蒂身上发现了他想要的特质：反政治倾向以及一种别样的宗教热情。如此看来，要定位拉博埃蒂的身份很困难：异教的思想来源与人文主义立场似乎使他区别于典型的宗教人，但那种介入政治并反政治的论调以及与之相伴的有如信徒般的热烈情感，又使他有别于古代自由派，从这一点上看，他似乎处于二者的交叉地带。这篇论文的直接接收者不太重要。我们需要通过研读文本以把握拉博埃蒂究竟试图向谁发声。

二　对除自由外一切生活方式的价值重估(Ser. 1)

作品以荷马的一段诗行开始。诗行指出一个人统治的好处大于多个人的统治。然而，与借助古人之重言来支持自己立论的一般做法不同，拉博埃蒂一上来就批判荷马的说法，认为其说法极其荒谬。在拉博埃蒂看来，逻辑和理性会让人们推知，一个人一旦获得主人的头衔，"他就会滥用权力并失去理性"（Ser. 1.1），更遑论几个人一起统治。他进一步从被统治者的处境考虑，认为听从主人的指挥无疑也是一种不幸，理由是我们无法保证这个失去理性的人将是仁慈的。

因此，按照埃博拉蒂的"理性"，统治与理性不能兼容，一个再优秀的人，若把他提高到统治者的位置，"那么我担心这样一个过程是不明智的。因为他们把他从一个做好事情的位置移开，而把他提升到一个可以做坏事的高位"（Ser. 1.3）。这个论断推究下去，那么，他似乎也应否定民主制的方案。因为，即便是人民成为了统治者，这种非理性似乎也无可避免。假如非理性可以被定义

---

① 参沃格林，《政治观念史稿（卷五）：宗教与现代性的兴起（修订版）》，前揭，2018，页26。

为"恶",那么统治阶级的出现无疑就是万恶之源。埃博拉蒂构想的社会将是一个彻底的没有统治与被统治关系的共同体,他意图取消一切统治。

但问题来了,既然统治如此难以忍受,为什么现实是那么多人常常会心甘情愿地服从一个暴君呢?在埃博拉蒂的语汇中,暴君和君主的差别并不大,因此该问题换个说法便是,他无法理解,统治与被统治这个现象是怎么出现的,即政治何以可能。这正是困扰他的那个最大的问题。我们将看到这与古典的看法是多么悬殊,人不再被理解为自然意义上的政治动物,这个前提突然变得不再理所当然。这也充分显明,拉博埃蒂所处的是一个"大混乱"的时代,大地的根基已经在动摇,动荡失序的现实很可能令一个血气方刚的年轻人感到一种愤恨及无措的情绪,这似乎都在拉博埃蒂身上表现得很彻底。

要考究政治何以可能,拉博埃蒂决定首先探索人之本性的构成。这不奇怪,因为不少思考者都会试图返回人的本性去寻找答案。在拉博埃蒂看来,人并不是一种独处的个体性存在,群居是自然的,人们本性上乐于承担义务、热爱美德、尊敬善行、懂得感恩、愿意为他人付出。拉博埃蒂承认,"这些都是合情合理的"(Ser. 1.3)。然而,又恰恰因为这些良好的品质,使人们容易感恩乃至服从给予他们关怀和好处的人,并进而养成了服从的习惯,承认了那人特殊的地位,于是一步步把统治者推向恶,把自己推向奴隶的悲惨境地。从这个描述中,我们推知,事实上拉博埃蒂承认自然意义上存在着至少两种人。一种人乐意照料他人,一种人乐意被他人照料;前一种人不仅为自己置办必需品,根据色诺芬笔下阿里斯提普斯的观察,"却不满足于此,偏要额外承担供应其他同胞必需品的重任","自己有许多麻烦并给别人找许多麻烦"(Mem. 2.1.8—9);①后一种人则是被照顾对象,按照拉博埃蒂的理解,这种人"自愿为奴"。

令人惊骇的是,即便古典立场承认存在着本性上自然的奴隶,但从未将之视为一种罪恶,而是作为人性的一种自然形态加以理

---

① 本文凡引用《回忆苏格拉底》之处皆引自彭磊老师译稿(未刊)。文中引用该书时缩写作"Mem.",并随文标注卷、章、节数。

解和对待。然而,在假定所有人天性上热爱自由后,拉博埃蒂将这种人格类型直斥为一种不幸和堕落,将这种习惯性服从视为"一种甚至找不到足够卑劣的字眼加以形容的罪恶,一种连自然本身都不予承认而我们的语言都拒绝为其命名的罪恶"(Ser. 1.4)。与之相应,我们将看到,后文中拉博埃蒂称呼这群顺从的人民所用的字眼越发难听,之前尚存的颇为人道主义式的赞美和同情忽然不再,这群可爱的人终于被称为"群氓"而遭到毫无保留的蔑视(Ser. 2.21);

那么,对于另一种喜欢照料别人的人格类型,埃博拉蒂如何理解呢? 他用了一个假设及几个战役的例子来表达他的看法。首先他假设有两伙人在打仗,其中一伙旨在夺取另一伙人的自由,后者旨在保卫自己的自由。他认为,保卫自由的人将会获胜,因为旨在剥夺自由的人"除了软弱的贪欲外,没有什么东西能够激励他们的勇气",对这些人而言,"除了对他人的奴役以外别无奖赏"(Ser. 1.5)。相反,保卫自由者将会有更大的勇气。历史上米太亚德、莱奥尼达斯和地米斯托克利的战役都显示了这一点。希腊战胜波斯的事实,正"象征着一场自由战胜统治,自由战胜贪婪的胜利"(Ser. 1.5)。

在拉博埃蒂看来,统治对应着贪婪。统治者具体贪婪的东西是什么呢? 在本章末尾,拉博埃蒂粗略地列举如下:人民田地收成的最好部分、住宅、传家宝、财产、家庭、生命、各种污秽的快乐(Ser. 1.9)。

有意思的是,拉博埃蒂提到的暴君的快乐似乎正是苏格拉底口中"邪恶"女子所应许的东西,主要集中为身体性的快乐(Mem. 2.1.23)。这种僭主的生活方式似乎必然伴随着身体上的不自制。然而,当时正是代表贤人生活方式的"美德"痛斥了这种不自制的生活,并声称"所有声音中最令人快乐的声音,也就是对你自己的赞颂,你从未听到过"(Mem. 2.1.31)。对"美德"而言,真正的快乐,是辛劳地关切他人、照料城邦后获得的赞美和尊重,亦即荣誉。然而,正是荣誉这个美而好的存在物,似乎被拉博埃蒂完全无视了。他的这个忽略与其说是故意为之,不如说表现为一种漠然的态度。同样对荣誉带来的快乐感到漠然的,是被苏格拉底劝导的享乐主义者阿里斯提普斯。他同样无法理解,这些自找麻烦、自愿受苦的家伙究竟是图个啥（Mem. 2.1.8—9）。

因此，拉博埃蒂与阿里斯提普斯的共同点在于，他们都无法理解政治人的追求及其快乐，进而无法理解政治贤人的生活方式因何可欲。不过，拉博埃蒂对政治人的荣誉丧失理解能力或许有更为复杂的成因，这一点将在本文最后一部分集中探讨。

就本章来看，拉博埃蒂向我们表明，他既无法理解民众的本性，也不能理解政治人的本性，因而导致美德之路被无视，政治人的路如今看似与邪恶之路无异。由此，在拉博埃蒂面前，只有两条路：一条路是自愿为奴的民众之路，另一条路则通向暴君的生活方式，二者显然均不可欲。文辞表明，他决计走出一条通往自由之路。不过，希腊战胜波斯的例证仍然存在困难。他似乎把一个民族争取自由和一个共同体内的民众争取自由的斗争混为一谈。因为显然，争取不受波斯奴役的斯巴达，正是君主制的政体，而摆脱波斯的奴役当然不等于取消君主制。斯巴达在后面还会继续被提及，这几乎是拉博埃蒂唯一网开一面、不予抨击的君主制政体（除法国外），这无疑激起了我们的好奇心，此处先留一个心眼，且往下观。

由于对民众本性的无知，拉博埃蒂对自愿为奴这一现象大惑不解。明明所有人只要拒绝奴役，这甚至不需要刀光剑影的斗争，就足以抽掉暴君的根基。自由就是如此触手可及，却极少有人去争取。自由本身，在拉博埃蒂看来，是"如此重大、如此值得向往的一种恩典，以至于一旦丧失，一切祸事都会接踵而来，乃至剩下的美好事物也会因奴役造成的堕落而变味"（Ser. 1.8）。自由是享受一切美好事物的前提，是最可欲之物，能带来最大的快乐。那么，难道所有人不应该强烈地渴望并追求自由吗？面对这个荒谬的现象，拉博埃蒂只能将之归因于民众的胆怯和愚蠢。

> 为了得到想要的好处，勇者不畏艰险（do not fear danger），智者不怕磨难（do not refuse to undergo suffering），而愚蠢而怯懦的人，既不能忍受艰辛，也不能维护自己的权力，由于胆怯，他们仅仅停留在对权力的渴望上，却没有勇气去要求权力，尽管享受权力的欲求仍然存留在他们的本性中。（Ser. 1.8）

胆怯和愚蠢如果被归结为恶德,那么其反面——勇敢和智慧无疑就是拉博埃蒂心中的美德。当然,这里勇敢和智慧的区分显得有点含混。勇敢勉强可以称得上是不畏惧艰险和磨难,智慧在此处显得与勇敢无别。不过,要理解拉博埃蒂的智慧,只需稍稍移步到最后一段的开头,便能找到更明晰的答案:

> 贫穷、悲惨、愚蠢的人民和民族,是你们自己决定了自己的不幸并看不见你们自己的利益!(Ser. 1.9)

智慧意味着能看清自己的利益。相应地,勇敢便是基于认清利益之后的无畏追求。按照色诺芬笔下苏格拉底的理解,智慧确实能使人认识并使用美的和好的东西,知道且防范丑的东西,"所有智慧和节制的人尽其所能选择他们认为对自己最有利的事情,并践行这些事情"(Mem. 3.9.4)。很大程度上,要清楚自己的利益何在,前提是要认识自己。要清楚他人的利益何在,当然要先认识他人,才可能向他们提供有益于他们的建议。然而,且不说认识自己,拉博埃蒂是否认识了其他人的本性呢?在没有搞清楚这一点之前,就贸然推翻所有人的生活方式,将之指斥为罪恶与堕落,这又能否算得上审慎?

更要命的是,拉博埃蒂推荐的这个既美又好的东西——自由,既是狭隘化的概念,偏偏在他那里又是绝对性、不容置疑的存在。在他的心目中,人身自由、财产自由、不受统治的自由就是所有人渴望且应当追求的内容。更简洁地说,不受管束即自由。

正是在此处,我们发现了"自由"概念的古今差异。无论对于城邦抑或个人,自由当然是值得追求的好东西,古典派绝不否认这一点。在《法义》中,柏拉图笔下的异邦人明明白白告诉我们城邦要着眼于"自由""明智"以及"友谊"。但耐人寻味的是,紧接着的下一段,这位妙人再次排列了这三样目标,只不过这次,他一声不响地把"自由"换成了"节制"(《法义》693b、693c)。① 这意味着,在他看来,自由等同于节制。

---

① 《法义》译文均采自林志猛,《柏拉图〈法义〉研究、翻译和笺注》,上海:华东师范大学出版社,2019。

那么,何谓节制呢? 节制,就是自己对自己的奴役,一个节制的人某种意义上就是自愿为奴者。什么意思? 在古典派看来,灵魂中存在两类出自不同来源的力量在较量。一边是金线,此线为神所赐,故而分有不朽,其特点是柔弱,然而高贵。这种拉力正是灵魂中的心智部分,它劝说我们应首先照料、成全灵魂诸德、属神诸善(明智、节制、正义、勇敢);另一方面则是各种粗野的拉力,这些激情(包括低劣的快乐、痛苦、血气和肆心)大多指向身体的欲求、属人诸善(《法义》644d—645a)。

因而,真正的自由抑或节制意味着灵魂自身中高贵者对粗野者的奴役和驯服;放纵卑贱的欲望,在古典派看来,那不是自由,恰好是奴役。对应于灵魂的结构,一个城邦要拥有自由,就必须让那些真正的自由者居于高位来对不太能管束自己的人行统治。这意味着,一位真正意义上的君王,绝不会贪图拉博埃蒂心目中的"暴君"所贪图的东西。

可见,拉博埃蒂那种狭隘的自由观念根源于他对人性和政治生活的天真理解。在他看来,一切的恶都是由权力带来的,仿佛去掉权力之后自然满街是圣人。一方面,他根本没有意识到,存在区别于"暴君"的那种真正高贵的统治者;另一方面,对于政治统治存在的自然及必要性——通过教育及惩恶扬善而迫使本性未必那么自由的人们达致自由,他同样一无所知。

除此之外,这里我们还发现了拉博埃蒂与其前辈阿里斯提普斯们的重大差异:后者虽然有非政治的性情,但他们不至于否定掉其他人的追求,他们是极端个人性的。别人走什么路,与他们没有关系,他们只为自己打算,他们不喜欢给别人"找麻烦",只求别人不要挡住自己的阳光。然而,拉博埃蒂恰恰在内心拥有一种热情,一种奇妙的政治热情。他不仅希望自己过得好,也要让世人过得好。这也颇耐人寻味。

三 核心论证:自由即自然(Ser. 2. 1—2. 3)

本章的开头告诉我们,这篇论文的期待读者是一个民族,一个自愿顺从的奴性已然根深蒂固的民族。我们可以合理地推测,这个民族正是作者此刻心心念念的法兰西民族。既然自由如此可欲,何以有的民族显得对此毫无渴望呢? 之前笼统地归之于人民的愚蠢和胆怯,此处将予以细致的澄清。本章可大致分为两部分,拉博埃蒂在前一部分试图通过论证自由是人的自然状态,以证明自由的可欲性(Ser. 2.1—2.3);接下来便用数倍多的笔墨来考察,这种自然状态失落的原因(Ser. 2.4—2.25)。原则上讲,后一部分属于次级问题,该问题成立的前提是第一部分的论证成立。令人困惑的是,拉博埃蒂只用了三段,中译本约两页纸,似乎就已经把这个问题搞清楚了。然而,细看来,可疑之处极多。我们先来看看他的论证思路。

根据自然,首先,每个人都会直觉地服从父母,待生长成熟后(大概拉博埃蒂这个年龄)就会只服从理性,而不成为任何人的奴隶。拉博埃蒂甚至没有告诉我们这种理性是否在成年后方能获得,其言论给人一种强烈的印象,那便是:人之初,即有理性。

与此相应,他在后文做了一个思想实验,设想了一些"全然新生的人",他们对奴隶抑或自由这些字眼一无所知,但如若让他们在二者中作出选择,"他们无疑宁愿接受理性的指引",换言之,选择自由(Ser. 2.6)。可见,理性是一种天赋自然,而选择自由,是理性的必然。那么各人天赋之间是否存在差异呢? 他承认存在天资的差异,但自然制造这种差异的目的不是让强者欺压弱者,而是为了让天资更高者去帮助较低者,以增进兄弟般的友爱。自然的最终目的就是让人与人之间友爱地共存、联合为有机的整体。

在自然状态中,人是群居的动物,而非霍布斯所描述的那种独来独往的个体。严格来讲,人与人之间只存在友谊互助的关系,而不存在任何政治隶属关系。如同沃格林恰当地指出的那样:

> 他关于自然和理性的基本假设,没有为一种政治社会的历史秩序留下任何空间;至于在个体之上的秩序,他承认有效的只有家庭。①

如果我们借用更为古典的术语来描述,那么拉博埃蒂的意思

---

① 沃格林,《政治观念史稿(卷五):宗教与现代性的兴起(修订版)》,前揭,页28。

是,城邦不是人的自然。这个假定可谓是后世一切契约理论所依赖的前提。如今的我们都已将政府基于民众同意而产生这个论断当作常识,却忘记使这个常识成立的前提事实上仍然悬而未决。城邦果真不是人的自然吗?单凭这两页纸的极富乌托邦色彩的空洞描述,拉博埃蒂是否足以说服我们?

确实,拉博埃蒂的构想看起来很和谐很美好,让人不禁想起陶潜笔下的桃花源。我们暂且假定人类确实是热爱和平多于战争的族类,这种以家庭为单位的松散联盟确实有可能存在。但是,这果真就是适宜于人类的最终生活形态吗?且不说存在外敌的入侵,假如碰到一场旱灾、地震乃至洪水,这种松散而没有中心的互助联盟是否有可能存续下去?换句话说,这种形态甚至连自保都存在问题,遑论文明的发展和延续。孟子便如此追思华夏文明的勃兴历程:

> 当尧之时,水逆行泛滥于中国,蛇龙居之,民无所定,下者为巢,上者为营窟。书曰:“洚水警余。”洚水者,洪水也。使禹治之。禹掘地而注之海,驱蛇龙而放之菹,水由地中行,江、淮、河、汉是也。险阻既远,鸟兽之害人者消,然后人得平土而居之。(《孟子·滕文公下》)

若无圣人王者,如何能将众人组织起来以成就任何巨大的事业,成就任何伟大的文明?身体服从于灵魂,无能力者服从于有能力者,无知识者服从于知识者,人民服从于王者,难道不正是前者最大的利益所在吗?现实中确实存在真正意义上的暴君,苏格拉底也不承认他们的统治(Mem. 3.9.10)。但假若受到真正的王者的统治,又怎么能称得上是一种悲惨呢?颇为讽刺的是,拉博埃蒂后文着重赞美的斯巴达立法者吕库古,不正是这样的一位智慧者吗?拉博埃蒂鼓动人民反对一切君主时,却要求人民遵从法律。他欣赏斯巴达也正因他们最为遵守法律,但他却可笑地忘记了法律的真正来源——正正出自一位智慧者,而非普通人的所谓“理性”。拉博埃蒂敦促人民服从法律时,本质上已然承认智慧者统治的正当性。

笔者的这番质疑也无意彻底驳倒拉博埃蒂的这个理论前提,

只是希望这个"常识真理"的"意见性"能被重新如其所是地显现出来。如此，我们才可能引入另一种渐渐为人们所遗忘的学说，以让它们展开相互的交锋。这种学说认为：

> 城邦的长成出于人类"生活"的发展，而其实际的存在却是为了"优良的生活"。早期各级社会团体都是自然地生长起来的，一切城邦既然都是这一生长过程的完成，也该是自然的产物。这又是社会团体发展的终点……每一自然事物生长的目的就在显明其本性[我们在城邦这个终点也见到了社会的本性]。又事物的终点，或其极因，必然达到至善，那么，现在这个完全自足的城邦正该是[自然所趋向的]至善的社会团体了。(《政治学》1252b—1253a)①

可见，按照古典政治哲学的立场，进入政治生活并非一种人性的异化，而恰好是人类文明进入成熟阶段的标志性特征。在文明的早期，人类或许经历过一段自给自足、各家互不来往的自治阶段，这与拉博埃蒂的设想一致。然而，在古典派看来，这并非文明的真义，换言之，这仍非人类的自然（时间上居先未必即自然，古老未必等于善）。随着岁月的流逝，先民的数量多了起来。出于某种奇异的必然性，他们没有选择再继续孤零零地待在洞里，各家开始建立了联系。这种聚居给他们带来了诸多的便利，至少，他们可以联合起来抵御力量比他们强得多的野兽。进一步，人们发现，通过让不同人从事不同的行业以各取所需，将会获得更大的收益。于是，有人从事务农编织，有人负责护卫。

然而，既然在一起过活，难免产生些磕碰，有些人管不住自己的欲望，看到别人的好东西就要抢；不止如此，原先大家各拜各的神，各有各的礼俗习惯，可一块儿生活时可就混乱了，搞不好还会引发"宗教战争"，伤感情。没奈何，大家坐下来讨论讨论，觉得应该定一些共同遵守的规矩和习俗。于是他们选出了本邦最优秀的人（事实上也只有他们堪此重任），让他们根据自己的智慧和见闻，制定该族第一部礼法，并由这些最初的立法者对法律和城邦进

---

① 亚里士多德，《政治学》，吴寿彭译，北京：商务印书馆，1997，页7。

行守护(《法义》679a—681d)。以上,笔者主要以《法义》卷三为依据粗略推演了一番先民从质朴走向文明的历史,我们发现,这个本来混作一团的聚居体奇妙地随着时光的推移显现出文理,这是人类族特有的奇观。也正是在此时,人类进入文明阶段后的第一种政制——贵族制,出现了。聪慧的先民决计服从智慧者的统治和安排。有趣的是,或许在拉博埃蒂看来,这种服从是悲剧的起点,而在我们看来,这是幸福生活的开始,或者说,文明的开端。何种立场更令人信服,只能是见仁见智。而笔者的立场是:宁愿跟着柏拉图们错,也不跟别人对。对于拉博埃蒂,自由的自然状态就是唯一可欲且合理的生活方式。人要么应该维护、要么应该重返这种自然。在颇为草率地完成了他的关于人的自然的独断之后,令人感到惊惧的是,自由是人的自然、因而也是人的自然权利这一点已经成了不可置疑的前提,而拉博埃蒂也以此框架为基准,彻底改写了古典德性的面貌:

> 所以,争论自由是不是自然的没有任何意义,除非遭受不公正对待,没有一个人会处于奴隶状态,而且在由自然——她是合理的——统治的世界里,没有什么不正义比这更违背自然。如果偶尔有人怀疑这一结论并堕落到不能认可自己的权利和天然倾向,我将不得不给予适合他们的名称并把这些可谓野蛮的牲畜置于布道坛上来照亮他们的本性和境况。(Ser. 2.3)

如果理性在这里可被理解为智慧,那么拉博埃蒂眼中的智慧无非是发现人的自然。如今,这个工作已经被他拉博埃蒂完成了,他发现人的自然状态就是自由。因此,真理已被发现,追求智慧已成为不必要,任何的质疑都仅显出其可笑和野蛮。换言之,日后的人们只需要"信仰"这则真理,就是堂堂正正的人。反之,假若你不信,你就是无可救药的牲畜。这种狭隘和蛮横让人不禁想起胡克眼中的清教徒的形象。① 他已经捂住自己的双耳,拒绝倾听任何反对意见。

---

① 参沃格林,《新政治科学》,前揭,页140—144。

由此可见,正在兴起的激进宗教思潮必然也会对传统的人文主义者的心性造成恶劣的影响:既然合乎自然便是合乎正义,那么,所谓的正义如今就变成了坚守这个自然状态的秩序;勇敢的表现当然就是不惜一切代价以争取这种自然权利;在拉博埃蒂的语汇中,没有节制这种德性,这与他本人的状况完全吻合;至于虔敬,当然属于那些高喊"自由万岁"(Ser. 2.3)的人们。

以此为基础,拉博埃蒂禁不住再推进一步,打破了他之前那个万民平等的设想,而承认存在天生的贵族。这些贵族可想而知,就是高举自由火炬的信徒们。那么,退一万步说,假如人间必须存在统治秩序,拉博埃蒂也只承认一种"自然正当"的秩序,那便是:信仰自由的人和民族统治自愿为奴的民众和族类。由此可见,拉博埃蒂这个理论可以有多大的"潜力"。诚如沃格林所言:

> 《论自愿为奴》之所以有价值,乃是因为它以极端简单的方式揭示了后来会被复杂得多的体系化活动所遮蔽的理论问题。①

四　理论推衍及呼吁(Ser. 2.4—2.25、3)

当第二章前三段的理论问题被我们质疑过后,再看后面那关于自然本性失落之因的尾大不掉的论证,难免感到兴味减半。毕竟,这个次级的问题成立的前提看起来并不那么颠扑不破。不过,还是让我们大体看看拉博埃蒂的思路吧。毕竟,这是他心血花得最多的地方。

他的阐述说来也简单,这个唯一真正生而自由的造物忘记其自然本性的原因有两个:敌人太狡猾、自己太愚蠢。前者是主因,也是拉博埃蒂重点探究的内容。所谓的敌人,当然就是暴君。暴君在他看来种类不一,但不论是选举产生的、武力强制的还是合法继承的,其实质总是相同。为了维护自己的统治,他们会尽一切可

---

① 沃格林,《政治观念史稿(卷五):宗教与现代性的兴起(修订版)》,前揭,页35。

能培养人民的奴性。而服从的习惯一旦养成,其威力就会超过自然天资的影响。因此,"习惯就成了自愿受奴役的首要原因"。第一代奴隶去世了,第二代人便天生地就处于奴役状态之中,他们甚至都没有体会过自由的味道,当然无从渴望自由。这个现实难免令人绝望,不过,拉博埃蒂坚信:

> 总有一小部分人比别人的天赋要好一些……他们情不自禁地想起自己的自然特权,回忆起他们的前辈和他们先前走过的道路……他们是自身有着健全头脑,并通过研究和学习得到进一步训练的人。即便自由在地球上完全毁灭,这些人也会将其创造出来。(Ser. 2.15)

拉博埃蒂本人的前后矛盾已经表明,他那个所谓的人人平等的自然状态的世界甚至连他自己都不信。人道主义式的理想背后潜藏着刻进骨髓中的等级观念,这种傲慢的"平等多元主义"只能让人想起当代某些派系的丑陋嘴脸。不过,按照尼采的话说,这大概也是权力意志在这些人身上的某种变态显现吧。有意思的是,拉博埃蒂谈到了书本教育的重要性,暴君们正是为了让人们无法回忆自由,才封禁了教育。因此,为了让人民觉醒,一个可行的办法便是普及教育搞启蒙。

在展示人民何以自愿为奴以及获得解救的方法之后,拉博埃蒂又把谴责的笔墨泼向了暴君,他现在仿佛在劝导暴君们放下屠刀,立地成佛。具体的劝谏方式是引用色诺芬的《希耶罗》。在他看来,《希耶罗》旨在展示僭主的生活方式之悲惨,以奉劝天下的僭主们要以希耶罗为鉴。当然,稍微翻阅过《论僭政》的人们大概都不能认同这种狭隘的解读。对思路开阔的古典哲人而言,他们甚至不认为僭政是无可救药的。只要僭主有可能听从明智者的建议,那么,这个政制就未尝没有改良的可能。僭政和王政的最大区别在于是否依法治理,然而,只要这个统治者足够明智,他本身就可以代表法律。智者的绝对统治甚至好于依照死法律的治理。① 两相对比,我们不禁为拉博埃蒂的狭隘感到惋惜。

---

① 参施特劳斯,《论僭政》,彭磊译,北京:华夏出版社,2016,页113—114。

若说前两章中拉博埃蒂已经完成对人民和暴君两种生活方式的批判,那么第三章则将矛头转向一个处于居间性质的阶层,正是他们沟通二者,使暴君的统治成为现实。与对暴君的劝导相似,拉博埃蒂试图揭示他们这种生活方式在表面光鲜背后的痛苦。所谓伴君如伴虎,他们必须步步为营、如履薄冰地行动,稍有不慎,苦心经营的财富将瞬间化为虚有,不仅会耻辱地死去,还将背负身后的骂名。至于鼓动造反的效果如何,就不得而知了。

在作品的最末,作者的悲愤和宗教激情达到顶点。他恳切地劝我们仰望天堂,勤做善事。他坚信他是正确的,既然暴政是如此不堪,如此悖逆上帝仁爱的本旨;至于那些坏人们的命运:

> 我相信,上帝在地狱中的一个单独角落里为暴君和他们的帮凶预留了一些专门的惩罚。(Ser. 3. 13)

五　结语:美德之路的异变

"自由"一词充满无限的魅力,不论在哪个时代,总能激起许多人心中的渴慕和向往。然而,决定未来的生活方式这件事情实在是过于重大,以至于我们不得不首先仔细辨析各条路径到底通向何方。方便起见,我们不妨从比较拉博埃蒂与阿里斯提普斯抉择的异同开始。

在拒绝统治及被统治两种生活方式之后,阿里斯提普斯尝试踏上一条中间道路,"它既不通过统治,也不通过奴役,而是通过自由",并认为"这条道路最能引向幸福"(Men. 2. 1. 11)。这看似无害,但假如我们知道阿里斯提普斯是一个沉溺于肉欲而不能自制的青年,就会明白这条路只在想象中存在。

为了填平自己的欲望,他只有两种选择:一、成为一个统治者(事实上他就是),让奴隶们去为他寻求物资来源;二、遵循"邪恶"的教诲,通过下作的手段来达成不劳而获的目标。无论走哪条路,他都不可能是非政治的,他无法离开人世生活。因此,他口中的自由之路并不真实存在。然而他的性情中确实有"非政治"的因素,一个典型的表征就是：他无法理解"荣誉"带来的快乐，因而无法理解政治人的生活方式。即便事实上他并不能脱离城邦为生。他的自由所通向的幸福，无非就是一种轻松容易的生活及与之相应的衣食无忧的物质享受罢了。某种程度上，这和一头猪渴望的自由和快乐没有实质区别。

但拉博埃蒂的情况远为复杂。如果说自制确实是一切美德的基础，那么我们不妨先考察一下他的自制力。就这篇文章来看，客观来说，这个年轻人给人的印象并非好逸恶劳，恰恰相反，他可以为了某些更高的目标而忍受劳苦：

> 为了得到想要的好处，勇者不畏艰险，智者不怕磨难；而愚蠢和怯懦的人，既不能忍受艰辛，也不能维护自己的权利。（Ser. 1.8）

就这一点而言，他的观念完全合乎赫西俄德乃至"美德"女子所推崇的辛劳伦理。当看到那些愚蠢的大众因为禁受不住蝇头小利和身体享乐的诱惑而被暴君轻而易举地奴役，拉博埃蒂不禁对他们加以发自内心的鄙视：

> 尽管鸟儿容易被圈套捉住，鱼儿容易被诱饵钩住，但相比之下，这些可怜的傻瓜更容易被嘴边最微小的诱惑哄骗到奴役状态中（Ser. 2.20）。

这和苏格拉底谴责阿里斯提普斯的言辞是相类的（Mem. 2.1.4），也和"美德"对"邪恶"代表的享乐的生活方式的斥责可以比拟。简言之，拉博埃蒂并非一个享乐派，他大概会不屑于拿阿里斯提普斯与自己相提并论。

笔者以为，拉博埃蒂与阿里斯提普斯的第二点重大差异在于，拉博埃蒂本质上拥有政治人的心性。这个年轻人不属于怕麻烦的类型，恰恰相反，他有强烈的政治热情。我们可以发现，在这部作品中，拉博埃蒂不厌其烦地呼吁这个、劝导那个，不论是民众、暴君，还是中间阶层，都被他逐一游说鼓动。而说服欲，很大程度上正是政治欲、统治欲的表征。借用施特劳斯（Leo Strauss）的话说，

拉博埃蒂意图成为一个"施惠者"。① 阿里斯提普斯乃至恩培多克
勒、伊壁鸠鲁们绝不可能做这种事。拉博埃蒂实质是一个热心公
益、打算大干一番的青年,他不仅要自己好,他还要让大家都过得
好,这是典型的政治人心性。但这就带出了一个重要的问题:为什
么拉博埃蒂没有走上传统的贤人们都选择的那条美德之路呢? 换
言之,拉博埃蒂的路和美德之路区别何在?

我们知道,走上美德之路的人所能获得的好东西总体上可以
归结为两个:财富和荣誉。更根本也更高的目标当然是荣誉,也就
是"美德"所说的通过为城邦做好事而获得城邦对自己的赞美
(Mem. 2.1.31)。

本来,如果拉博埃蒂生活在一个秩序良好的国度或时代,他或
许也会毅然地踏上这条美德之路,最终成为一个政治贤人并非不
可期。但不幸在于,他降生在一个乱世,基督教世界的秩序正在走
向崩解。在这个阶段,僭主的残暴和贪婪的恶劣仿佛也更为突出。
诚如沃格林所言:

> 随着社会中失序的不断增长,个体灵魂的完好正直变得
> 岌岌可危。结果,正在衰亡的秩序的代表显得就像是暴君。②

在这种情况下,获得城邦的赞美已经全然称不上获得荣誉。
来自非法政权的赞美毋宁是最大的羞辱。因此,"美德"所应许的
荣誉在拉博埃蒂眼中已经不再具有任何的吸引力。然而他,作为
一个本质的政治人,不可能作出"道不行,乘桴浮于海"的出世选
择,也绝不屑于阿里斯提普斯事不关己的个人享乐态度,他的政治
热情必须得到发泄和表达。换言之,他必须找到新的目标以投身
于此。既然统治与人民的幸福相悖,那么,统治的反面才应该是人
民真正的利益所在,于是他找到的新目标便是反对一切统治的
"自由"。这种对"自由"的要求本质上极富政治性,因为该"自
由"与一切政治关系的存在直接对立,二者处于水火不容之态,已

---

① 参施特劳斯,《论僭政》,前揭,页137。
② 沃格林,《政治观念史稿(卷五):宗教与现代性的兴起(修订版)》,前揭,
页33。

然不是"非政治",而是极端的"反政治"。最终,他成了一位以反政治的方式投身政治的政治人。

除此,我们还必须看到,随着宗教改革的兴起,一股反智主义的狂潮开始席卷欧洲,导致智识秩序的崩溃。更多的清教徒选择凭靠一颗良心而非任何智识努力来生活和思考,变得日益专断而狭隘。从拉博埃蒂对"自由"的那种极端狭隘的理解中,我们无疑看出了这种影响,其对人世政治的无知程度着实令人震惊。不仅如此,在这篇呐喊的字里行间,我们能够感受到一种只有宗教人才具有的情绪。可以说,这股品质低下的宗教浪潮也在相当程度上败坏了拉博埃蒂,使其与传统意义上审慎理智的政治贤人形同陌路。

由此看来,沃格林的分析极有见地,他看出这个年轻人虽然拥有捍卫正当价值的勇气,但由于秩序的崩解,这种缺乏智慧统辖的勇敢就只能起到破坏现存秩序的作用,而对新的正当秩序的形成于事无补。

> 正当的反抗固然能揭示恶的存在,却无法单凭自身产生一种新的善。只有当肩负起反抗的人在自己灵魂中也肩负起新秩序的图景——当他是一个柏拉图或者当他在 16 世纪是一个博丹时——反抗失序才可能产生积极的结果。仅有基本的正直、对于侵害的敏感、激愤和反抗的勇气还不够;要想创建或恢复秩序,革命者的灵魂中就要有秩序性实体存在。这就是拉博埃蒂的问题所在,在他的经验中,我们看到了一个空有勇气而缺乏智慧的例子。[1]

总结起来,拉博埃蒂错失美德之路,一方面必须归咎于其灵魂中秩序性能量的欠缺和智识根基的单薄,另一方面确实也在于时势的大混乱,致使此路闭塞,并因宗教改革所造成的反智和激进风气而使其在歧途中走得愈加弥远。虽说个人自己应该为其过错承担主要责任,但笔者难免对之抱有同情。毕竟,在乱局中仍能屹立

---

[1] 沃格林,《政治观念史稿(卷五):宗教与现代性的兴起(修订版)》,前揭,页 34。

不倒、承担文明重任的智识人只能是少数,我们无法过分苛责拉博埃蒂。这种类型的年轻人在治世中,只需要经过正确的教育和引导,便极有希望成为一个政治贤才、一个合格的城邦护卫者。拉博埃蒂的悲剧告诉我们,一个正当而运转良好的秩序是如此珍贵而来之不易,以至于一旦失去,将使无数的青年茫然无措乃至误入歧途,做出可能使自己憾恨终身的选择。

> 若民,则无恒产,因无恒心。苟无恒心,放辟邪侈,无不为己。及陷于罪,然后从而刑之,是罔民也。焉有仁人在位,罔民而可为也!(《孟子·滕文公上》)

普罗大众难免要被各种可疑的观念牵着走,只有仁人在位之时,才可能真正地安顿民心,让每个人各得其所,过上合乎美德的生活。当看到十三四岁的孩子高举自由的火炬走上街头时,我们无法责备这个孩子,而只能对因邪恶势力当道、文教的堕落而造成的罔民悲剧感到无限愤怒和伤痛。

利维坦的"温情"与济贫问题

郁　迪

（上海理工大学马克思主义学院）

摘　要：本文通过回溯《利维坦》中涉及国家职能的论述，关注其中常被人忽视的济贫问题，挖掘利维坦必然包含的"温情"维度；继而将霍布斯的见解放回近代英格兰济贫观念与国家兴起的脉络中，透视近代早期英国在刚性"国家构建"背后作出的"国族构建"努力，揭示英国之所以最早成为现代民族国家之一的某些内在机理。在此基础上，本文借助托克维尔对 19 世纪上半叶英国济贫乱象的观察，分析该机制必然引发的问题，以此管窥近代英国国家构建的得失。

关键词：霍布斯　托克维尔　恐惧　济贫法　福利

自近代以来，涉及个人与国家关系的论述始终是政治领域的核心议题。两者间的张力从未消弭。至 19 世纪末 20 世纪初，恩格斯、韦伯等人已对其争端的现代形态进行过深入剖析。[①] 但由于此后政治科学的发展一度采用以"社会"为核心的研究范式，"国家"概念逐渐淡出人们的视线。直到 1985 年彼得·埃文斯等人编写《找回国家》，该论题在当代学术语境中才得以重启。[②] 其后新论虽层出不穷，然则 17 世纪英国思想家托马斯·霍布斯对该问题的论述仍具有奠基意义。

---

① 恩格斯，《家庭、私有制和国家的起源》，收于《马克思恩格斯选集（第四卷）》，北京：人民出版社，1995，页 170；韦伯，《以政治为业》，收于《韦伯作品集 I：学术与政治》，广西：广西师大出版社，2004，页 196。

② Peter B. Evans, Dietrich Rueschemeyer, Theda Skocpol, *Bringing the State Back in*, Cambridge：Cambridge University Press, 1985.

在1651 年出版的《利维坦》中,霍布斯以海怪之名指涉现代国家。后者虽形成于人民缔约,可一旦确立便获得无上权力,直至成为人民无比畏惧且不得反抗的对象。两者间似乎从一开始便陷于某种结构性紧张。此一认识长期占据着近代思想家们的视野,故而对政府权力的限制构成17 世纪以来政治思想发展的主线之一。然而在笔者看来,这一见解远未道出问题的全部:在以往的"恐惧"叙事外,民族国家诞生过程中还必然包含"温情"的维度。后者同样是使现代国家得以确立的必要条件,并在此后发展中不可避免地暴露其内在局限。有鉴于此,本文首先对《利维坦》中涉及国家含义及其职能的论述进行梳理,尤其关注常被人忽视的济贫问题,后者是利维坦之"温情"最重要的体现;其次,将霍布斯的论述作为17 世纪英格兰开明人士的见解,放回近代济贫思想与民族国家兴起的脉络中,借此透视近代早期历史上英格兰在刚性"国家构建"(state building)背后作出的"国族构建"(nation building)努力;最后,借助托克维尔对19 世纪上半叶英国济贫乱象的观察,分析该机制中潜藏的内在问题,通过构建起霍布斯式"国家济贫"与托克维尔式"私人慈善"间的对话,管窥近代英国国家建构之得失。

利维坦的"恐惧"与"温情"

在《利维坦》"第二部分"中,霍布斯分析了近代国家的形成、特征及其运作机制。该理论建基于他对人性的基本判断:"没有有形的力量使人们畏惧,并以刑法之威约束他们履行信约和遵守第十四、十五两章中所列举的自然法时,①这种战争状况便是人类自然激情的必然结果。"②在霍布斯看来,国家尚未形成之前人类以"氏族"形式结合,此后发展出的"城邦"与"王国"不过是氏族

---

① 在第十四章中,霍布斯提出第一、二条自然法,即寻求和平、自保,以及出于此目的可以让渡其他权利。第十五章接着阐述了第三至十二条自然法。全书的"综述与结论"部分还补充说要在第十五章已经论述的基础上,再加上第十三条自然法:"根据自然之理来说,每一个人在战争中对于和平时期内保卫自己的权力当局应当尽力加以保卫。"

② 霍布斯,《利维坦》,黎思复、黎廷弼译,北京:商务印书馆,2013,页 128。

的简单放大。在此种组织形式中,相互抢劫是完全合理的生存方式,"抢得赃物愈多的人就愈光荣"。① 由此形成的"荣誉律"被视为社会最高价值准则。又由于人类社会存在共同利益与个人利益的冲突,这种劫掠式的行为将一直持续,甚至无法将其宣称为"不正义"。因为"正当性"本身就有赖于法律和契约的确立,而在"自然状态"中此二者全然是阙如的。于是,跳脱这一循环仅有的办法便是"把大家所有的权力和力量托付给某一个人或一个通过多数的意见把大家的意志化为一个意志的多人组成的集体"——这就是国家的诞生,利维坦的诞生。② 只有在此具有人造"人格"(person)的外在权威面前,所有人为缔结的信约才有效力,先天的自然法才得到遵守。③ 马歇尔·米尔纳将此过程简述为:开始于恐惧,完成于理性。④

以此为基础,必然会形成"主权者"与"臣民"间的截然两分。在英国政治思想的语境中,从 16 世纪末的理查·胡克那里便能找到类似见解。胡克认为,国家的政治权威虽然来源于人民,可一旦授予君王,便再不能将之取回。⑤ 霍布斯进一步指出,此时的政治权威不仅是"臣民"的生命保护者,也是其敬畏与惧怕的对象,是神在世俗世界的代表。⑥ 这种服从是绝对的、无条件的。因为对主权者的任何抵抗都会导致权力分割,继而重新落进"自然状态"的陷阱。⑦ 也就是说,人民不能用武力杀死主权者,亦如不能冒犯

---

① 霍布斯,《利维坦》,黎思复、黎廷弼译,北京:商务印书馆,2013,页129。

② 同上,页131。

③ Arihiro Fukuda, *Sovereignty and the Sword: Harrington, Hobbes, and Mixed Government in the English Civil Wars*, Oxford: Oxford University Press, 1997, p. 57.

④ 马歇尔·米尔纳,《霍布斯》,于涛译,北京:中华书局,2014,页46。

⑤ Richard Tuck, *Philosophy and Government 1572—1651*, Cambridge: Cambridge University Press, 1993, pp. 150—151(中译文参见理查德·塔克,《哲学与治术:1572—1651》,韩潮译,江苏:译林出版社,2013,页161。)

⑥ 霍布斯,《利维坦》,黎思复、黎廷弼译,北京:商务印书馆,2013,页153。

⑦ Harvey C. Mansfield, *A Student's Guide to Political Philosophy*, Intercollegiate Studies Institute, 2006, p.41. 中译参见哈维·曼斯菲尔德、乔治·凯利,《政治哲学·美国政治思想》,朱晓宇译,浙江:浙江大学出版社,2015,页32。

神明;也无法回到过去或"用脚投票",离开自己的国家。

不能反抗、不能逃跑、只有畏惧,将此等国家称为"利维坦"可谓实至名归。因此之故,微观史家卡洛·金兹伯格认为,"恐惧"概念可被视为理解整个霍布斯公民科学理论的核心。① 其实这一点早已被霍布斯同时代的思想家弥尔顿、哈林顿等人捕捉到。他们一方面承认将情感("恐惧")而非理性视为政治基础是近代人独到而深刻的理论洞见,②但另一方面又不认为霍布斯的主权观念能使当时的英国摆脱内战泥潭,故而相继求助于共和主义理论。然则无论取径如何,霍布斯的判断都是他们不得不面对的理论预设。此后一批自由宪政思想家也以此为起点,将限制政府权力、保卫公民个人权利视为核心,形成"洛克-斯密-密尔"一系的古典自由主义论证。可见,霍布斯的见解已然为近代政治光谱上各种位置的思想者所接受,并对后世有深远影响。

然而,过分关注"恐惧"维度势必使个人与国家间的关系简单化,换言之,将忽略"利维坦"本身必然包含的"温情"。后一点其实在霍布斯的论述中同样有所提及:"主权者不论是君主还是一个会议,其职责都取决于人们赋予主权时所要达到的目的,那便是为人民求得安全";"每一个主权者都应当让臣民学习到正义之德。这种美德在于不夺他人之所有"。③ 亦即国家若要为人民的生命和财产负责,就必须承担保护、教化以及救助的职能。唯有如此才能将两者间最初的不对等关系调整到某种平衡,从而化解主权者与臣民间可能的对立情绪。这是现代民族国家诞生过程中必不可少的环节。

不仅如此,霍布斯同样意识到,最能体现这一面向的便是济贫问题:"许多人由于不可避免的偶然事故而无法依靠劳动维护生

---

① Carlo Ginzburg, *Fear Reverence Terror*:*Reading Hobbes Today*, European University Institute, Max Weber Program, 2008. 转引自孔新锋,《从自然之人到公民》,北京:国家行政学院出版社,2011,页116,注1。该书作者还指出在《利维坦》中 fear 一词甚至出现 183 次之多。

② 参见弥尔顿,《再为英国人民申辩》;哈林顿,《大洋国》引言。只是他们两人更多关注传统哲学框架下呈现出的情感与理性对立,并没有过多强调"恐惧"这一情感的特殊性。

③ 霍布斯,《利维坦》,黎思复、黎廷弼译,北京:商务印书馆,2013,页 260、266。

活,我们不应当任由其私人慈善事业救济,而应当根据自然需要的要求,由国家法律规定供养。"(同上,页 270)虽然《利维坦》随后的段落或他同时期的其他著作并未对济贫问题进行更多阐释,但正是这一不经意的表述,恰恰反映出某些英格兰近代民族国家诞生过程中的客观事实。依托济贫而起的国家权力渗透,甚至被霍布斯以近乎常识的方式接受下来。在此寥寥数语中他提及两个核心观念:首先,要对济贫对象进行严格分类,这是国家对人民施以"温情"的必要前提,亦即唯有对真正需要救济者进行帮扶,才能有效地对国家合法形象进行正面建构。其次,彻底取缔传统私人慈善救济,以使国家成为施以"温情"的唯一主体,从而实现权力的集中与渗透。温情的给予是主权者的特权之一。通过对济贫问题在近代早期英格兰的思想史梳理可知,这两重洞见绝非霍布斯的独创思想,而是 17 世纪开明知识人的普遍共识。在此意义上,霍布斯是受惠于这一智识传统,或者说可以将其论述视为这一思想传统的表现形式。其背后蕴含的是他们已然视为知识前提的一整套观念变革与国家权力扩展的历史进程。

何谓"贫穷"与国家权力的渗透

就济贫问题而论,这一被霍布斯一代视作理所应当的国家权力的具体实施,其实是近代早期一系列观念与制度变革后的新生事物。因为自中世纪起,英格兰便有很强的地方自治传统,一个郡甚至一个堂区(parish)就是一独立的政治单位,要在此基础上建构起统一的现代民族国家体系并非易事。因而在都铎与斯图亚特王朝时期,中央政府必须经历一番将权力逐步渗透到地方并不断加强与集中的过程。其受到的阻力自然可想而知,然而如若遇到某些特殊情况,地方却要主动寻求中央政府进行干预。这恰恰是为形成统一国家权力体系提供了绝佳契机,而近代英格兰民族国家的确立在很大程度上便借机于此。

借鉴当今政治史与社会史的研究,如此良机大致源自以下三种情形:一、由于气候等自然因素影响致使地方无力应对饥荒问题,在近代早期的英国此类现象主要发生在 1586 年、1597 年、1622 年三个年份,即为现代民族国家形成的"天时、地利";二、由此引发的一系列济贫、扶贫诉求,亦即"人和";三、战争、暴乱导致的人口短缺与社会流动性问题。前两者与济贫问题直接相关,后者则与之间接关联。因而霍布斯一代会很自然地将济贫问题与国家权力联系在一起。它已然是中央权力渗透到地方的主要突破口,并在 17 世纪英国内战后进一步常规化,由此在现代民族国家构建中扮演着不可能替代的作用。

　　所谓济贫问题,不仅需要法律条文与制度上的确立,它首先意味着一场全新的观念革新,亦即在价值评判上对穷人群体态度的转变,以及社会学意义上对社会人口的再细分。前者使政府获得救济的正当性,后者则为其实际操作规划出具体路径。何谓"穷人"? 保罗·斯莱克通过引述 1637 年艾克赛特学院手稿中惠特利的观点指出,①与现代人的见解不同,16、17 世纪的英国人关于"穷人"的记述并不依据严格意义上的经济凭证。在不同语境下,其含义存在相当大的弹性。对其明确的概念界定或要等到 18 世纪晚期才逐步形成。所以,16、17 世纪的"穷人"指的毋宁只是一个广义上与富人相对的概念。② 对这一群体的态度,从中世纪到近代早期经历了三阶段的变化:首先是将其视为纯粹救济对象;随后又一度把他们斥为社会危害;最终才将之作为潜在劳动力资源予以认可(同上,页 17)。

　　具体而言,在中世纪时期,除了教会对穷人施以救助外,在社会层面上,贫穷意味着一种附属关系。富人穷人间存在互惠的责任。根据《圣经》的表述,穷人因其此世的困窘而离天国更近。且耶稣是以穷人的身份来到人间,于是穷人成了基督的特殊代表。孩子们在慈善学校(Christ's Hospital)中高唱着"上帝是穷人的上帝";"受祝福的是穷人"一度成为当时的流行语。不仅如此,穷人

---

① Paul Slack, *Poverty and Policy in Tudor and Stuart England*, London and New York: Longman, 1988, p. 32, note 1.

② 有关贫富状况的两个主要的信息源是两份文献:1523—1525 年的国王征收补助金的税单以及 1660、1670 年代的壁炉税征收记录。前者反映富人的经济状况,后者则反映穷人的。例如 16 世纪 20 年代的伦敦,5% 的人口拥有 80% 应纳税的财富。而此时有大约三分之一的成年男性不需要缴税:虽然存在地区差异,但理论上他们年收入少于 1 磅。壁炉税也反映了类似的问题:17 世纪 30%—40% 的英国家庭不用收壁炉税。

还将为富人的救赎提供机会。后者"只是上帝的管家和穷人的会计",最终应该将获取的财富再用于救济穷人以便实现"慷慨"之德(同上,页19)。

富人们往往是出于对上帝的义务对穷人不加区分地进行施舍。作为回报,接受救济的穷人将为他们祈祷,以使其罪恶得到上帝的赦免。两者构成某种共生关系,甚至相对而言,穷人还占据着特殊的优势地位。

但自1500年左右以来,对穷人进行细分的意识已在民间逐步形成。在一度被误归于亨利·帕克名下的《富人与穷人》(*Dives and Pauper*,1493)一书中,作者首先区分出"被动穷人"(the poor against their will)和"主动穷人"(the poor by their will)。后者又可再细分为"献身宗教而甘于贫穷的教士"和那些懒惰、有罪之人。作者指出,前两者才是应优先救济的对象,对后者的救济只有在万不得已的情况下才被允许。等到1573年,在罗伯特·克劳利、罗伯特·艾伦、亨利·史密斯等人的著作中,对穷人的谴责更是此消彼长。这种态度在16世纪晚期到17世纪早期愈加明显,并逐步为政府官方采纳。

在笔者看来,此类言论不仅是时人对现实问题的直接感受,也应被视为宗教改革后废止以教会为核心的救济模式所带来的后果。如托克维尔指出,正是在亨利八世时期,王国中几乎全部的教会救济体系(修道院)被撤销,从而彻底改变了英格兰济贫体系。[1]到都铎晚期的伊丽莎白女王治下,政府一方面通过地方征税的方式对那些"被动穷人"与献身者进行必要的救助;另一方面又对流浪汉问题进行重点打击,因为后者已经在各地演变为纯粹的社会危机。正是在此政令下,许多城市出现被称为"感化院"(bridewell)的特殊机构,承担规训有害穷人之责。[2] 这些具体措施明确

---

[1] Alexis de Tocquevile, *Memoir on Pauperism*, trans. Seymour Drescher, Hartington Fine Arts Ltd. , 1997. 中译文参见托克维尔,《济贫法报告》,载于斯威德伯格,《托克维尔的政治经济学》,上海:格致出版社,2012,页484。

[2] 这一机构也被许多学者视为英国济贫法的基石,但对其功能尚未达成一致意见。学者们的分歧在于:其性质究竟更多是旨在救济的公共雇佣机制还是一种特殊形式的监狱? 例如韦伯夫妇就将其视为一种隶属于济贫体系(而非行政系统)的监狱,参见 Sidney Webb, Beatrice Webb, *English Prisons under local Government*, Borah Press, 2013。

体现出都铎晚期在济贫问题上出现了从传统教会救济与地方乡绅的直接救济向以国家为主导的间接救济的转变。

不仅于此,国家通过济贫问题进行权力扩展的又一重要举措便是通过教育改造"有劳力的穷人"(the Labouring poor),以便他们成为服务社会发展的生产力资源。对这些"有劳力的穷人"而言,真正诉求并不在于一时的金钱与食物,而是获得稳定的工作与居所。虽然早在14世纪便已有人提出过类似建议,但由于缺乏相应机构提供职业训练而一直没有在实践上获得成功。[1] 然而,到17世纪(尤其在霍布斯经历的40年代内战后),恢复原有生活秩序的期盼使这一观念有了真正得以实施的可能。国家需要这部分劳动力去恢复生产、重塑社会秩序,而穷人们也希望以此重新回归正轨。两者一拍即合,构建起合作性的而非对抗性的联结。也正是在此时,穷人们意识到他们从"利维坦"那里接过的不是张开的爪牙,而是一双充满关爱的手。两者的关系不再是"恐惧",而是"互助"。这种联结不只存在于制度上,也存在于情感上。并且,这一国家执政者与底层的直接联合,更是从客观效果上削弱了传统封建势力的影响,有力推动了现代民主国家政教分离与社会资源再分配的过程。国家的积极介入将填补教会与贵族瓦解后留下的空间,使"政治"获得更大的施展空间,这也变相使国家行政能力的提升突飞猛进,其中就包括立法与制度构建。

济贫法与堂区济贫体系构建

伴随着济贫观念的变革,在1598年前后,英格兰正式确立起济贫法案。很多学者已意识到,开始时这并非人民的普遍诉求,而是国家为扩展权力所采取的直接行动。因为在这一年,人们的生活并没有困难到必须借助国家干预方可维持的地步。或者说,彼时英格兰面临的只是"浅层贫困"远非"深层贫困"(同上,页113)。根据克斯托夫·戴尔的统计,13世纪晚期至14世纪前半叶是英国历史上贫困问题最为严重的时代。在14世纪早期,食不

---

[1] Paul Slack, *Poverty and Policy in Tudor and Stuart England*, London and New York: Longman, 1988, p.29.

果腹的穷人达到 100 万,而当时总人口不过 500—600 万。[1] 16 世纪末的贫困远不及这一程度,因而国家介入未必是人民的直接诉求,立法与贫困之间不构成必然的因果联系。这便提示我们,国家的济贫行为绝非简单的社会福利,对其干预过程的追溯将会发现其中潜藏着更深层的政治考虑。

虽然对 1520 年以前的状况并不明了,但我们仍能大致梳理出国家以济贫为抓手进行权力渗透的大致脉络:第一阶段始于都铎时期的枢机主教托马斯·沃尔西(Thomas Wolsey)。[2] 他在 1517 年"邪恶五月暴乱"(Evil May Day)与汗热病爆发之际对伦敦社会问题进行整治,尤其反对乞讨。借助著名人文主义古典学者、亨利八世御医托马斯·利纳克尔(Thomas Linacre)的观念,政府在 1518 年组建医学院。也是在那一年,沃尔西与托马斯·莫尔一起代表政府出面防止瘟疫传播。这一举措被视为"医学政治化"的早期典型。在 1520、1527 年的两次饥荒中,沃尔西又试图对全国灾情(主要是谷物分布情况)进行统筹控制,并借此将严峻社会危机转化为传播政府关怀与美化政府形象。

第二个重要阶段是托马斯·克伦威尔通过议会订立法规(Statute)的尝试。1530 年和 1535 年,克里斯托弗·杰门(Christopher St German)与威廉·马歇尔两人分别提出旨在雇佣穷人的提案,并促成两个相关法案(*Act of* 1531,1536)的出台(同上,页 117)。其内容主要包括三方面:第一,增强社会雇佣;第二,有组织地提供财物给真正的穷人,由堂区统一分配;第三,打击乞讨。此三者对当时的议会来说,显得太过激进。因此,法规虽获通过,但由于担心得不到具体实施,议会增补了一份附录,在一定程度上对法规具体实施的方式和力度有所保留(同上,页 119)。可是毫无疑问,借此国家的权力已然得到明显扩张,从城市到乡村都有改变。尤其在 1544—1557 年的伦敦,五所常设机构相继建立起来,私人慈善组织也被纳入政府管理。国家济贫的三个主要方面——

---

[1] Christopher Dyer, "Poverty and Relief in Late Medieval England", in *Past and Present*, no. 216, 2012, p. 43.

[2] Paul Slack, *Poverty and Policy in Tudor and Stuart England*, London and New York: Longman, 1988, p. 116.

政策、法规以及机构设立已全面展开,为 1547 年流浪法案以及此后济贫法的确立打下基础。

至伊丽莎白时期,借济贫展开的国家权力渗透进入第三个阶段。1563 年,伊丽莎白女王的第一部济贫法出台。在此过程中,中央政府依旧较为节制,顺势而为。直到 1569 年开始的叛乱,才使政府能名正言顺地加强对流浪汉的监管。16 世纪 90 年代的一系列社会危机(尤其是牛津郡)更是为其推波助澜,一年内议会提出 17 个与此有关的议案。于是政府抓住机会,最终在 1598 年确立起较为系统的救济法案。三年后,议会对该法案又进行微调,成为如今我们看到的伊丽莎白济贫法。该法案一直被保留到 1834 年新济贫法修正案的颁布,可以说是英国近代史上少有的持续性法令。

与此同时,以咨议会、议会与当地治安法官等堂区官员构成的三级权力结构也逐渐确立,成为确保济贫法顺利实施的关键。马乔里·麦金托什(Marjorie McIntosh)的研究表明,堂区是地方实施救济的主要机构,由地方治安法官作为中央权力代表为其提供支持。[1] 在近代早期,堂区的角色逐步被中央改造,从原本该区域事务的"召集人"变为相关事务的"监管者"。到了 17 世纪,其监管对象进一步扩大。地方财政先通过收税来应对贫困,并设立济贫官专门负责,辅以慈善委员会与听证会来监管济贫。如此一来,中央权力有效地落实到地方成为真正可能的事。社会史家史蒂夫·欣德尔(Steve Hindle)对济贫法在地方上的微观权力运作有过更为具体的分析。他通过弗兰普顿(Frampton)地区堂区委员会的档案记录(vestry minute books)表明,16 世纪 90 年代前当地主要的济贫活动主要依赖教会执事(churchwarden)进行无差别救济。[2] 但从 1598 年有了第一笔登记的堂区救济后,在整个 17 世纪,这项

---

[1] Marjorie Keniston McIntosh, *Poor Relief in England*, 1350—1600, Cambridge: Cambridge University Press, 2012, p. 279.

[2] 该地区位于 North Holland 的 Kirton,占地大约 1900 亩,若将其作为大经济体来对待,则还能包括附近其他十个堂区。当地生产方式以放牧为主,有"开放"牧区特征。1524 年人口数是大约 337 人(其中 72 人需缴税),17 世纪 30 年代人口有明显增长,60 年代差不多有 560 人。当地只要靠为数不多的地就能养活人,且有公共所有权。

制度便持续稳定地在当地承担济贫职能。① 到 18 世纪,更是在支出总额上达到极高的程度。在此过程中,堂区一方面给予经济资助,另一方面也试图给穷人谋求工作,堂区官员还将穷人的孩子送去外地进行学徒培养,寻求工作机会。这不仅缓解穷人眼前的紧迫,而且避免下一代穷人的激增。② 此外,这一"良善"关护也意味着对外来穷人的限制。"本地人"与"外地人"之间有明确界限,因为对陌生人的救济会影响当地人自己对未来的经济预期。于是堂区委员会甚至通过阻碍外来穷人结婚来实现控制本地区内贫穷水平的目的。换言之,发端于济贫的权力网络已经向穷困群体生活的各个方面开始渗透,充分体现出济贫过程本身的政治权力特征。③

自此,国家首先在观念上借助(利用)宗教改革的大背景确立起一套有别于中世纪基督教会的救济观念,从而将此项权力从教会与乡绅手中接手过来;继而将此权力细分为救济、惩戒、改造三种不同的职能,分门别类进行实施;再次,借助议会立法、城市感化院等制度建立,使之普遍化;最后,依靠"堂区-济贫官"的微观权力结构有效作用于地方,由此完成国家对权力的整合与向各地的渗透。这一过程主要完成于霍布斯的父辈时期,因而成为 17 世纪中期英格兰人习以为常的政治现实。这或许便可解释为何霍布斯并未对之格外强调。

---

① LAO Frampton PAR 10/1; 10/2; 13/1. Steve Hindle, "Power, Poor Relief, and Social Relations in Holland Fen, c. 1600—1800", in *The Historical Journal*, vol. 41, no. 1, 1998, p. 80.

② Ibid, p. 86.

③ 虽然欣德尔的结论是要强调济贫过程中当地自治的积极作用。类似观点还可参看 E. M. Leonard, *The Early History of Poor Relief*, Cambridge: Cambridge University Press, 1900, p. 62。这看似与本文强调中央国家作用的论点有所出入。但他同样认可堂区作为一种控制性政治单位的重要作用。此间分歧只是在于:堂区本身是独立的政治单位抑或作为国家整体的神经末梢在起作用? 在这一问题上,笔者更接受斯莱克的观点,认为地方自发的济贫举措其实是脆弱的。唯有当其背后有了强力国家的支撑,才能持续发挥作用:"济贫法首先是[国家的]法。"参见 Paul Slack, *Poverty and Policy in Tudor and Stuart England*, London and New York: Longman, 1988, p. 114。

强力国家的温情之维与托克维尔的反思

相对而言,霍布斯更多是从摆脱"自然状态"的角度为国家提供合法性证明。故而,他更偏重对战争与冲突的叙事,并未对和平时期国家与个人的关系如何展开进行全面阐释。由此给人留下霍布斯只强调人民"恐惧"主权者的刻板印象。尤其当结合马基雅维利以来的政治哲学传统,似乎"恐惧"就成为这一谱系的核心要素。例如曼斯菲尔德在讨论两人思想演变时指出:"这是霍布斯与马基雅维利的不同之处,后者寄希望于激发恐惧的君主,而前者则寄希望于感到恐惧的臣民。"①但这并不意味着霍布斯就忽视了利维坦的"温情"之维。恰恰相反,利维坦并非一夜之间完成自己的构建,而是通过更温和地去关心人民福祉,才使其权力完成从中央到地方的逐步渗透与增强。上述国家济贫观念与体系之确立就是其重要表征。然而,时至19世纪上半叶,这一体系的弊端已充分显露。虽然新的改革进程已经开启,但两度访英后的托克维尔还是在《济贫法报告》(*Memoir on Pauperism*,1835)中表达了自己深刻的怀疑。他以更接近马尔萨斯等古典经济学者的立场,将此一霍布斯所肯定的国家济贫体系称为"附着于健康、充满活力的躯体上的丑恶而巨大的溃疡"。②

托克维尔首先指出,"贫穷"是个社会历史概念,而非自然概念。与卢梭在《论人类不平等的起源》中的论述相似,托克维尔同样认为在原始社会中,由于基本生存以外的欲望不多,人几乎不会感到贫乏。此后,由于从渔猎向农耕的转变,人类才逐步产生出财富占有与不平等。可相对而言,此时人类同样处在物质匮乏的低欲求状态。托克维尔认为此一模式一直延续到中世纪,那时的多

---

① Harvey C. Mansfield, *A Student's Guide to Political Philosophy*, Intercollegiate Studies Institute, 2006, p.41.
② Alexis de Tocquevile, *Memoir on Pauperism*, trans. Seymour Drescher, Hartington Fine Arts Ltd. , 1997, p.33. 中译文参见托克维尔,《济贫法报告》,载于斯威德伯格,《托克维尔的政治经济学》,上海:格致出版社,2012,页493。

数人口依旧处于需要不断争取生活必需品的阶段。然而,近代以后由于意识的发展(以及对少数贵族的模仿),人的欲望持续增强并趋于多样化,故而社会生产人口从农业越来越多地转向工业。从劳动产出而言,就是从原本所有产出都是农产品的状态过渡到越来越多地制作满足各种欲望与爱好的工业品。这种表面的繁荣并不能从根本上取代对以农业产品为主的生活必需品的依赖。而持续不断的享受习惯又将某些奢侈品转化为特定人群不愿割舍的"必需品"。这就意味着现代社会将处于更大的贫穷风险中。文明越是发展,贫穷越是普遍。以至于在 19 世纪商业如此发达的英国,居然有六分之一的常住人口需要靠济贫体系度日。在托克维尔看来,这一趋势将不只是一国一地的现象,而是人类普遍历史发展的必然。但与此后的社会主义者不同,贫困的增加本身并非托克维尔攻击的目标。他将批判的矛头指向近代以来英国对贫困问题的解决——国家济贫体系。

> 我坚信不疑的是任何永久性、定期的、以提供给穷人生活必需为目标的行政体系,最终将会产生比其所治愈的问题更大的灾难。①

在托克维尔看来,之所以得出这一判断,首先在于国家济贫体系必将沦为"不加选择的慈善制度"。这一方面是因为贫穷是社会历史事实,所以缺乏统一标准。换言之,要将前述救济、惩戒、改造三种不同的职能严格区分在长期实践中根本无法实现。另一方面是它必然消耗大量社会资源并滋长社会罪恶。因为在实践中,若错误地对社会有害群体进行救济,"仅仅只会间接地对社会产生危害,然而救助被否决立马会伤害到穷人与执事自己,执事会选择什么就确定无疑了。这项法律可能声称仅有无辜的穷人才能获得救助,实践中却只能去缓解救济所有的穷人"。②

其次,在此类物质损害背后,托克维尔还指出更为严重的精神

---

① Alexis de Tocqueville, *Memoir on Pauperism*, Hartington Fine Arts Ltd., 1997, p.36,中译本,页498。

② Ibid, p.29.,中译本,页488。

灾祸。人类生产活动中存在两种激励机制：一是为生存需要（the need to live）；一是为提高生活状况的欲求（the desire to improve the conditions of life）。国家济贫恰恰"削弱和破坏了第一种激励的刺激而仅仅完全剩下第二种激励"。① 获救济者往往会将此类援助视为理所应当。由于没有相应的义务需要偿还，长此以往他们就会变得慵懒、短视、不懂感恩甚至不知羞耻。这不仅是对下层阶级尊严的慢性腐蚀，同时也是对社会整体的严重撕裂。此外，由于济贫制度的区域性质，穷人不再有迁徙自由。于是，国家济贫法最终将同时对下层民众的"德性"与"自由"造成不可逆的伤害，最终威胁到国家机体本身的正常运作。相较而言，托克维尔认为早先的直接私人（或团体）救济模式更有助于重建富人与穷人之间的情感纽带。②

可以说，托克维尔的分析切中时弊。虽然其中所涉诸多史实存在商榷的余地，③提出的替代方案也未必当真优于原先的国家济贫体系，但它触及制度与道德、自由与限制等现代政治的根本问题，因而对后来哈耶克等一批自由主义经济学家都影响深远，至今仍被视为反对福利国家政策的重要理据。然而，从我们关注的国家构建角度而言，托克维尔的局限在于他仅仅就济贫本身讨论济

---

① Ibid, pp. 27—28.

② 在该报告中，托克维尔批判"国家救济"、支持"私人救济"的态度十分明确。但在行文中，他在两者之间还使用了"公共救济"（public charity）的概念，且对"公共救济"的使用较为含混。有时他用之直接指代"国家救济"；有时则是指以私人为核心的"慈善团体"，类似用法可参看 *Memoir on Pauperism*, pp. 3, 36。对于后者，托克维尔同样持肯定态度。对孤儿、老人、穷人子女提供教育都属于后一种"公共救济"。国内有学者将其理解为托克维尔对"国家救济"的部分肯定，这存在一定误导，参见胡勇，《托克维尔的公共慈善观与近代自由主义的转型》，载于《政治思想史》，2012 年第 3 期，页 61。

③ Max Hartwell 认为托克维尔最主要的错误有二：一是将法定穷人（pauperism）与接受社会救助者直接画上等号；二是忽视了例如葡萄牙等国出现的国家劳工阶级的整体性贫穷，参见 Max Hartwell, "Forward" of *Tocquevile*, in *Memoir on Pauperism*, Hartington Fine Arts Ltd. , 1997, vi。其他相关批判亦可参看蒋狄青，《贫困，国家与托克维尔悖论：〈济贫法报告〉中的社会政策思想》，载于《学海》，2015 年 1 月刊，页 125—126。

贫,而没有充分肯定它作为近代早期国家权力扩张手段的历史意义。后者恰恰是霍布斯一代支持国家济贫的理由,此一着眼点的差异构成两者间最根本的分歧。甚至可以说,托克维尔之所以能批判 19 世纪的国家济贫之过,是在另一个层面上肯定了它此前三个世纪以来促进国家建构之功。

但托克维尔的问题仍旧是问题。从其转而主张"私人济贫"的理由便可看出,这位法兰西贵族同样注意到国家与个人之间、社会各阶层之间需要有足够密切的情感联系与德性要求,这同样是现代民族国家得以正常运作的必要保障。也就是说,在国家事务的日常展开中,更需要"温情"的力量。于是,托克维尔对国家济贫的批判实则转化为这样一个问题:当早先在国家与个人之间传递"温情"的国家济贫体系在 19 世纪已经不足以承担它曾肩负的使命,什么才是这一需求的新的担当者?这是 19 世纪之问?这是今日之问。

托克维尔论"民主的专制"

刘海超

（中山大学 政治与公共事务管理学院）

摘 要： 已有研究多将托克维尔平等与自由的紧张关系以"多数人暴政"加以概括,本文力图证明,"多数人暴政"并不能概括平等与自由的矛盾,托克维尔真正担心的是独属于现代社会的"民主的专制",即在身份平等之后因过分关注消极自由产生政治冷漠而导致的对国家权力控制的丧失。随着现代社会中个体主义、享乐主义和中央集权化的发展,国家公共权力有失去约束和控制的可能,进而导致新型专制的产生,托克维尔称之为"民主的专制"。克服"民主的专制",必须采取必要的措施重建个体与政治的联系,包括地方自治、结社自由、出版自由以及重建宗教信仰,促使个人从封闭的私人生活领域中走出来,积极参与公共政治生活,采取政治行动。不同于"多数人暴政","民主的专制"是一种温和的奴役形式,旨在消灭政治生活和人的公共性。托克维尔"民主的专制"思想,实质上反映了在现代自然权利和契约论语境下,个体化趋势的加深以及公共性和共同体的失落。

关键词： "民主的专制" "多数人暴政" 平等 自由

托克维尔一生短暂,却著作丰富,主要作品有《民主在美国》①

---

① 关于译名,"论民主在美国"或"民主在美国"要比"论美国的民主"更准确地符合作者原意。原因是:一、法语 De la démocratie en Amérique 宜译作"民主在美国",而非习惯上认为的"论美国的民主";二、托克维尔写作此书并非简单地介绍美国的民主制度,而是民主在特定的环境下的表现。关于版本,英语世界《民主在美国》译本多达十几种。Henry Reeve 译本和 Harvey C. Mansfield 译本是其中较好的两个版本。本文采用 Alesis de tocqueville, *Democracy in America*, trans. by Henry Reeve, New （转下页注）

（上、下卷）和《旧制度与大革命》。但是，这三本书之间的内在关联在中文研究领域长期被忽视。以往研究多将《民主在美国》上、下卷看作联系紧密、主旨一致的一本书，但是美国思想史家马莱茨（Donald J. Maletz）教授指出，"《民主在美国》不仅是对民主的批判分析，也包含对法国革命的批判分析"。①而且，《民主在美国》下卷与《旧制度与大革命》在主题上存在大量交叉与重合（如，贵族制、个体主义、享乐主义、政治自由和宗教等），"早期研究中的实证预测和丰富事实文本让位于抽象结论，而这种抽象结论更符合法国或欧洲情景，而非美国"。② 可见，《民主在美国》上、下卷之间存在相当差异，这三本书的内在联系也需要重新界定。通过对这三本书内容主旨的梳理，我们发现，平等构成托克维尔政治哲学思考的起点，平等与自由的关系是其政治哲学思想的基本范畴，托克维尔对平等与自由的论述集中在《民主在美国》下卷。《民主在美国》下卷集中展现了托克维尔对平等与自由关系的一般分析，而《民主在美国》上卷和《旧制度与大革命》则是对平等与自由能否结合的两个个案研究——《民主在美国》上卷中的美国代表成功的可能，《旧制度与大革命》中的法国则是失败的代表。在这个意义上，《民主在美国》下卷实际上是对《民主在美国》上卷和《旧制度与大革命》的一般提炼。因此，我们需要对《民主在美国》下卷给予足够的重视。

（接上页注）York: Bantam Books, 2002，引用时简称 DA，标注页码，由本文作者翻译。

① Donald J. Maletz, "The Spirit of Tocqueville's *Democracies*", *Polity*, vol. 30, no. 3, Spring 1998, p. 513.

② Seymore Drescher, "Tocqueville's Two *Democracies*", *Journal of the History of Ideas*, vol. 25, no. 2, 1964, p. 201. 西摩·德雷舍教授在这篇文章中首次指出《民主在美国》上下两卷间的差异比相似要更加显著。学界围绕托克维尔究竟有几部"民主"展开了持续多年的争论，也有学者认为表达了不同的看法，参看 Matthew J. Mancini, "Too Many Tocquevilles: The Fable of Tocqueville's American Reception, " *Journal of the History of Ideas*, vol. 69, no. 2, April 2008, pp. 245—268；以及 James T. Schleifer, "Tocqueville's Democracy in America: Some Key Themes Reconsidered", *Tocqueville Review/la Revue Tocqueville*, 2009, vol. 30, no. 2, pp. 165—178。

　　《民主在美国》下卷始终围绕自由与平等的紧张关系展开一般论述,已有研究多将这种关系以"多数人暴政"加以概括,本文力图证明,"多数人暴政"概念并不能概括自由与平等的张力与矛盾,托克维尔真正担忧的乃是独属于现代社会的"民主的专制",即在身份平等之后因过分关注消极自由产生政治冷漠而形成对国家权力的参与危机,从而导致权力控制的丧失。通过构建"民主的专制"概念,托克维尔展示了他对现代政治的隐忧与关怀。

一　平等:托克维尔政治哲学思考的起点

　　对"民主的专制"进行理论研究的基本前提是厘清托克维尔笔下"民主"的真切含义。民主,起源于公元前 5 世纪的古希腊,古希腊语为 $\delta\eta\mu\sigma\kappa\rho\alpha\tau\iota\alpha$(dēmokratía) ,由 $\delta\tilde{\eta}\mu\sigma\varsigma$(dêmos,人民) 和 $\kappa\rho\alpha\tau\sigma\varsigma$(kratos,权力或统治) 组成,意为由人民统治或人民的统治。① 美国史学家詹姆斯·施莱佛教授曾列出托克维尔文本中民主的 11 种含义。② 但学界一般认为在托克维尔那里,民主主要有两层含义:一方面指现代意义上的公民通过定期选举更换领导人的制度机制;另一方面指称那种从传统社会向现代社会过渡所呈现出的身份等级制度逐渐消亡、人人平等与同质化的历史趋势,即以平等为主要特征的社会状态和生活方式。③ 可见,托克维尔将民主从政治概念扩充到社会文化领域,发展成为独特的社会平等概念,而后者恰恰构成"民主的专制"概念的逻辑起点。

---

① 斯科特·戈登,《控制国家——从古代雅典到今天的宪政史》,应奇、陈丽微、孟军等译,南京:江苏人民出版社,2005,页 78。

② James T. Schleifer, *The Making of Tocqueville's Democracy in America*: 2nd. edition, Indianapolis: Liberty Fund, 2000, pp. 325—339.

③ 且举几篇代表性文章:甘阳,《自由主义:贵族的还是平民的》,载于《读书》,1999 年第 1 期,页 85—94;倪玉珍,《托克维尔理解民主的独特视角:作为一种"社会状况"的民主》,载于《社会学研究》,2008 年第 3 期,页 71—79;段德敏,《托克维尔的"民主"概念》,载于《学术月刊》,2015 年第 4 期,页 102—108。

政治民主

托克维尔保留了民主作为政治词语的一面,即人民通过一定的选举方式选择政治领导人。当他在考察美国新英格兰乡镇政权的产生和日常运作时,民主代表着居民行使人民主权原则,在乡镇大会上选举镇政府官员。托克维尔在讨论"为什么在民主社会里研究希腊和拉丁文学特别有用"时,称雅典城邦乃"古代的最民主的共和国"(DA,576—578);当他将美国议员与选民放在一起讨论"民主的不稳定性"时(DA,607—612),当他甚至在给朋友的信中特别强调他用民主政府这个词指的是"每个人都或多或少地参与公共事务"时,①显然,他都在使用民主的政治含义。民主的政治含义同样出现在法国。1692年以前,在法国自治城市,行政官员由市民选举产生并对其负责,城市公共生活非常活跃,实际上是一个小型共和国。这种状况因路易十一下令取消选举制、实行官职赎买而消失。托克维尔写道,"路易十一之所以限制城市自由,是因为它的民主性使他感到恐惧",②这里的民主显然就是政治意义上的民主。

社会平等

托克维尔生活在古今转变的时代,时时处处用贵族制和民主制的对比作为考察、思考与写作的基本框架。新旧社会的差别或许还不在于是否有人民主权或选举制度,而是社会情况的极大变化。民主,意味着平等在社会各个领域的普及,包括家庭、宗教、女性地位、主仆关系,也包含艺术、文学、建筑等。简言之,民主指代以身份平等为主要特征的社会事实和社会状态,民主的对立面是指贵族制,而不是与专制相对而言。当托克维尔在《民主在美国》上卷绪论里大加肯定身份平等的天意时,他紧接着反问道:"既然民主已经成长得如此强大,其对手变得如此软弱,民主怎么停下脚步?"(DA,7)当他直接使用"民主的社会情况"字眼

---

① 托克维尔,《政治与友谊:托克维尔书信集》,黄艳红译,崇明编校,上海:上海三联书店,2010,页56。

② 托克维尔,《旧制度与大革命》,冯棠译,北京:商务印书馆,1992,页85。

时,民主不再是与专制相对的,而是与贵族制相对,它不再指称权力的来源和组织方式,而是一种伴随现代社会的发展才开始出现的人人平等的社会特征。① 毫无疑问,他的意思是指现代性下一种平等的社会地位和由此带来的趋同的生活方式。正因如此,托克维尔才被誉为"对民主的原则——平等——作为第一个原因形成或影响社会生活各方面的方式进行全面研究的第一位现代作家"。②

由此可见,托克维尔将民主分为政治民主和社会平等两方面,分别代指民主政府和公民社会。不过,他更看重民主的后一种理解。因为这涉及托克维尔的核心关切,也就是平等何以与自由携手。只有对民主社会的影响或后果进行展示,我们才能明白托克维尔何以将民主进行社会意义上的诠释。托克维尔认为,民主时代平等的普及可能产生一种前所未有的趋势,也就是平等压过自由,专制取代独立:

> 但人心也存在一种对平等的堕落趣味,这种趣味让弱者奋力把强者拉下到他们的水平,宁愿让人们在奴役中平等,也不愿在自由中不平等。(DA,59—60)

托克维尔警示,平等与自由的张力是民主时代最大的冲突,并可能导致"民主的专制"。

二 平等与自由的张力:"民主的专制"的形成

托克维尔主要将民主看作以平等为核心的社会状态和由此引发的全方位文化心理影响。托克维尔将平等概括为现代社会的一般特征而与贵族社会对立,继而指出现代政治中平等与专制相结合的趋势,也就是"民主的专制"的形成。

---

① 将民主与平等联系起来在《民主在美国》上卷绪论部分和下卷中尤为普遍,参见该书页3—17、629、663、739、860 等。

② 列奥·施特劳斯、约瑟夫·克罗波西主编,《政治哲学史》,李洪润等译,北京:法律出版社,2009,页764。

个体主义

早在托克维尔之前,贡斯当就表达过对现代社会个体主义的某种担忧。然而,第一个系统地研究个体主义特征及其弊病的政治思想家则是托克维尔。① 在托克维尔看来,个体主义发生在贵族社会演变为民主社会的历史进程之中,是"民主的自然产物"。② 正是在对这两种截然不同乃至背道而驰的政治时代对比分析的基础上,托克维尔察觉出个体主义的危险倾向并发出警告:民主制因其消除了贵族制社会的关系羁绊、尊重人的主体尊严而具有不容置疑的正当性,然而,在失去了种姓、行会、家庭、阶级等旧时代的联系,旧的权利义务关系被打破后,人们除了不要行不义外没有任何理由结合在一起,无法采取共同行动,不仅不会产生贵族时代的奉献和牺牲等伟大情感,还可能为专制提供可乘之机。

紧接着,托克维尔通过与利己主义的对比,展示了个体主义的特点和危害。利己主义是在处理与他人关系时对自我的偏激和过分的爱,将自身的利益放在他人和社会之上,甚至损害后者也在所不惜。利己主义对社会形态没有辨识度,而个体主义独属于民主社会,"起源于民主,并随着身份平等的扩大而发展"(DA,618—619),是一种使现代人与家庭、他人和社会逐渐疏离而又心安理得的情感倾向。民主时代,个体主义对政治生活有很大的危害。个体主义使人们只专注于自身利益,认为人与人之间的隔绝是正当的,不会关心他人的生活和国家的命运,不会进行政治联合,在面对公共权力倾轧时,一盘散沙的社会根本没有力量与之抗衡、维护自由。这一观点同样延续到了《旧制度与大革命》。在《旧制度与大革命》前言中,托克维尔就认为,"民主的平等、原子化和现代

---

① 哈维·C. 曼斯菲尔德,《托克维尔》,马睿译,南京:译林出版社,2016,页61。

② Steven Lukes, "The Meanings of 'Individualism'", *Journal of the History of Ideas*, vol. 32, no. 1, Jan. -Mar. 1971, p. 52. Steven Lukes 认为,贡斯当和托克维尔都把个体主义看作对多元社会秩序的威胁。托克维尔对个体主义的批判对汉娜·阿伦特产生深刻影响,参看 Suzanne D. Jacobitti, "Individualism and Political Community: Arendt and Tocqueville on the Current Debate in Liberalism", *Polity*, vol. 23, no. 4, Summer 1991, pp. 585—604。

(集权式)政权的行政专制主义的出现具有内在的联系"。① 也就是说,阶级平等导致了社会各阶层陷入孤立无援的境况,相互仇恨,他们貌似独立,实则涣散如沙,只图私利,不关心市政生活和公共利益,失去了团结起来抵御政治压迫的能力。

享乐主义

造成"民主的专制"的第二个原因是享乐主义。享乐主义来源于阶层的消失。在贵族社会,阶级的差别与固化使下层老百姓看不到上升的机会。他们不仅认为等级的界限是不可打破的,而且贫困的生活也是正当的。普通老百姓不曾试图去创造另一个阶层的生活,只把希望寄托在精神和来世。当等级制消失,特权不再,财富变得日益分散,商业发展和工业革命大大扩展了人们获取财富的机会,获取更多财富的观念日益深入人心,穷人也能通过自己的聪明才智实现物质的富足,产生享乐的念头。

享乐主义导致政治冷漠的盛行。民主时代人们的享乐主义普遍存在,然而当欲望超过其能力时,享乐主义就会走向歧路。享乐主义促使人们感到苦恼,更加专注于获取更多的财富,享受更多的物质乐趣,从而导致金钱在社会关系和行动中成为唯一动力,而履行公民义务、行使政治权利、参与政治生活实乃一种多余的障碍。最后,享乐主义产生了自由丧失的严重后果,"毫无必要使用暴力去剥夺他们已经享受的权利,他们会自愿地交出来"(DA,663)。与此同时,民主制下曾经负责政治生活的阶层——贵族——消失了,国家权力出现了真空期,就会给野心家的执政打开方便之门。当这个政权许诺给人们稳定的社会秩序以让他们安心追求自己的利益时,人们已由财富的拥有者成为财富的奴隶,政治冷漠横行无忌。

享乐主义还会激发嫉妒心理,阻碍人民之间的政治联结。平等的发展使人们相信每个人都有机会通过自己的努力实现抱负,然而能力的不平等又阻碍了欲望的实现,于是嫉妒之心在社会上蔓延。政治冷漠已经为"民主的专制"提供条件,而嫉妒又让人与

---

① Dana Villa, "Hegel, Tocqueville, and 'Individualism'", *The Review of Politics*, vol. 67, no. 4, Autumn 2005, pp. 662—663.

人很难建立信任,组建政治团体。人人各自为政,社会原子化严重,根本无法采取共同的政治行动抵抗暴政,最后反而不能保卫自己拥有的财富。托克维尔不无讽刺地说道:

> 如果人们使自己满足于物质目标,那么他们可能会渐渐地失去生产它们的技能。最后,他们会像牲畜一般沉溺其中,丧失物质财富的鉴别能力和改善能力。(DA,673)

法国政治思想史家吕西安·若姆指出,托克维尔批判享乐主义,并非因为他信仰禁欲主义,相反他观察到了现代社会商业精神的勃发,肯定个人追求财富的正当性。[①] 托克维尔认为需要警惕的是享乐主义的政治后果、对个人自由造成的危害。当民主制下现代人沉醉庸俗享乐时,他们就会将公共利益、地方自治和选举立法抛之脑后。现代人祈求的不是充满活力的政治生活,而是一个能够保障他们享乐的无所不包的父爱式专制权力,因为这种专制主义从本质上支持和助长人们的享乐主义。追求享乐主义的现代人,反而失去了个人自由。

行政集权

前面我们已经分析了平等对现代人的两种影响,接下来将考虑它对政制的作用。在贵族制下,贵族不仅是其封地的最高掌权者,而且作为君主和人民之间的次级权力(或中间权力)而存在,发挥着制约平衡君主权力的作用。也就是说,贵族制作为一种政治制度,起到了保证地方自治和公民自由的重大作用。当民主革命将平等观念普及后,以特权和封闭性为基础的贵族自然成为革命的对象,贵族制也就走进了历史的坟墓。在一个一切人平等和孤立的社会中,人们不再认为中间权力具有合法性和正当性,转而特别主张统一的权力、统一的立法和统一的管理,赋予国家无上的权威和力量。在托克维尔看来,民主国家的人们对平等怀有特别的喜好。因为人人平等,民主人不承认人与人之间的差异,他们不

---

① 吕西安·若姆,《托克维尔:自由的贵族源泉》,马洁宁译,桂林:漓江出版社,2017,页92。

认为别人比自己拥有更高的智识和更优秀的道德,从而产生既自卑又自大的心理。这种心理特别有利于将一切政治权力集中于中央政府和国家元首,因为只有这样,现代人才会觉得他们都被同一个主人管理,才会获得心理上的平衡。托克维尔不无悲观地预测,在即将到来的民主时代,"个人独立和地方自由将会是人工设计的产物,而中央集权则是政府的自然形式"(DA,837)。需要说明的是,在托克维尔看来,问题不在于中央集权就一定有害,而在于它是哪种类型的中央集权。在《民主在美国》第一卷第一部分第五章"在叙述联邦政府之前必须先研究各州的过去"中,托克维尔便认识到实际上存在两种性质完全不同的中央集权类型。

托克维尔认为,美国和英国的中央集权与法国的存在根本的不同。前者是一种政府集权,后者则是行政集权。二者看似大同小异,实际上却是两种完全不同类型的权力。政府集权是指中央政府只对涉及全国的事务掌握决定权,地方事务由地方处理;而行政集权是指中央政府不仅掌握处理全国性事务的权力,还将地方事务的处理权力掌握到自己手中。托克维尔认为只有政府集权才是必要的,行政集权则多余且有害。在政府集权下,"国家就像人一样拥有激情,通过单独行动投入巨大力量,也能运用和聚集它的政治权威",而"通过消磨公共精神,行政集权会使其治下的国民失去活力"(DA,97)。托克维尔真正反对的是以行政集权为主要特点、失去地方自治活力的中央集权。

中央集权为何会导致奴役?可以说托克维尔的分析较为粗糙和感性。德裔美籍心理学家弗洛姆指出,中世纪封建制的崩溃使赋予个人安全感的纽带被斩断,个人的归属感被剥夺,个人与世界的关系也变得松散,导致现代人感到孤独、焦虑和不安。在这种情况下,他面临两种选择:一种是在不放弃自我独立和完整的前提下,通过爱与劳动重新建立与世界的联系,发展自己的个性。另一种是通过消除个人与社会的鸿沟,消灭个性,将自己与社会上有同样情感的大众连为一体来摆脱不安与孤独,而这正是纳粹主义的起源。① 托克维尔警惕的就是第二种应对自由的方式,当现代人

---

① 艾里希·弗洛姆,《逃避自由》,刘林海译,上海:上海译文出版社,2016,页171。

逃避了自由的责任后,等待他们的只能是某种不受制约的高度集权化的权力。

总之,在贵族社会向民主社会转变时,旧的等级和纽带被打破,现代人重新被丢入平等、孤立和无援的某种"自然状态"之中,个人的政治身份被剥离,享乐主义使现代人沦为单纯的经济理性动物。当社会上个体主义和物质主义成为主导力量时,广泛的政治冷漠为专制主义的滋生提供沃土。因此,"民主的专制"指的是在以平等为最主要特点的现代社会中,人们在个体主义和享乐主义的双重作用下,沦为只关心私人生活的经济理性动物,忽视政治生活,丧失公共行动能力,从而投入能满足其物质欲望的不受制约的全能型权力。这种统治类型有三个特点:无所不及的中央权力、荒漠化的社会与物化堕落的人。① "民主的专制"实质上反映的是现代性浪潮下原子化倾向的加深、共同体和政治生活的失落可能造成的后果。

三 以自由规范平等:克服"民主的专制"

托克维尔站在现代政治形成之初,根据对早期美国政治实践的观察提出了"民主的专制"的解决方案,包括地方自治、结社自由、出版自由和重建宗教信仰。在托克维尔看来,以自由规范平等是克服"民主的专制"的根本途径。

地方自治

形成"民主的专制"的原因之一是个体主义。个体主义之所以有害,在于它产生了广泛的政治冷漠。托克维尔认为,地方自治既能锻炼人们处理公共事务的能力,又平衡了中央集权的力量。

首先,地方自治是克服个体主义的有力武器。托克维尔指出,

---

① 曼斯菲尔德曾对"民主的专制"下过一个简单的定义:巨大的权力对胆小而卑微的大众的尽管目光短浅却不无理性的需求与欲望的有效管理。参见哈维·曼斯菲尔德、戴芭·温斯罗普,《〈论美国的民主〉的意图与结构》,收于王涛主编,《托克维尔与现代政治》,许衍译,上海:上海人民出版社,2016,页165。

美国仅有代议制度并不能一劳永逸,地方上的公共生活和公共空间也非常重要。他以赞赏的语气写道:

> 地方自由可使极多的公民珍视邻里和亲戚间的情谊,始终让人们团结一致,互帮互助,而非让他们相互隔离。(DA,625)

这里的自由,显然指古代的政治自由,也即公民参与政治生活的机会或资格,正如美国学者保罗·海纳指出的那样,"当托克维尔写到自由时,他并不总是指现代自由。上下文常常表明他想到的是古代民主"。① 在托克维尔看来,发掘自由的古典含义,积极参与地方公共事务,锻炼政治表达能力,对于走出现代社会的原子化具有非常重要的作用。

其次,地方自治成为公民们接受政治教育、践行自由精神的舞台。托克维尔通过考察发现,19 世纪 30 年代的新英格兰乡镇采用的是古希腊雅典时期的直接民主,乡镇居民根据人民主权原则,召开乡镇居民大会,自主管理自身事务,不受外界干涉,"享受真正的民主和共和的政治生活"(DA,44)。通过积极广泛地参与乡镇管理,新英格兰居民养成了热爱乡镇、遵守秩序、保卫自由的习惯,避免了以激进的暴力革命实现个人诉求的发生。

再次,地方自治还起到制约中央政府权力的作用。托克维尔发现,美国实质上是一个由二十四个小主权国家组成的共和国(在当时,美国只有二十四个州)。州的基础在于乡镇。只要是有人群聚集的地方,就能组成某种共同体,也就是说政治生活始于乡镇。活跃的乡镇政治生活不但能够克服平等产生的集权主义倾向,还增强了地方团结一致反对当局侵犯的力量。

托克维尔对地方自治的强调,实质是对政治自由和公共生活的强调。与马克思不同,托克维尔赋予政治高度的地位,拒绝将其从属于经济。② 同时,这也与受自由主义支配的现代政治秩序存

---

① 保罗·海纳,《权利·自由·乡镇自治——重温托克维尔》,收于《自由与社群》,董礼胜译,北京:生活·读书·新知三联书店,1998,页 203。
② 雷蒙·阿隆,《论自由》,姜志辉译,上海:上海译文出版社,2007,页 10。

在明显分歧。后者的一个基本预设是,通过某种形式的契约和理性计算原则,将独立的个体组织起来,以此构建现代政治秩序。这种观点似乎认为,只要界定出明晰的权力/权利界限,共同体就能实现善治。然而这种主张忽视了公民政治生活的作用,不可避免地造成政治的贬低,加剧了平等带来的政治冷漠。政治在个体主义的支配下面临消失的风险。正是出于对这一趋势的警惕,托克维尔才尤其重视地方自治对现代民主人起到的政治教育的作用。

结社自由

克服"民主的专制"的第二种方式是结社自由。在托克维尔看来,贵族制度作为一个地方政治、经济、军事力量的集合,起到制约王权、维护自由的重大作用。平等的发展使人变得独立,依靠自身的力量很难去完成一些重大事业。托克维尔相信,恢复贵族制度和贵族社会已无可能,必须在民主社会中挖掘有利于维护自由的因素,发挥相当于贵族制的作用。在托克维尔看来,结社正是贵族权力的可靠且可行的替代物。在考察美国时,托克维尔发现公民联合起来组成的社团实际上是带有贵族性质的法人——既能给予人们完成共同事业的巨大力量,又能避免贵族制的不公正。

相比全能型政府,结社自由更能维护个人自由。托克维尔将民主社会描述为原子式个人和全能型政府的结合。现代人遭遇个人无法克服的困难时,孤立的个人不想方设法与他人建立联系,组成一定团体,形成共同的力量,恰恰相反,他们却求助于公权力,这样只会导致更大的灾难。公民越是无力,就越希求国家应该强大,甚至无所不能,包办一切。托克维尔对这种趋势表达了忧虑:

> 如果政府使私人联合完全消失,那么这个国家在道德和智识领域出现的危险将不会低于它在工商业领域发生的危险。(DA,631)

可见,托克维尔非常珍视结社的重要性,并认为在全能型政府和社团之间,只有后者才能维护个人真正的利益和自由。

结社自由能使公民积极参与政治生活。民主社会是一个万人同面的社会,同时也是一个孤立无力的社会,人们对权力产生了依附性。结社自由正是要打破这种依附性,使公民获得主体性和意义。托克维尔发现,社团使美国人养成自治的习惯:

> 美国居民打小就被教育要靠自己去克服生活的艰难困厄。他们对当局投以不信任和怀疑的眼光,只在无能为力的时候才向当局求援。孩子们从上小学就开始培养这种习惯,他们在做游戏时要服从自己制定的规则,处罚由自己认定的犯规行为。社会生活的一切行为也都有这种精神。假如公路上发生故障,交通发生阻塞,附近的人就会立即聚集在一起,选出一个执行机构,在向有关主管当局报告事故之前,这个机构就已经解决困难了。(DA,219—220)

结社的这种作用在政治领域体现得尤为显著。当一些共同支持某一主张或学说的人组成社团,他们就会形成组织化力量,传播这种观点以获得人们的认可和支持。集会权是结社权的延伸,政治社团利用集会权利在某个重要地方举办政治宣传活动,扩大自己的政治影响力。结社权的最高形式是组建选举团,持有相同或相似观点的公民组建选举团,选出代表,直接在立法机构表达诉求、行使权力。

和地方自治一样,结社自由的真正要义在于使现代人恢复为公民。当公民积极参与公共生活,能够自主地决定与自身利益息息相关的事务时,他们获得的不仅仅是权利和自由的保障,公民能力、素养和精神也会得到一定程度的提升。相反,越是沉浸于个人和经济生活,个体的权益越是难以保证。正如有学者认为的那样,"在高度肯定自我的民主时代,托克维尔提醒民主人,提升和肯定的力量往往来自于自我之外"。① 显然,充分运用结社自由能够克服民主时代的个体主义倾向,能够防止"民主的专制"的产生。

出版自由

可能出于对"多数人暴政"的警惕,已有的研究过多着眼在出

---

① 崇明,《创造自由:托克维尔的民主思考》,上海:上海三联书店,2014,页203

版自由可能带来的舆论暴力,忽视其正面的、积极的作用。事实上,托克维尔认为报刊不仅是"最无力和最孤独的人利用的强大武器",而且还是"保护自由的最主要的民主手段"(DA,869)。出版自由之所以能起到保障自由、克服"民主的专制"的效果,在于它可以放大个体声音,寻求他人支援;统一意志,开展共同行动,完成伟大事业;扩大地方自治,抑制中央集权的过度发展。

出版自由能打破孤立状态,寻求他人援助。托克维尔声称,现代社会人们既没有帮助他人的义务,也不存在要求他人帮助的权利。在这种情况下,由于无法忍受孤独,现代人就可能转而寻求"强大的存在"的援助,进而形成对理性控制的依附。出版自由的存在使这一逻辑链条出现断裂。民主人可以在不寄希望于公共权力的前提下,通过寻求他人和社会的支援的手段实现自由,维护自身的独立性。当个人受到不当侵害无力反击时,他就可以利用报刊媒介表达自己的心声和意见,让更多地区的更多的人知晓,舆论的压力可以缓解乃至解除权力对个人的奴役和压迫。因此,托克维尔格外注重现代社会出版自由的重要性,"坦白来讲,我认为生活在贵族制国家的人们实际上不需要出版自由,但民主国家的人却不能如此"(DA,869)。

出版自由能扩大地方自治,抑制行政集权的发展。托克维尔还发现,报刊的数量与国家行政集权的程度存在负相关:行政集权越严重,报刊数量就越少;相反,行政集权越低,报刊数量就越多。之所以出现这种现象,原因很简单。当一个国家存在众多地方自由时,人们为了参与地方自治、管理地方事务的方便,客观上就需要报刊来获取信息、表达诉求、形成舆论。当行政集权加强时,地方权力不断上收,人们就失去参与地方治理的机会,报刊的必要性也就下降了。美国报刊之多与它实行的联邦制和地方自治存在直接关系,而法国大革命前后的历史乃是中央集权不断加强、地方自主性不断被破坏的历史,故而报刊自然不可能像前者那样种类繁多。基于在美国考察的见闻,托克维尔特别指出在人民享有主权的国家,设立出版审查制度的危险(DA,210)。托克维尔说,在人民拥有政治自由后,国家就必须承认公民有足够的能力在不同的意见和声音之间做出恰当选择,能够预见这种选择可能带来的后果,并有能力承担之。以美国为例,报刊虽然存在滥用自由的倾向,例如攻击法律、干预私人生活、破坏秩序等,但只要不是暴力违法,政府并不会加以指责,更不会查封。降低报刊影响力的手段,就是增加报刊的数量。托克维尔感慨道:

> 为了能够享有出版自由的极大益处,就必须忍受它所产生的不可避免的罪恶。想得到益处而又要远离罪恶,这是国家虚弱时期常有的幻想(DA,212)。

宗教信仰

宗教思想在托克维尔政治哲学思想中占有非常重要的地位。因托克维尔主要论述的是宗教与现代自由民主政体之关系,故有学者将托克维尔视为现代性研究领域内"首要值得讨论的社会思想家"。① 托克维尔并未遵循以个体和共同体的自治来彻底否定宗教神学的他治的现代性道路。他的处理方式是二元的:凯撒的归凯撒、上帝的归上帝。托克维尔进一步提出,建制宗教非但不与现代政治秩序存在互斥,还可以通过调节和抑制精神思想领域的过度世俗化倾向,即限制个体主义和物质主义,来保持政治领域内平等与自由的结合。

作为教条信仰之一种的基督教,能够起到纠正个体主义的作用。所谓教条信仰,就是人们不需论证就持有的某种观念。基督教就是这样一种教条信仰,它通过提供某种共享的思想价值观念来实现现代社会原子化的整合,促使人们共同行动,从而实现社会繁荣:

> 但是很明显,一个社会没有这样共同的信仰就无法繁荣,不如说这样的社会就根本无法存在。因为没有共同的思想,就不会有共同的行动。即便还有人,但不存在社会机体。(DA,517)

---

① 刘小枫,《现代性社会理论绪论——现代性与现代中国》,上海:上海三联书店,1998,页436。

在这里,基督教其实起到社会粘合剂的作用。

基督教通过"正确理解的利益"的原则节制人的物欲追求。托克维尔赋予"正确理解的利益"原则很高的重要性,将其视为平衡现代人经济理性和公民德性、私人生活和公共行动的重要方式。托克维尔尊重现代人对谋求功利的热情,将其视为一项基本事实予以接受。但是现代人的经济理性会导致享乐主义的盛行,所以托克维尔在肯定个人的物质利益追求的同时,将重点放在"正确理解"之上。"正确理解的利益"的原则扩大了自利的范围,使之不仅包括经济方面,同时也包含精神的、来世的价值。换句话说,"正确理解的利益"原则其实就是个体能正确处理个人利益与集体利益、现世利益与来世利益的关系,甚至为了公共和来世利益而不惜牺牲一部分个人与现世利益的精神。"正确理解的利益"的目标并非德性,却会在实践中发生潜移默化地趋向于德性的转化:

> 人们首先是出于必要性关心普遍利益,然后是出于选择;出于计算的事情变成了本能;由于不断为其同胞公民的福祉工作,他最终获得了为他们服务的习惯和爱好。①

出于经济利益计算的行为最终摆脱了其最初的自我动机,发展成为公民行动的逻辑。可见,在"正确理解的利益"原则的指导下,现代人超越了现世利益的福祉,不再成为"温情的唯物主义"的奴隶。

托克维尔之所以不反对基督教,乃是因为他认识到欧洲的反宗教情绪其实是混淆了政治上的基督教与宗教上的基督教。欧洲人反对基督教,"是把基督教当作政治敌人,而非宗教对手"(DA,364)。也就是说,正是政教合一的体制使基督教丧失了民心,树立了敌人。这也就间接回答了基督教要想在民主社会存在下去、保持影响力必须遵守的第一个原则:政教分离。在托克维尔看来,教职人员应该仅限在教堂之内传道布施,不能越出自己的固有范围,更不能妄图与政权结合,形成国教。第二个原则涉及宗教仪

---

① 崇明,《创造自由:托克维尔的民主思考》,上海:上海三联书店,2014,页180。

式。托克维尔认为,平等时代人们对表面的形式并不关心,一旦形式大于实质就会产生厌倦之情。因此,宗教必须简约礼拜和仪式,不拘泥于细节,最大程度减轻与平等精神的抵牾。最后需要遵守的原则是在教义方面。爱好安乐、追求享乐是民主社会里不可更改的本质特点,宗教决不可以来世的幸福来劝导人们放弃此生的福利,过一种禁欲主义的生活。因此,宗教虽不应当劝导人们放弃享乐,但可以教育人们以正当的方式获取财富。

四 "民主的专制"和"多数人暴政"比较

《民主在美国》上、下卷展示了托克维尔不同的关切,托克维尔在上卷担心的是"多数人暴政",在下卷担忧的则是"民主的专制"。① 一些学者误将"多数人暴政"等同于"民主的专制",通过对比,二者的发生机制、特点、结果及克服手段都存在很大不同,"民主的专制"实为比"多数人暴政"更残酷的奴役类型——直接消解政治和公共生活。

"多数人暴政"是民主选举制度的产物,是指建立在一人一票基础上,居于多数一方的选民利用选举规则左右权力机构,以人民的名义滥用权力,危害少数人自由和权利的专制形式。"民主的专制"和"多数人暴政"是两种性质不同的专制类型。一些学者错误地将二者等同起来,或认为"民主的专制"是"多数人暴政"的新形式或高级阶段。② 当然,不可否认,二者存在某些共同点。它们都可以与人民主权原则结合,都是某种形式的多数人统治的畸形,如果不采取有效措施纠正,都会对国家和公民的利益造成伤害。通过几个方面的比较,我们就会知道二者的区别要远远多于相似之处,如表 1 所示,"民主的专制"实际上是比"多数人暴政"更为恐怖的奴役类型。

---

① 哈维·C.曼斯菲尔德,《托克维尔》,马睿译,南京:译林出版社,2016,页71—72

② 前者可参见约瑟夫·艾普斯坦,《托克维尔传》,王雪明译,南京:译林出版社,页 77;后者可参见列奥·施特劳斯、约瑟夫·克罗波西主编,《政治哲学史》,李洪润等译,北京:法律出版社,页 774—775。

表1 "多数人暴政"与"民主的专制"比较

	发生机制	特点	结果	纠正手段
"多数人暴政"	对公共权力的不正当支配	暴力的统治、存在活跃的社会关系	损害少数人自由和利益	政制的(三权分立、司法独立、联邦制度等)
"民主的专制"	政治的消解	温和的统治、荒漠化的社会、物化堕落的人	父爱式专制权力	政治的(地方自治、结社自由、出版自由、宗教自由)

发生机制

"民主的专制"形成的根本原因在于现代人从公共领域的退出,而"多数人暴政"是选民的大多数意见对公共权力的不正当支配和影响。也就是说,在"多数人暴政"中,人们并未对公共生活和政治生活持冷漠态度,而是确确实实地行使了政治权利(尤其选举权),只不过选民意见的表达违背了某些宪法法律原则,伤害到一部分人的合法权利和自由。

特 点

"民主的专制"是温和的,不控制身体,只会消磨精神和灵魂;人与人之间的关系完全靠物质利益维系,金钱成了社会交往的唯一支配法则;社会一盘散沙,不存在社团和次级权力。"多数人暴政"则是暴力的,是旧专制主义的现代版本。① 它直接诉诸国家强制力,主要对身体或物质利益造成损害,往往不会考虑对精神进行渗透;存在相当活跃的社团和社会关系,友善与物质关系共同决定人们的交往行为。

结 果

"民主的专制"的最终结果是造成某种形式的监护型权力;

---

① Alesis de tocqueville, *Democracy in America:Historical-Critical Edition*, *vol.* 1 [1835], trans. by James T. Schleifer, Indianapolis:Liberty Fund, 2010, cxxxvi.

"多数人暴政"只是民主制度和选举制度的一种例外情况、扭曲状态,会使少数人利益受损,不至于危及社会和国家的存在基础。

纠正手段

克服"民主的专制",主要靠"政治",即引导人们积极参与政治活动,组建社团,行使政治权利,以此抵抗全能型的国家政权的奴役;纠正"多数人暴政",主要靠"政制",即以《联邦党人文集》主张的宪政制度设计抑制多数的激情。

对"多数人暴政"的讨论集中在《民主在美国》上卷第二部分第七章和第八章。在高度赞扬了美国的乡镇自治和政治制度后,托克维尔十分突兀地将"多数人暴政"摆在读者面前,似乎颠覆了已有的观点。托克维尔为何会认为在一个"没有危险需忧虑,没有损害需报复"(DA,229)的国家竟会不可思议地出现暴政,而且还是人民的大多数主动实施的?

学界对此主要有两种解读。① 一种观点认为,托克维尔的这种跳跃也许能从他的修辞中窥得原因。众所周知,托克维尔从不引述霍布斯、洛克等自然状态论者的观点,也极少涉及《独立宣言》和立宪国父的思想。这种情况在描绘"多数人暴政"时出现了罕见的例外。在第二部分第七章最后一节"美国共和政体的最大危险来自多数的无限权威"(DA,312—314)中,托克维尔几乎全文都在原封不动地引述麦迪逊和杰斐逊对"多数人暴政"的预言。如此大篇幅地引用别人的观点,不仅在《民主在美国》(上、下卷)中,在托克维尔的其他作品中也都极为少见。② 因此,托克维尔在美国可能并非真切地观察到了"多数人暴政"或潜在的可能,而是不加批判地继承了美国立宪先贤们对"多数人暴政"的担忧。

另一种观点认为,在"多数人暴政"这一问题上,托克维尔错

---

① 也有少数人持第三种观点,主张托克维尔在上卷第二部分第六章"美国社会从民主政府获得的真正好处"中察觉到,确定的权威能够重建民主时代个人与社会的联系,引申下去就可能产生"多数人暴政"。参见 Donald J. Maletz, "Tocqueville's Tyranny of the Majority Reconsidered", *The Journal of Politics*, vol. 64, no. 3, August 2002, pp. 741—763。

② 谢尔顿·S. 沃林,《两个世界间的托克维尔:一种政治和理论生活的形成》,段德敏、毛立云、熊道宏译,南京:译林出版社,2016,页240—241。

误地使用了法国视角。从 1789 年到托克维尔考察北美大陆的 1832 年,美国并没有出现"多数人暴政",托克维尔在北美大陆也没有真的见过这种暴政。托克维尔"多数人暴政"的思想灵感来源于法国。法国大革命是一场极其暴力、血腥的革命,产生诸多消极的后果。法国大革命正是人民主权演变成"多数人暴政"的过程。这种"多数人暴政"曾给托克维尔留下深刻印象,而他的亲人就亲身遭到了革命的冲击。① 因此,托克维尔不知不觉地混淆了美国和法国的社会事实,将法国的历史错误性地应用在美国考察上,"多数人暴政"实际上是"分离理论性视野的产物"。② 无论是哪一种观点,托克维尔对"多数人暴政"的着墨事实上只占到全书 93 章的 2 章,无论如何都无法涵盖托克维尔对平等与自由紧张关系的表达。

结　语

托克维尔去世后,其作品和思想渐渐被忘却,甚至在 20 世纪早期,《民主在美国》就已绝版。在第二次世界大战之前,托克维尔实际上"对美国学界只产生了微不足道的影响"。③ 托克维尔研究在二战后得到强劲复苏和极大发展,学者从政治学、哲学、社会学、史学、法学、文学等各个学科出发,形成了数量惊人甚至观点不乏冲突的研究成果。④ 正是在这个背景下,托克维尔"民主的专制"思想才得到逐渐的梳理和阐释。托克维尔"民主的专制"思想是对"多数人暴政"论的超越,被认为是托克维尔政治思想中最伟

---

① 这段经历可参见拉里·西登托普,《托克维尔传》,林猛译,北京:商务印书馆,2013,页 1—3。

② 谢尔顿·S. 沃林,《两个世界间的托克维尔:一种政治和理论生活的形成》,前揭,页 241。

③ Wilfred McClay, *The Masterless: Self and Society in Modern America*, Chapel Hill: University of North Carolina Press, 1994, p.235.

④ Matthew J. Mancini 对 1838 年到 2008 年美国学界的托克维尔研究作出回顾和总结,并列出诸多代表性的专著和论文。详见 Matthew J. Mancini, "Too Many Tocquevilles: The Fable of Tocqueville's American Reception", *Journal of the History of Ideas*, vol. 69, no. 2, April 2008, pp. 245—268。

大的成就,同时也成为托克维尔"新政治科学"区别于"旧政治科学"的显著标志。①

　　"民主的专制",实质是对以高度集权和官僚制为特征的现代政治中可能发生的公民对公共领域的疏离并由此导致的政治控制的丧失的警告。"民主的专制"的真正指向是现代政治危机。这种政治危机实际上暴露出以现代自然权利和契约论为建构核心的现代政治的内在紧张和深刻矛盾,即原子化的泛滥、政治冷漠的盛行以及公共性和共同体的失落。要想克服这种危机,必须采取必要的措施重建个体与政治的联系。托克维尔指出的解决办法,都是为了促使人们从封闭的个人生活领域走出来,重新重视公共领域和政治事务,积极参与公共生活,采取政治行动。纵观托克维尔的一生,无论他的著书立作,还是参政经历,都是对这一观点的实践。

① 赫尼斯,《托克维尔的视角——民主在美国:寻找"新政治科学"》,载于刘小枫、陈少明主编,《回想托克维尔》,韩锐译,北京:华夏出版社,2006,页139。

早期浪漫派的真面目与新启示

——评拜泽尔《浪漫的律令》

王志宏

（云南大学政府管理学院哲学系）

　　按照一种观点，自从西方哲学传入中国，德国哲学始终是中国人了解西方哲学的焦点之所在，但是，中国的德国哲学研究又一直存在许多空白，以至于我们对德国哲学的了解既不完整，也无法深入，德国浪漫派哲学就是显著的例子。重构德国古典哲学的基本轮廓的任务势在必行，而纯正、深入地研究德国早期浪漫派对这一任务而言不可或缺。

　　一个非常有趣的现象是，国内学界虽然长期以来极度缺乏对浪漫派哲学的研究，但从来不缺乏对浪漫派的译介，在某种意义上，正是这些译介导致我们的研究继续呈现出这种空白状况。这些评价来自欧美著名的学者，他们大多曾在一段时间内在国内学界各领风骚数年之久，虽然他们来自不同的思想阵营，但是他们的评价却造成殊途同归的印象：浪漫派不值得大动干戈地研究，他们不过是昙花一现的现象，不过是反动思想的渊薮。

　　如果说国内学者由于没有对浪漫派的足够研究而在对它的本性的理解上只能人云亦云，吠形吠声，那么，依照拜泽尔的看法，国际学术界的相关研究也不容乐观。他们对浪漫派的研究更多地用来处理现实的问题，无论是如何界定浪漫派和法西斯主义的意识形态之间的关系，还是对浪漫派作后现代主义的解释，比如弗兰克就把浪漫派看作原初的后现代主义者；它们的一个共同特征是不再追问浪漫派的自立性，或者说，不深入研读浪漫派的重要文本，不深入追究浪漫派出现的历史语境，不深入考察浪漫派真实的社会和历史诉求。

　　浪漫派研究的一个经典例子是海涅的《论浪漫派》。一度是马克思的同路人的亨利希·海涅有一个关于浪漫派的定义，这个

定义在我国影响很大,到现在我们还很难说已经跳出它的框架:

> 可是,德国的浪漫派究竟是什么东西呢? 它不是别的,就是中世纪文艺的复活,这种文艺表现在中世纪的短歌、绘画和建筑物里,表现在艺术和生活之中。这种文艺来自基督教,它是一朵从基督的鲜血里萌生出来的苦难之花。①

这个定义至少包含几层意思。首先,海涅没有区分早期浪漫派和晚期浪漫派,而是统而言之,把它们放在一锅煮,这就混淆了浪漫派前后期的不同本质。海涅只把浪漫派看作一种文学运动,该书也主要从文学的角度研究,而没有把它看作思想的运动、社会—哲学的运动。《论浪漫派》曾经的书名《德国近代文学史略》就是一个明证。

其二,浪漫派作家缺乏哲学或哲学体系作为他们的基础,流行的意见说费希特和谢林的哲学对浪漫派有决定性的影响,海涅对此矢口否认:

> 但是依我看来,最多只是费希特和谢林的一鳞半爪的思想发生的影响,绝不是哪一种哲学的影响。(同上,页24)

其三,尽管浪漫派作家翻译古希腊的作品很有贡献,但是他们不能像莱辛一样理解古希腊的精神。

其四,在历史的处境方面,海涅把浪漫派看作对启蒙运动、德国新教和自由思想的反动。他说,浪漫派成员"惋惜天主教的衰落,他们希望在众人身上恢复这种宗教信仰,为此猛烈攻击信仰新教的理性主义者、启蒙主义者……相反,对封建主义的伟大的英雄生活则赞不绝口,颂扬备至"(同上,页78)。

最后,在政治上,浪漫派复活的是罗马天主教,由于罗马天主教的本性是"专制主义最得力的助手",浪漫派成员"成群结队地背弃了新教的信仰和理性"(同上,页6、32),而新教意味着思想自由和精神解放。海涅的浪漫派定义虽然如赫特涅所说犯了年代错

---

① 海涅,《论浪漫派》,张玉书译,北京:人民文学出版社,1979,页5。

误,是从浪漫派晚期代表人物的观点来判断整个浪漫派运动,但是它几乎涉及浪漫派理解与关于浪漫派的所有争论的重要方面。

拜泽尔在《浪漫的律令:早期德国浪漫主义的概念》一书中试图重新理解浪漫派的本性。这不是一本简单的导论性著作,因为它肩负着端本澄源、为浪漫派正名的任务。所以,这本书在很大程度上具有论争性,因为浪漫派的接受史和研究史非但没有从根本上澄清浪漫派的本来面目,反而在本来就很模糊的印象中添加了与之毫不相称的枝节,作者首先期望通过还原浪漫派形成的历史语境以正本清源,给出对浪漫派的带有同情的重构。拜泽尔给自己提出的方法和任务是:

> 我的方法基本上是诠释学和历史学的,这是一种由浪漫派自己所捍卫并实践的理路。这意味着我试图根据他们自己的目标和历史背景,从内部来解释浪漫派。我已经尽可能地设法排除外来词汇并按照浪漫派的历史特质来重构浪漫派……我不认为通过将一个当代的视角强加给过去从而判断出关联是哲学史家的任务。我们不应该对文本作过度解读,从而把这种关联性硬塞进他们的文本中;毋宁说,这种关联性应当在历史重构之后,从其文本中推断出来。而我在此的基本任务便是历史重构。①

为了达到这一目的,首先要找出早期浪漫派最为独特的东西,亦即界定它特有的目标和理想,而在这一任务中,最重要的是强调伦理和政治关怀在早期浪漫派中的优先地位,以及它们在它的美学和宗教理论中的作用。笔者尝试依照拜泽尔的意图与指示重构早期浪漫派的理论框架的轮廓。

包括海涅在内,绝大多数浪漫派的研究者都把浪漫派看作一场文学运动,这既"事出有因",又"查无实据"。说"事出有因",是因为浪漫诗的概念对浪漫派来说是不可或缺的,或者是举足轻重的,从表面上看,浪漫派成员主要关注文学和诗歌,通过文学和

---

① 拜泽尔,《浪漫的律令》,黄江译,韩潮校,北京:华夏出版社,2019,页3—4。

文艺批判的方式对抗新古典主义的文学和文艺批判。说"查无实据",是因为他们没有认识到,理解浪漫派文本的前提是理解作为那些诗学文本之基础的形而上学、认识论、伦理学和政治诉求。

比如,通过分析小施莱格尔的浪漫诗概念,拜泽尔指出,诗不仅仅是文学和艺术的语言,还是不断超出自我,指向普遍的美和道德品质,甚至指向科学,最后到达诗与科学水乳交融的地步:科学达到最完美的状态就是艺术,而艺术达到极致的状态就是科学。通过对路多维科的警句"每一种并不通过语言来表现其本质的艺术或学科都拥有一种无形的精神,那便是诗"及谢林、施莱格尔等人相关思想的考察,拜泽尔指出,浪漫派的最终目的远远超出任何对艺术和科学的改革计划:

> 因为它的终极目标是把世界本身浪漫化,让个体、社会和国家都可以成为艺术作品。将世界浪漫化意味着将我们的生活变成小说或诗歌,以便重拾它们在分裂的现代世界中失去的意蕴、神秘和魔幻。(同上,页35)

这也就是诺瓦利斯的宣言"世界必须被浪漫化"的真实含义。浪漫派对诗的理解,不把诗局限于文学作品的创造,而且,或者本质地,把诗应用于所有的艺术作品乃至于自然本身的创造力上。他们认为,自然和诗具有连续性,人类创造力不过是自然创造力的一种发展形式而已,"艺术家的创造力只是贯穿于自然当中的同一种根本有机力量的最高构成、表现与发展"(同上,页38)。也正因如此,艺术成为真理本身的工具和尺度。

由于以这种观点看待艺术,浪漫派中发展出了一套特殊的关于艺术与哲学的关系的观点,艺术高于哲学,或者艺术自身就是形而上学:

> 他们相信,通过审美经验,我们能够在有限中感知到无限,在可感事物中认知到超感事物,在绝对的诸表象中感知到绝对。既然只有艺术才拥有探测绝对的能力,艺术便优先于哲学,后者如今只得沦为艺术的侍女。(同上,页112)

浪漫派的这种看法在当时的确是石破天惊之语,它一方面与启蒙运动将理性作为最高的理智权威相决裂,另一方面又把这种权威地位分配给在西方思想中一向处于低等地位的感性(审美)的感觉和直观。大施莱格尔和谢林宣称,不是自然为艺术家立法,而是艺术家为自然立法。这意味着,艺术家创造了真理的标准,艺术家的创作活动既是对自然的模仿,又是自我的表象,因为这一活动不仅仅来自艺术家内部,如果那样的话,艺术便无法揭示绝对;艺术的创造活动本来就是自然自身的发展结果,是作为整体的自然的延续和必不可少的一个环节,是自然创造力的最高表达和体现。浪漫派是一切艺术形而上学的鼻祖。

以此作为基础,拜泽尔批评了弗兰克在《早期浪漫主义美学导论》中提出的观点,后者认为,浪漫派美学发展背后的根本因素来自康德的哥白尼式革命,尤其是康德在第三批判中发展出来的自然概念。拜泽尔认为,实际上,浪漫派的自然观与其说是康德式的,不如说是斯宾诺莎式的。拜泽尔通过精彩绝伦的考察指出:

> 然而,就早期浪漫主义关于艺术形而上学地位的学说而言,必须承认,与其说康德的《第三批判》具有积极意义,不如说具有消极意义。康德否认审美判断的认知地位而坚称审美体验只包含于一种愉悦感当中,他对关于表象的知识的普遍限制,都给浪漫派美学的发展造成了严重的障碍。青年浪漫派的一个核心目标便是超越康德对于审美体验的范导性限制……席勒忠实于康德的批判教导,坚称我们只能将美作为仿佛是自由的体现;青年浪漫派想要将关键性的一步迈得更远:主张美就是自由的体现。(同上,页121)

这就引导我们来到早期浪漫派的形而上学。关于这一点,拜泽尔有一个判断,这个判断过去我们常常理所当然地奉献给黑格尔:

> 浪漫派形而上学试图综合唯心论与实在论,更具体地说是费希特的唯心论和斯宾诺莎的实在论。(同上,页118)

毫不奇怪,拜泽尔甚至赞同这样一种观点,即黑格尔的全部哲学不过是浪漫派哲学的系统表达,浪漫派在短短几年之内以诗意的方式说出的东西,黑格尔要穷其一生用笨拙而臃肿的体系来陈述。过去大家通常把这两个部分看作互相独立的,浪漫派是它们分别的诗学形式。它们一个否认物自身的真实性,主张一切事物都相对于意识而存在,把自我作为绝对;另一个肯定自然整体的真实性,事物独立于并且先于对它的意识而存在,把自然作为绝对。从根本上说,浪漫派接受了费希特的主客体同一性的原理,但是同一的基础不是先验自我,而是斯宾诺莎的"更高的实在论",亦即有机自然概念。有机自然概念意味着自然整体是一个巨大的目的,精神与物质之间没有种类的差别,只有程度上的差别,并且假定了有一股活力贯穿于自然之中,这一活力最高的表现形式是哲学家的自我意识和艺术天才的创造力。

在这种意义上,拜泽尔认为,我们甚至可以把浪漫派的自然——宇宙观看作综合了莱布尼兹的 vis viva[活力]和斯宾诺莎的单一无限实体,形成了一种蕴含着动力概念的有机自然观。这种自然观恢复了亚里士多德的目的论的自然,"一种内部目的论无需涉及人类的目的,因为它假定了事物的目的源自它自身内在的概念或本质"(同上,页 203)。这种解释还包含一个具有等级差异的"存在巨链"观念,在这个等级系列中,活力组织发展到最高程度时就表现为艺术家、哲学家或圣徒的创造力,"他们的创造力是自然中一切有机力量的顶峰。艺术家所创作的便是神通过他所创作的,因而他的作品全然就是神的启示"(同上)。

这样一种自然观,一方面,从消极的角度上讲,要对抗那种近代以来依照机械法则而产生的自然理解,将机械的必然性纳入更高的有机法则之下。机械论只是目的论的一种有限形式,只在一个特定的视角和条件下才能成立,而绝非整体和部分的真实关系。另一方面,这种自然观为人的自由提供了真实的基础。自我的自由不是把自我作为自然的一个部分放入自然之中,而是在它和自然的统一中才出现的。浪漫派的自由观意味着:

> 如果说个体的自我受到必然性的支配,那么普遍的自我则共享了神圣的自由。它的同一性没有被限制于整体的一部

分,在其中一切事物都是由外因所决定的;但它拓展到了所有
事物的整体,它只根据其自身本性的必然性而自由地行动。
真正的自由接着便产生于享有或参与了神圣的必然性,在其
中我所有的行为都是神圣作用于我的。(同上,页 213)

于是,我们便不得不面对浪漫派的政治学说。浪漫派美学有
伦理和政治蕴含,在这一点上,拜泽尔对海涅、施密特等人毫无异
议;但是接下来,他们就大相径庭了。首先,海涅主要把浪漫派看
作文学和艺术的运动,是中世纪文学的复辟,顺带具有开历史倒车
的政治意蕴;但是在拜泽尔看来,事情完全倒转过来了,"毋宁说,
浪漫派美学的含义和目的得自它的哲学语境和它的潜在的伦理与
政治价值"(同上,页 42)。与之相反,赫特涅和施密特认为浪漫派
的倾向不在于它是反动的,而在于它是非政治的,导致这种状况的
原因是浪漫派面对政治世界时的无能为力,所以只能逃避政治而
退缩到艺术的想象世界之中。事实上,政治学是浪漫派最为核心
的要素,而且他们基本上继承了亚里士多德的人是政治的动物的
说法,认为政治是第一艺术或第一科学,只不过,他们对政治的理
解发生了变化。浪漫派使艺术从属于政治,艺术的目的是只有在
国家之中才能实现的教化,以便达到人类的卓越与完善。具体说
来,拜泽尔用三个命题来表述浪漫派的特征:

> 浪漫派的核心理想主要是伦理的和政治的,而非文艺批
> 评的和文学的;
> 浪漫派根本的伦理理想是教化、自我实现、所有人的发展
> 及个体力量合为一体;其基本的政治理想是社群,是在国家中
> 追求善的生活;
> 浪漫派的统一理想是在面对现代公民社会的分裂倾向时
> 重申整体性的一次尝试。(同上,页 42—43)

说浪漫派是对启蒙运动的反动,是后者自觉的反对派和对立
面并没有错,但是,这仍旧没有准确地说出两者之间的真实关系。
事实上,浪漫派和启蒙运动的关系要复杂而深刻得多,以至于在某
种程度上可以说,浪漫派既是启蒙运动的继续与完成,又是启蒙运

动的危机的自我克服的尝试。表面上,浪漫派对启蒙运动的批判
一方面延续了康德的知识批判的核心内容,批判启蒙哲人的享乐
主义、唯物主义和功利主义;而在深层次上,他们毫无保留地维护
启蒙的根本价值:

> 一个人独立思考的权利;自决的权利,独立于外部权威而
> 发展个人力量与个性的权利;此外还有教育和启蒙的价值,以
> 及克服偏见、迷信和无知的需要。(同上,页 74)

拜泽尔认为,浪漫派对启蒙的真正批判在于,"启蒙运动的彻
底批判主义似乎危害了它的教化理想。它的批判似乎必然以怀疑
主义和虚无主义为终点,但它的教化理想却以信奉某些确定的道
德、政治和美学原则为前提"(同上)。浪漫派对启蒙的直接后果
法国大革命尤其是它的恐怖抱有不满,认为在激进的政治变革中,
极容易导致人民的暴政,这就必须提出新的政治任务,那就是教化
民众。只有在给予民众以足够的道德、政治和美学的教育之后,才
能为在德国建立起共和国做好准备。所以,在这里拜泽尔指出了
理解早期浪漫派之本质的最根本的语境,他说:

> 我们必须将青年浪漫派的审美主义置于这样一个改良的
> 语境中。他们赋予艺术这样大的重要性主要是因为他们视其
> 为教化的首要工具,并因而视其为社会与政治改革的关键。
> 如果人们必须为共和国崇高的道德理想做好准备,那就应当
> 通过某种美育,这将是新的社会和政治秩序的先锋。(同上,
> 页 78)

在这里,我们看到席勒的审美教育理论对浪漫派的政治理想
的决定性影响:不同于法国式的全盘政治改革,而强调先要教育人
民。浪漫派不能接受康德式的结论,一个魔鬼般的民族也可以建
立起一个共和国,他们认为,共和国的基本原则是美德,负责、开
明、有美德的公民才能建成真正的共和国。教育或教化是人的自
我实现过程中重要的部分,自我实现就是终极目的,而国家的目的
就是促成每一位公民的自我实现。启蒙的理性主义无法解决一个

问题,那就是:如果意志薄弱的话,我们如何让我们服从我们能够依靠理智认识到的善? 席勒和浪漫派共同的解决方案是,通过对人们的感受和欲望进行教育,发展人的感性,使它能够总是倾向于依照理性的原则而行动,而艺术是最好的教育手段。拜泽尔说:

> 他们认为,哲学不能激发行动,而宗教无法说服理性,但艺术却有能力鼓舞我们根据理性来行动。艺术如此强烈地诉诸想象,如此深刻地影响我们的感受,因此能够感动人们按照共和国崇高的道德理想来生活。于是,浪漫派最终寻求用艺术来代替传统宗教的角色,以此作为道德的动机和激励。(同上,页 139—140)

这样,我们好像完成了一个循环。浪漫派通过对诗之本性的研究而走到一种境地,那就是,打破了生活和艺术之间的壁垒与断裂,试图通过将生活艺术化,艺术生活化,重建它们之间的一体性。他们看到了启蒙运动和现代科学的发展所造成的生活之分裂以及生活中神秘性与美好东西的消失,希望通过艺术来为美好的事物招魂。关于文学和艺术作品以及生活的诗化具有一体性的观点,必须有一个形而上学的基础,而这一基础有两个基本的来源:一是与近代机械自然观同时兴起的自然有机论和活力论,这种理论认为精神是物质的内化,物质是精神的外化,从而彻底否定笛卡尔式的二元论;一是他们对柏拉图主义的继承和阐释,使他们坚信对世界或宇宙的整体论阐释,并坚信艺术优先于哲学。这种哲学必然导致对人的自由的承认,而人的自由之真正确立,不在于外在的政治和社会革命,而在于教化,因为,正如小施莱格尔所说,"至善,以及有益的事物(之根源),就是教化"。教化就是把感官浪漫化,而这只有通过艺术才可能达到。

我们撇除了诸多细节,在拜泽尔研究的基础之上大致梳理出一个早期浪漫派的理论框架,这个框架总体上足以回答浪漫派中艺术、形而上学和伦理——政治诉求之间的关系,也能够回答浪漫派与古希腊、中世纪、启蒙运动以及后现代之间的关系。但是,研究从来不是朝向过去。从早期浪漫派产生的历史语境中,我们已经看到它与启蒙运动之间的复杂关系,这种所谓的历史意义当然绝不只是历史的而与我们今天毫无干系。近几十年来,西方浪漫派研究的复兴正是由于意识到它与后现代主义的密切关系,才把它看作未具名的后现代主义者。后现代主义对浪漫派的挪用也是针对启蒙规定的现代性。真实的问题依然在于:我们的时代与启蒙之间究竟应该建立起什么样的关系?

　　释义学兴起之后,如何研究哲学史上某位哲学家的思想开始成为一个问题。我们习惯于认为有两种可能的选择:我们究竟是应该采取"褫其华衮,示其本相"的做法,还原哲学史上某位(些)哲学家的本来面目,而罔顾自己的时代境遇,还是该采取"借他人之酒杯,浇自己之块垒"的做法,直面自己时代的问题,而完全不考虑研究对象的庐山真面目? 前者通常被认为是哲学史家的任务,后者则被当作哲学家的做法,拜泽尔自觉地选取了哲学史家的任务。问题是,是否存在第三条道路,即先悬置自己当代的、特殊的视角,在真实的历史语境中释读哲学家的文本,揭示出它的独特内容和意义,亦即它的个性,再来考察它对现代处境的意义;或者说,采用任何资源回答我们自己时代的问题,是否必须以比较准确地理解它的真面目为前提。

Abstracts

A Further Discourse on the Essentials of Classical Theory of Natural Law

Cheng Zhimin

(Research Center of Social Sciences, Hainan Universtiy)

Abstract: The theory of natural law was itself problematic since its birth in ancient Greece, i. e., it is self-contradictary in the clash of Physis and Nomos, which embodied the tension of aristocracy and democracy. In the classical context, natural law was subordinate to divine law and eternal law, but they were separated from each other due to the ascent of reason along with the narrowness and petrification of the concept of nature. The foundation of classical theory of natural law lies in divine and teleological cosmology, hence it has explicit ethical appeal. A paramount difference between classical and modern theory of natural law consists in each conception of Reason, though the former lays great emphasis on the ontological and epistemological meaning of Reason, yet never regards it as final cause, for reason is undoubtedly important, while it has insurmountable limitations. Reason can do good as well as vice. Virtue and happiness are the ultimate goals of natural law. However, modern theory of natural law merely pays attention to the form, and neglects its substantial content. Then, "law" becomes "rights", "nature" is reduced to "world" and "resource", which leads to the collapse and disappearance of natural law, whereby the modern world falls into scepticism, historicism, and nihilism. Therefore, a further discourse on the classical theory of natural law is of great importance to our age.

Key words: natural law; divine law; reason; cosmology; teleology

Cicero on the Limits of Nutural Law and Reason

Yu Lu

(Nanjing University of Posts and Telecommunications)

Abstract: "True law is the right reason in agreement with nature". This definition in Cicero's *De Re Publica* manifests his natural law theory. If nature is regarded as the standard of legislation, the characters of "true law" are universal and constant. Thus, Cicero's point of view was traced to the Stoics. In fact, Cicero considered that Stoic natural law teaching can be useful in terms of maintaining political order, and he even deeply attacked Stoic teleological theology. Strictly speaking, Cicero followed Plato's natural right theory, according to which natural rights cannot be decomposed and be applied to political realities, because the rigorous justice principles of natural rights are not applicable to civil society. Different from Plato, however, he is the first political philosopher who describes, at length and depth, the character of natural right in legal terms. Cicero aimed to turn the Roman legal thought into a science, which can combine the pursuit of principles of truth and the concern about the community in reality.

Key words: Cicero; natural law; natural rights; reason; justice

Towards the Whole

An Interpretation of Aristophanes' speech in Plato's *Symposium*

Xu Yue

(School of Liberal Arts, Renmin University of China)

Abstract: Aristophanes' speech indicates that all men are incomplete, and eros is a desire for wholeness. In this regard, Aristophanes is sympathetic to Socrates, believing that the recognition of the incompleteness of oneself is the basis of the turning towards the Whole. However, with the exclusion of nous, Aristophanes can only understand eros in terms of mutuality. Therefore, he is incapable of finding a feasible way to unity and inevitably resorts to piety to seek out another half, which cannot be in the complete sense. In contrast, the speech of Socrates responds to and surpasses the argument made by Aristophanes, which endows eros with a higher possibility.

Key words: *Symposium*; Aristophanes; Eros

The Basic Functions of Counties' Granary Department in the Qin Dynasty Based on Qin Bamboo and Wooden Slips of Liye

Lu Jialiang

(The Center of bamboo and silk manuscripts of Wuhan University)

Abstract: The department of Granary is one of the important organizations of counties in the Qin Dynasty, which has part of the management functions of prisoners, grain, small livestock and other affairs. The department of Granary and Sikong(司空) jointly managed the prisoners; the department of Granary transferred part of the grain management authority to many other organizations in the county; the department of Granary shared the management affairs of small livestock. In view of the above-mentioned facts, we believe that the jurisdiction of all kinds of materials and personnel in the Qin Dynasty was divided into different organizations of the counties, and then concentrated through the county government. By the power separation and combination, the administrative operation of Qin county realized a more efficient mode.

Key words: Qin bamboo and wooden slips of Liye; Counties in Qin Dynasty; Department of Granary; division of power

The Prospect of the New World in Liao Ping' Study of *The Rites of Zhou*

Shen Xiangyong

(School of Marxism, Chongqing University)

Abstract: Since modern times, the new world geographical pattern has continuously impacted the geographical concept, cultural and educational system of Chinese. In response, the Confucian scholar Liao Ping divided the system of Confucianism into small system and grand system, and constructed a "world system of Confucianism", which consist of "Wang tong", "Di tong" and "Huang tong". He believed that Confucius think China should be ruled by the *Rites of King* and the world by the *Rites of Zhou*. In fact, Liao Ping put forward a plan for modern China to understand and project the world based on the study of *Rites of Zhou*. This plan starts from preserving and improving Chinese cultural and educational system, then promoting the development of the civilization of the world. At last, this will create a new world with great harmony. It is of great benefit to understand Liao Ping's civilization ambition to continue the traditional culture and education today.

Key words: *The Rites of Zhou*; New world; Confucius Laws; world geography

Socrates' "Digression in *Theaetetus*"

Zhang Lili

East China Normal University

Abstract: The theme of *Theaetetus* is "what is knowledge". However, after rejecting the first definition of Theaetetus——"knowledge is perception", Socrates started a discussion with Theodorus on the way of life between philosophers and sophists (172c-177c). This part was called "digression" by Socrates. How to understand this "digression"? Why do Socrates put such a "digression" in a dialogue of knowledge? In this paper, I will argue that the digression is a part of Socrates' argument to reveal a life which results from Protagora's thesis "knowledge is perception", i. e. a life concerns only the present but ignores the whole dimension of time, thus Theaetetus could see what's wrong with his thesis and finally give it up.

Key words: Theaetetus; digression; education of philosophers

La Boetie's Call to Arms

Li Binjie

(School of Liberal Arts, Renmin University of China)

Abstract: It is not unusual to come across a spirited young man like La Boetie in every country and era. He possesses a basic sense of justice and the zeal to pursue the common good. Having been educated and instructed properly, he would have become a capable guardian and a gentleman of a nation. However, The Great Confusion, being the background condition at that time, had shut down the normal way to serve the public, which compelled these politicians short of prudence to step into politics by opposing the current political order. That destructive behavior, owing to the radical wave of the Protestant Reformation, has been carried to extreme. Sadly, a righteous revolt of such kind can never by itself produce any new good, other than a greater disorder.

Key words：La Boetie; politician; freedom; Monarchomachs

Leviathan's "Warmness" and Poverty Relief

Yu Di

（School of Marxism, University of Shanghai
for Science and Technology）

Abstract：By tracing the discussion of the function of nation in *Leviathan*, this article focuses on the poverty problem that always seems to be ignored, which can help us to excavate the "warmness" dimension that Leviathan inevitably contained. Then, we try to put Hobbes's insight back into the progress of changes of attitude towards poverty and the rise of modern countries, through which to analyze the "Nation Building" besides "State Building" of Britain——one of the pioneer modern countries in the world. On this basis, Tocquevile's observation of British poverty relief in the 19th century will be helpful to explore some inherent problems of this progress of nation building.

Key words：Hobbes; Tocquevile; fear; poverty; welfare

Tocqueville on Democratic Despotism

Liu Haichao

（School of Government, Sun Yat-sen University）

Abstract：With the development of individualism, hedonism and centralization in modern society, people may lose the restraint and control of state power, leading to the emergence of a new type of autocracy, which Tocqueville called democratic despotism. Different from the tyranny of the majority, democratic despotism is a mild form of slavery, which aims to eliminate political life and human publicity. Tocqueville believes that to overcome the democratic despotism, the moderns must rebuild the relationship between individuals and politics, including local autonomy, freedom of association, freedom of the press and the reconstruction of religious belief, so as to promote individuals to come out of the closed private life, toactively participate in public political life and take political action. Tocqueville's idea of democratic despotism essentially reflects the deepening trend of individuation and the loss of publicity and community in the context of modern natural rights and contract theory.

Key words: Tocqueville; democratic despotism; tyranny of the majority; equality

征稿启事暨匿名审稿说明

《古典学研究》辑刊由中国社会科学院外国文学研究所主办，专致于研究、解读古典文明传世经典，旨在建立汉语学界的古典学学术园地，促进汉语学界对中西方经典和其他传统经典的再认识。

本刊立足于中国文明的现代处境，从跨文化、跨学科的视角出发，力求贯通文学、哲学、史学和古典语文学，从具体文本入手，研究、疏解、诠释西方、希伯来和阿拉伯等古典文明传世经典。

本刊全年公开征稿，欢迎学界同仁（含博士研究生）投稿，来稿须为未经发表之独立研究成果（已见于网络者亦不算首次发表）。来稿注意事项如下：

一、本刊仅刊发论文和书评两类。论文以八千至一万二千字为宜，书评以三千至五千字为宜（编辑部保留学术性修改和删改文稿之权利）。

二、本刊同时接受中文稿件和外文稿件，中文稿件请使用简体字。

三、投稿请以电子文件电邮至本刊邮箱，谢绝纸质稿件。

四、来稿须注明作者真实中英文姓名、电邮联系方式，作者可决定发表时的署名。

五、本刊已许可中国知网等以数字化方式复制、汇编、发行、信息网络传播本刊全文，著作权使用费与审稿费相抵。所有署名作者向本刊提交文章发表之行为视为同意上述声明。如有异议，请在投稿时说明，本刊将按作者说明处理。

六、作者文责自负，一切言论，不代表本刊观点。

七、本刊在一个月内对来稿给出评审结果，逾期未获通知者，可自行处理。

八、来稿通过编辑部初审后,将匿去作者姓名,根据所涉论题送交二位本刊编委复审;主编将依据匿名评审书处理稿件。

九、文稿一经刊登,作者将获赠当期刊物一本,不另致稿酬。

十、投稿撰写格式及顺序:

1. 中英文题名和作者联系方式(中英文姓名、现职及通讯地址、电话、电邮等)。

2. 中英文摘要(中英文均以三百字为限)、中英文关键词(各以五项为限)。

3. 正文及注释格式,按"《古典学研究》体例"(见"古典文明研究中心"网站:http://cfcc. ruc. edu. cn/article/? id=148)。

投稿电子邮箱:researchinclassics@163. com

《古典学研究》辑刊

刘小枫　主编

图书在版编目（CIP）数据

古典学研究：古典自然法再思考/刘小枫，贺方婴
主编.--上海：华东师范大学出版社，2022
ISBN 978-7-5760-3299-4

Ⅰ.①古…　Ⅱ.①刘…②贺…　Ⅲ.①古典文学研究
Ⅳ.①I109.2

中国版本图书馆 CIP 数据核字（2022）第 184954 号

华东师范大学出版社六点分社

企划人　倪为国

第十辑
古典学研究：古典自然法再思考

编　　者　刘小枫　贺方婴
责任编辑　王　旭
责任校对　徐海晴
封面设计　卢晓红

出版发行　华东师范大学出版社
社　　址　上海市中山北路 3663 号　邮编　200062
网　　址　www.ecnupress.com.cn
电　　话　021－60821666　行政传真　021－62572105
客服电话　021－62865537　门市（邮购）电话　021－62869887
地　　址　上海市中山北路 3663 号华东师范大学校内先锋路口
网　　店　http://hdsdcbs.tmall.com

印　刷　者　上海盛隆印务有限公司
开　　本　700×1000　1/16
插　　页　1
印　　张　15.35
字　　数　160 千字
版　　次　2022 年 10 月第 1 版
印　　次　2022 年 10 月第 1 次
书　　号　ISBN 978-7-5760-3299-4
定　　价　48.00 元

出　版　人　王　焰